Author
Schuld

Illustrator
ランサネ

TRPGプレイヤーが異世界で最強ビルドを目指す 4［上］

ヘンダーソン氏の福音を

Mr. Henderson Preach the Gospel

ヘンダーソンスケール

【Henderson Scale】

タイトルのヘンダーソン氏とは、海外のTRPGプレイヤー、オールドマン・ヘンダーソンに因む。

殺意マシマシのGMの卓に参加しつつも、奇跡的に物語を綺麗なオチにしたことで有名。

それにあやかって、物語がどの程度本筋から逸脱したかを測る指針をヘンダーソンスケールと呼ぶ。

「すごい！
すごいです、兄様！」

エリザ
Elisa

エーリヒ
Erich

「おおー……
すごいなぁ、エリザ」

見栄の街の見栄の城、
とはアグリッピナ氏の言葉であるが、
人はその見栄にこそ
心を震わせるものである。

「もし、もう店じまいでしょうか？」

ツェツィーリア

Cecilia

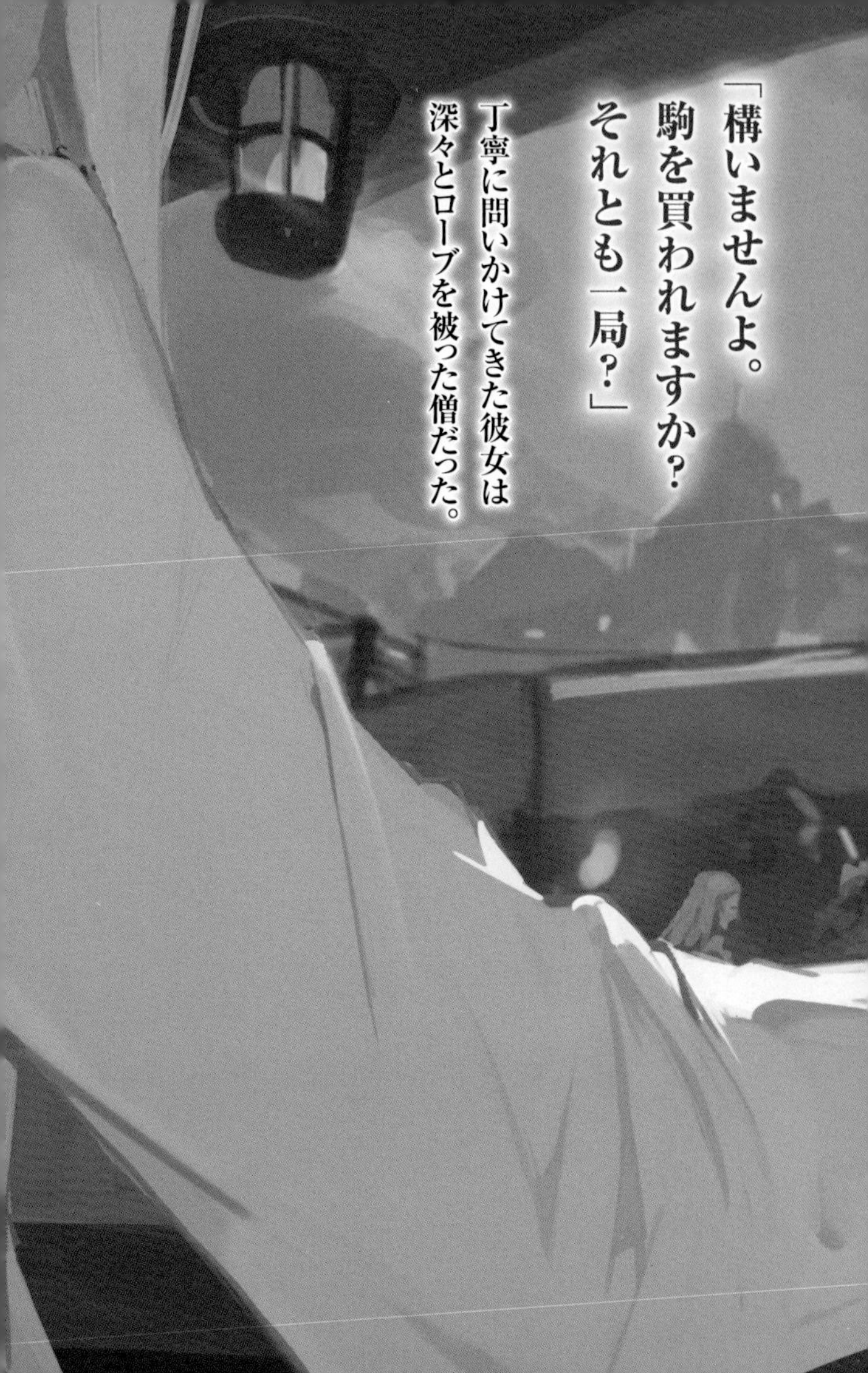
「構いませんよ。
駒を買われますか？
それとも一局？」
丁寧に問いかけてきた彼女は
深々とローブを被った僧だった。

「いいよ。
目に物を見せてやろう」
ミカ
Mika

「さぁて、やろうか……
準備は？」
準備は整い意気軒昂。
これ以上ない心強い援護を背負い、
私は前に出た。

ヘンダーソンスケール

【 Henderson Scale 】

- **-9** ： 全てプロット通りに物語が運び、更に究極のハッピーエンドを迎える。
- **-1** ： 竜は倒れ、姫は国元に帰り、冒険者は酒場でエールを打ち合わし称え合う。
- **0** ： 良かれ悪かれGMとPLの想像通り。
- **0.5** ： 本筋に影響が残る脱線。
  EX）正攻法とは言えない攻略法を考えつき、実際に行おうとする。なるほど、邪竜の目的を阻むためには仲良くなって交渉すれば良いと。
- **0.75** ： 本筋がサブと入れ替わる脱線。
  EX）GMが苦い顔をしてちょっとしたお遊びとして乗った攻略法に本気になる。邪竜の性別？　雌だけど……なら口説けばいい？　なんで？
- **1.0** ： 致命的な脱線によりエンディングに到達不可能になる。
  EX）PC1は邪竜を口説く中で本気の愛に目覚め、彼女の愛を勝ち取るべく難題に挑むこととなる……いや待て、土台無理なことを要求されて何故乗り気なんだ。え？　かぐや姫？　国王の首要求するかぐや姫が何処にいるんだ！
- **1.25** ： 新しいセッション方針を探すも、GMが打ち切りを宣告する。
  EX）国王の信を受けて邪竜討伐に赴いたハンドアウトを持っているPCもいるのに本気で行くのかよ……説得しろよ。
- **1.5** ： PCの意図による全滅。
  EX）今の面白い方向性について行きたいから新しいキャラ紙が欲しい？　あの竜の何が君らの琴線にそこまで触れた？
- **1.75** ： 大勢が意図して全滅、或いはシナリオの崩壊に向かう。GMは静かにスクリーンを畳んだ。
  EX）悪かったよ、私も国王一行の性能をガン盛りしたのは大人げなかった。しかし邪竜から強力な武器をせしめてまで挑む程の本気は何処から出てくる？
- **2.0** ： メインシナリオの崩壊。キャンペーンの終了。
  EX）GMは無言でシナリオを鞄へとしまった。
- **2.0以上** ： 神話の領域。0.5～1.75を経験しつつも何故かゲームが続行され、どういうわけか話が進み、理解不能な過程を経て新たな目的を建て、あまつさえ完遂された。
  EX）ええ、斯くして真なる愛に目覚めた邪竜とPC1は結ばれて国王を討ち、城跡を新たな愛の巣に定めて功労の友人と共に幸せな暮らしを始めましたと……。あのな、これ別のキャンペーンが始まるまでの繋ぎだぞ？　私にこれ以上、この面子で新しい話を考えろというのか？　あまつさえ経験点チケットにサインをしろと？

Aims for the Strongest
Build Up Character
The TRPG Player Develop Himself
in Different World
Mr. Henderson
Preach the Gospel

CONTENTS

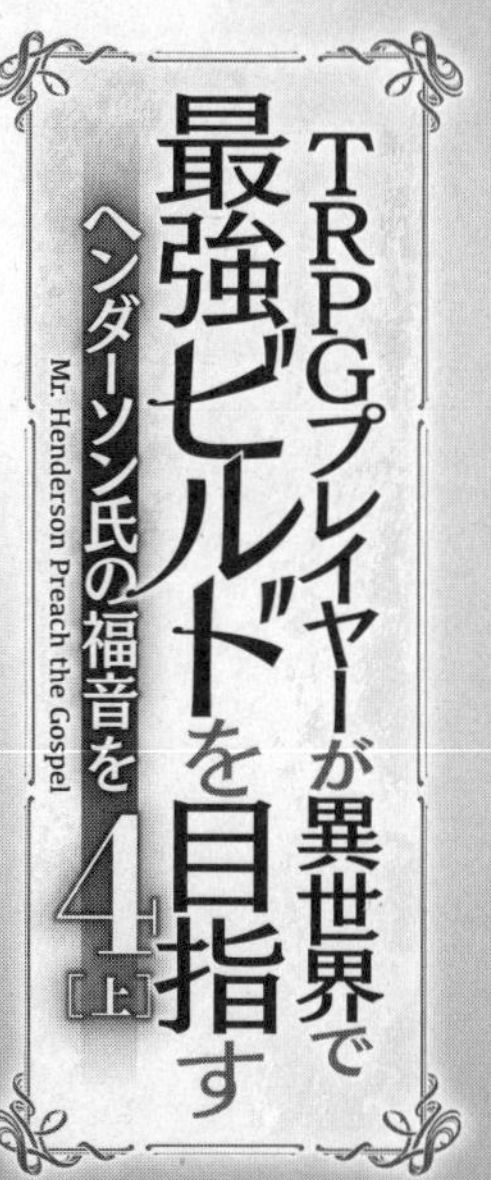

Aims for the Strongest
Build Up Character
The TRPG Player
Develop Himself
in Different World

Author
Schuld
Illustrator
ランサネ

マンチキン

【Munchkin】

①自分のPCが有利になるように周囲にワガママをがなりたてる、聞き分けのない子供のようなプレイヤー。
②物語を楽しむことよりも自分のキャラクターのルール上での強さを追求する、ルール至上主義者なプレイヤー。和マンチとも。

序章

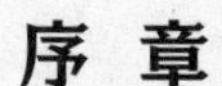

テーブルトーク　ロール　プレイング　ゲーム

TRPG

【 Tabletalk role-playing game 】

いわゆるRPGを紙のルールブックとサイコロなどを使ってアナログで行う遊び。

GM（ゲームマスター）と呼ばれる主催者とPL（プレイヤー）が共同で行う、筋書きは決まっているがエンディングと中身は決まっていない演劇とでも言うべきもの。

PLはPC（プレイヤーキャラクター）をシートの上で作り、それになりきってGMが用意した課題をクリアしつつエンディングを目指す。

現在多数のTRPGが発行されており、ファンタジー、SF、モダンホラー、現代伝奇風、ガンアクション、ポストアポカリプス、果てはアイドルとかメイドになるイロモノまで多種多様。

苦痛はなく、倦怠感もなく、ただ穏やかで暖かな空間を揺蕩う心地にどれだけ浸っていただろうか。鼻腔を甘く擽る匂いを脳髄に浸す度に滞留した自我が直下へと、より粘度が高く暖かな所へ引きずり込まれていく。

眠っているという自覚さえ曖昧な、思考が形を結んでいるのではなく、ただ〝在る〟だけを認識しつづける原始的な細菌もかくやの時間。

何時までも続くかと思った一時にも終わりがやってくる。温い風呂に浸かり続けた結果、寒さを自覚するように意識は優しく深い泥のぬくもりから引き上げられた。

やがて眠っていた、働きを抑制されていた自我が動き始める。

手前に肉体があること。肉体には胴があり、脈打ちのたうつ臓腑を納めたそこから手足が伸びて、自我の揺り籠たる脳髄が籠もった頭が載っかっていること。

己がヒト種と呼ばれる人類の中でも人類種という区分の生物であること。

めくるめく記憶が湧き上がり、脳の表層にて混淆されることで己を作っていく。太陽系第三惑星の地球、極東域の日本国に生まれ、三十路を過ぎた頃に脾臓癌で果てた〝更待朔〟であること。

そして、その自覚を持ちながら育った、ライン三重帝国南西辺境域のケーニヒスシュトゥール荘はヨハネスが第四子エーリヒであることも。

そうだ、私は安息と泥濘に似た休息に揺蕩う死と生の認識すらない原核生物ではない。

幸いにも二枚目のキャラクターシートを与えられた人間である。

自我の自覚と共に記憶が湧き上がる。

ケーニヒスシュトゥール荘での生活、別ちがたき縁を結んだ幼馴染みのマルギット。我が最愛の妹エリザが拉致される事件、それに伴って発覚する半妖精であった彼女の出自。制御されぬ危険な生物を看過せぬ文明国家において、彼女が献体ではなくケーニヒスシュトゥールのエリザとして生きるために必要な道行き。

そしてそれを与えた雇用主であり、魔法の師となった長命種、アグリッピナ・デュ・スタール。

初めて出た故郷の外。立ち寄った洋館での出会いと生涯忘れぬ苦い別れ。

帝都の華麗な町並み、黒くそびえる鴉の城、複雑怪奇極まる魔導院。

妹の学費を稼ぐための旅路。初めて荘の外でできた友人ミカ。彼を伴い訪れた北方辺境への入り口たるヴストローでの仕事。世間では偏屈と呼ばれるが、その実、現実と趣味の折り合いに倦んでしまっただけのファイゲ卿。

偶然か始まり、終生の友を得ることとなった秘めるべき一夜。

最後にはファイゲ卿の持ち物である一冊の本を譲っていただくために訪れた森の中にて直面する、初めての魔宮踏破。

襲いかかる動死体、絡みつく疲労、失血、痛み。未熟を自覚しつつ己が強いと認識するに至り、初めて出会った剣の腕で完全に上を行く敵手。

死の淵を探る死闘の末、何があったか。全てが瞬きの間に、されど永劫に等しい時間となって吹き荒れる。

目覚めねば、そう強い自覚に駆られて酷(ひど)く重いまぶたを開けば……眼前には発禁物の光景が広がっていた。

「お早いお目覚めね？」

角度によっては全く無防備な、髪だけで肢体を隠すいつもの格好で夜闇の妖精(スヴァルトアールヴ)、ウルスラが突っ立っていたからだ。素足で、何の臆面もなく、人の顔を踏みつけにして。

鼻を跨(また)いで両足を伸ばし、前傾しつつ両手を腰にやる姿勢は雄弁に〝不機嫌でございい〟と物語る。にもかかわらず、顔だけが笑顔であることがどうにも物騒かつ剣呑(けんのん)で恐ろしかった。

「……人の顔を足蹴にすることはないんじゃないかな」

「親切な隣人の警告を無視するからよ、愛(いと)しの君」

無礼な夜闇の妖精(スヴァルトアールヴ)は翅(はね)を震わせて飛び上がると、そっと私の鼻頭に尻を載せてきたではないか。違う、そうじゃない、足で踏むのが気にくわないわけじゃない。

「顔に載らないで欲しいんだけど」

「警告も無視して危ないことをした人にはちょうど良いんじゃなくって？」

細く長い足が伸びてきて、苦情を告げた私の口をなじるように唇を弄んでくる。しばらくは無言で耐えていたが、流石(さすが)に鬱陶しくなってきたので口を上げて不遜な口へ食いつくふりで威嚇してみれば、逆に舌を踏みつけにしようとしてきたので諦めた。

私には冗談でも、この小さくて白い友人に歯形を付ける気にはなれないから。

顔の重しを退けることに諦めをつけると、今になってようやく自分が寝台の上に拘束されていることに気がつく。

「……かなり寝てた？」

「いいえ？　ぜんぜん？　癒者の睡眠薬で五日間ぽっちよ」

五日!?　ファイゲ卿に昏倒させられてから、私は五日も眠り続けていたというのか!?

「隠れて聞いてたけど、結構拙いところまでいってたみたいよ愛しの君。体は筋も肉もぼろぼろ。痛みを誤魔化すためにおつむが無茶やったとかで、下手すると廃人一歩手前だったみたいだし」

恐い。問題が具体的にされると凄く恐い。なんだ、戦闘後の高揚で痛みを無視してきただけで、常時生命判定しながら歩いていたみたいな状態だったというのか。サイコロが判定基準値を下回った瞬間に死んでたかもしれないと言われると、途端に恐くなってくるから困る。

「まったく……わたくし達が出て行けない時に無茶しないのよ。何のために唇をあげたと思っておいで？　定命は目を離すと簡単に終わってしまうんですもの」

土に埋められては、その綺麗な目が見られなくなってしまうじゃないの。そう不満そうに宣うと、彼女は器用に鼻の上に腰掛けたまま体を反転させ、繊細につま先で瞼を捻ってくる。涙が零れる程痛いが、甘んじてお叱りを受け容れようじゃないか。あの時点で警告されても、仕事（クエスト）の途中だから引き返す冒険者はいないだろうと思いつつも。

しかし、あれから五日ということは新月が明けて間もないのによく出てこられたものだ。見てみれば、普段より背丈が二回りも小さいし、髪に纏（まと）った幻想的な光もかなり弱まっている。窓掛け（カーテン）で遮られた外を見るに時刻は夜、彼女の舞台であってこの存在感なら相当の無理をしているのではなかろうか。

「……ごめん、あと心配してくれてありがとう」

無理を押して病床を訪ねてきてくれた者に対し、言うべきは二つだろう。謝罪とお礼、疲弊していたとしてコレを欠き礼を失するほど墜（お）ちたつもりはない。

彼女は愛らしい瞳をぱちくりと瞬かせ、暫（しばら）くしてから言葉を飲み込めたのか鷹揚（おうよう）に頷（うなず）いてみせた。

「言いたいことは幾らでもあるけど、その言葉が聞けたからよしとしましょう」

翅が瞬き、微（かす）かな燐光（りんこう）を引き連れて妖精（アールヴ）が舞い上がれば、寝相により患者が落下しないように締められていた拘束具が独りでに解け落ちる。

頭の重しと体の帯がとれたので上体を起こしてみれば、五日寝ていた割に体はすこぶる軽かった。

前世の私を蝕（むしば）んだ癌の治療で二週間ばかし寝込んだことがあるが、その時は体をもたげることすら苦痛になるほど衰えたのに不思議なものだ。治癒魔法の効能だろうか。

また、着ている服や頭が不快でないのは、誰かが気を回してくれたおかげに違いなかろう。〈清払〉の良い所は、寝間着を着たままで体を綺麗に保て、風呂に入らずとも垢（あか）をさっぱり落とせるところだな。

　自分の熱で温（ぬく）もった毛布と布団より慎重に体を引っ張り出す。指先は高めた〈器用〉に従って思うがままに動き、秋も終わろうとする夜の冷気に足が粟立（あわだ）つ。膝を曲げ、足首を回し、足の指を蠢（うごめ）かし肉体の一部も欠けた所がないかしっかり確かめる。

　それからゆっくりと床に足を下ろし、腰と膝に力を込めれば肉体は意識から外れることなく律動し己を持ち上げる。

　五日も病床に伏していたことが嘘（うそ）のように肉体は復活し、二本の足がしっかりと床を踏みしめる。温度も色も触覚も、命を損ねかねない激戦の末であっても、私は何一つ喪（うしな）うことなくこの場に立っていた。

「よし、よし、動ける。生き延びてやったぞ、様（ざま）を見ろ」

「誰に悪態を吐（つ）いているのよ。試練神相手にならお止（や）めなさいな、必死になればなるほど喜ぶ神格なのですから」

　強いて言うなら運命という名前の糞ＧＭ（くそゲームマスター）が相手だろうか。人数も揃（そろ）っておらず万全とは言いがたい、それも最重要と言える回復役を欠いた一党にぶつけるような迷宮か、あれが。

　しかし、何はともあれ生き延びてやった。個々人が己をＰＣ1（プレイヤーキャラクター）と定め、死ぬ気もへったくれもなく生きるレベルデザインが及ばぬ世界でも、私はしっかりと呼吸し続けている。

これを喜ばずしてどうするか。物語であれば死闘の末の相打ちも美しくあるが、泥臭い冒険者にとっての勝利は生きて帰ってくること。ひいては冒険者を志し、エリザの学費を稼ぐことが目下の最重要目標である私にとってもだ。

「そうだ、ミカは……」

天井が高く濃密な香が薫る部屋、目の前の寝台は空っぽである。振り返れば、私の寝台の左隣にある寝台の布団が盛り上がっていた。

気配と足音を殺して回り込めば、穏やかに眠る友の姿があった。寒いのか横向きになって布団の縁を抱きながら眠る彼の呼吸は深く長く、魘されているような様子もなく穏やかである。

……闇のせいでよく見えていないのだけど、布団に顔を埋めて眠る友の髪が少し伸びたように見えるのは気のせいだろうか？

「お友達は貴方よりずっと目覚めがよくってよ。二日も早く目覚めて、もう歩けるようになっているわ」

よかった。ミカはそんなに早く回復していたのか。耳からの出血などもあったので私より重篤なのではと心配していたが、魔力枯渇だけではなく肉体の酷使も重なった自分の方が長く寝入ることになろうとは。なにはともあれ、寝床から出て許されるほど回復しているのだったら幸いだ。

無意識に手が彼の髪に伸びた。友の無事を目で確かめているのに、意識せぬ内にこれが夢でないか確かめたくて触れた感覚が欲しくなってしまったのか。

聞いている私までが落ち着くゆっくりした寝息、それが形になったかのように彼の髪は柔らかい。指の間を遊ばせれば形を結ばぬ水と同じ挙動で逃げていく。

……あれ？　やっぱり長くなってないか？　心持ちクセも弱くなっているような気もするし。

寝ている友人の髪を許可も得ず触っているという変態的な構図にある自分に気づけぬまま、片手で彼の髪を弄び、もう片手は顎にやって考え込む私の肩にウルスラが腰を下ろす。

そして、何か救いがたい物でも見るような目を私に注ぎながら、ため息に混ぜてこんなことを言う。

「ご友人の髪の毛を楽しんでいる所申し訳ないけれど、目が覚めたなら、ある程度は自分で責任とってちょうだいな」

「責任？」

唐突に投げかけられる責任という言葉を受けて指が止まり、艶やかな髪が逃げ去ってゆく。責任とはなんぞやと思って彼女を見つめれば、ウルスラはやれやれと首を横に振り、寝台の傍らを指さした。

そして、そこには……。

「…………!?」

思わずここが病院だということも忘れて大声を上げてしまったが、何故か私の悲鳴は大気を揺らさなかった。多分、アホだなぁとでも言いたげな顔をしたウルスラが気を利かせてくれたのだろう。

私が伏せっていた寝床、そのベッドサイドに〝二本〟の剣が立てかけてあった。一本はお馴染みの〝送り狼〟。鞘に帯皮を巻いて丁寧に安置された愛剣はいつも通りだ。

問題は、その傍らに鞘に収められることもなく転がっている、見覚えのある剣。

あの〝魔宮〟にて対峙した魔剣が、さも当たり前といわんばかりに佇んでいるではないか。

妖精の魔法も関係なく、口を動かしてもぱくぱくと空気を噛むばかりで言葉が出てこない。闇の中で尚暗く浮かび上がる剣を指さし、アホ面を晒す私はさぞ滑稽であったことだろう。

「厄介なのに惚れられたわね。寝てる間に悪さしないよう釘刺すのに苦労したわ」

彼女は困った同級生を窘めるような調子で嘆息する。いや、これそんな次元の話じゃないから。

なんでこれがここにあるのか。最後の魔力を振り絞り、異相空間の遥か向こう、虚無の彼方に葬った筈だぞ。

「詳しいことは存じ上げなくってよ。これ、わたくしより長生きですもの。下手すると、この世に存在している大抵のものよりも」

ぞっとする枕をおいて、彼女は淡々と解説してくれた。この意志持つ厄の固まりと、妖精(アールヴ)である彼女はある程度の意思疎通ができるそうなのだ。私達ヒト、というより現世に肉を持って存在している生物には、単純な感情しか伝えられないそうだが……いや通訳がいたところで、こんなはた迷惑な代物は絶対に欲しくないのだが。

曰(いわ)く、この魔剣は主(あるじ)を求めてあの魔宮を生み出したという。自分に相応(ふさわ)しい、前の主と同等かそれ以上の力量を以(もっ)て振るってくれる新しい主人を欲するが故の暴挙。性質(たち)の悪い魔剣そのものの挙動に開いた口が塞がらない。

「この子、愛して欲しいのよ。愛し愛されたがって……定命にとってはた迷惑な求愛行動をしてたそうよ」

不意に頭蓋の裏側を引っ掻(か)いてくる空気を揺らさぬ悲鳴は、恐らく否定と不快を伝えるものだろう。発信源？　言うまでもなく分類不能の危険物だ。

その悲鳴をなんと形容すればいいか、私にはよく分からない。幾重もの声が重なった混声合唱に硝子(ガラス)や金属がひしゃげる音が重なり合い、意味のない音響を成しながらも〝意味〟だけを直接に叩(たた)き付けてくる。

言語ならざる意志の伝達。本来であればこの世に肉の殻を纏って存在している生命には能(あた)わぬ意思疎通の方法、これに馴染めぬ脳が抗議を上げるが故に斯様(かよう)に響くのであろうか。

「迷惑かけてないっていわれてもね。わたくしたちより世間離れしてるわねぇ」

「いやいや、あそこで何人死んだか分からないんだぞ？　それこそ死体すら上がってこない犠牲者が何人いるか……そんな力を持った魔剣、悪いが私には扱い切れんよ！」

「でもこの子、死体に関しては知らないとしか言ってないわよ」

「はぁ？」

ギシギシと脳を刻む悲鳴をウルスラがかろうじて私にも理解できる形に翻訳してくれた。

なんでも動死体（ゾンビ）を作り出すのは魔剣の権能ではなく、彼女を抱えたまま亡くなった冒険者の未練によるものだったとか。

剣は担い手を求めて魔宮を生み出し〝人を誘う〟要素を持たせたが、這（は）い回る動死体（ゾンビ）や冒険者でなければ分からぬ謎掛けの数々は、他ならぬ前持ち主の妄執によって作り出されたという。担い手の強力な未練が魔宮に凝った魔素へ方向性を与えてしまい、討ち果たされた担い手候補を更なる試練へと仕立て上げていった。

それがあの魔宮の発端にして真相。

そういえば軽く目を通した手記に、この剣に次代の担い手を探してやれなかったことを悔いる一文が最後の方にあったが……。

似合いのカップルか！　勝手に余所（よそ）で永遠にやってろ!!

魂からの慟哭（どうこく）は届くことなく、無情に解説は続けられる。

この魔剣そのものは単純に剣として自我を持っている以外に特異な権能を持たないという。

ただ必ず担い手の下に帰って来るだけのことを除いて。

まるで前世の神話群に嫌と言うほど登場する神剣、名剣の類いではないか。それが一体どうしてあれ程に厄いオーラを放つに至ったのかは全く想像が及ばない。大丈夫？　嘘ついてない？　これ持ってたら精神削られる系だろ絶対。声を聞いているだけで正気(SAN)を推し量るサイコロを転がされている心地なのに。

次元の彼方に放逐したにもかかわらず、当然の権利のようにヒトの寝台に寄り添っている厄物が戻ってきたのは、持ち主の下に帰って来るという機能を全力で果たしたからだとウルスラは言うが……いやいや、勝手に持ち主認定しないでくれ、いらん、絶対にいらんから。

「でも、こういうのって地の果てまで付いてくる……というより憑(つ)いてくる代物よ？　小遣い稼ぎとばかりに何度も売り払ったりしちゃいけなくってよ？」

そんな透明のナイフを延々売りさばくようなマネしません。むしろ、この見るからにヤバ気な代物を買い取る変人がいるか？　少なくともどんな所以(ゆえん)があるにせよ、希少にして強力だったところで金貰(もら)っても欲しくないわ。

「こういうのもなんだけど、諦めって肝心だと思うわ」

ヒト種(メンシュ)、百歩譲っても寿命を持つ種族から言われるならまだしも、不死の概念生命に言われたら喧嘩(けんか)売られているようにしか思えないんだが。

たしかに色々諦めて生きてきたとも。金髪碧眼(へきがん)なのは私のせいじゃないし、それで妖精(アールヴ)に絡まれるのには慣れてきた。何も悪いことばかりじゃなかったしな。

だとしても、この厄の固まりは話が違うだろ。そりゃーロールプレイでデメリット付魔剣のデメリットを悪用し、さんざぶっ壊れ火力のキャラを作ってきたとも。その魔剣に悩まされるロールも身内を巻き込んで――なんやかんやノリがいい連中ばかりだった――楽しんだが、ガチでやれと言われたら絶対に嫌だ。

そもそも、なんなんだ。剣なのに愛し愛されたいって。どういう意味だ。抱きかかえて寝ろと？　手入れの度に舐(な)めろと？

「えー？　なんか愛の話になると、この子妙に早口になって気持ち悪いんだけど……」

きぃんと脳に響く不快な思念が届くが、きちんと伝わらないのは早口のせいか。誰しも好きな物を語るときは早口になるというが、ちょっと度を超してるだろう。感情とか諸々(もろもろ)を高周波に圧縮して垂れ流すのはやめてくれ。

あまりに密度の高い電波を受け取った脳が揺れ、反吐(へど)を吐きそうな感覚と共に世界がぐるりと揺れたが……ふとその重みが減った気がした。右手を頭に添えて不確かな頭痛の名残を抑えようとしていると、姿勢を保つため寝台に添えていた左手が光る。

正確には左手の中指に嵌(は)めた、隠(なばり)の月の指輪。その中央にて輝く蒼氷色(アイスブルー)の宝石。私が殺し、私の腕の中で消えていったヘルガの名残が。

彼女が守ってくれているのだろうか。完全にではないものの、脳に響く思念の声がもたらす痛みが随分と和らいだ。長く聞けば間違いなく正気を損ねるであろう声が静かになるのは有り難い。

そんな私を知ってか知らずか、ウルスラが毒電波を頼んでもいないのに翻訳してくれた。辿々(たどたど)しい解説は、それだけで精神を削る破壊力を秘めている。やめて、きかせないで、もう大人しく寝かせて。

ヘルガの名残が頑張ってくれても、耳を塞いだくらいで声の侵入を止められないので仕方ない。指を耳の穴に深く突っ込んだとしても静寂を得られないことくらい分かっているが、気休めでも良いので耳栓でも誰か差し入れてくれないだろうか。

解説しないと自分が抗議を受けるからか、面倒くさそうに話すウルスラ曰く、剣の愛とは剣として十全の性能を示し、その本意を果たすこと。折れず、毀(こぼ)れず、曲がらず、常に全盛の切れ味を誇り、担い手の前に立ちはだかる敵を切り倒す。

魔剣が持つ要素はそれだけだが、確かにそれこそが〝剣〟とも言える。

今や剣とは一つの象徴でもある。これを腰に帯びることが力の誇示にして権力の表明ともなり、金銀により飾り立てることで権威を示すことにもなるが、元来剣とは効率よく敵を殺すために生み出されたものだ。

故にこの剣の語る愛とは、剣として比類なき高性能を持ち手に示すこと。

どれだけ硬い物でもなんなく切り伏せ、その上で刃が毀れることはなく、敵刃より身を守ってねじ曲がらぬ。所有者が望めば常に掌(てのひら)に収まり、何人であろうと盗むこと能わぬ力。

素晴らしい切れ味、不壊(ふえ)の性質、担い手の下に帰って来る特性……たしかにアスカロンやフラガラッハに通じる素晴らしい権能なのに、自分で持つと考えると全然惹(ひ)かれないから困る。やってることは同じなのに、どうしてここまで差がついた。

あれか？　これがいわゆる箇条書きの魔法というやつか。

さて、愛することが剣として秀でることであれば、剣として愛されることが何かといえば、勿論〝剣として〟使われること。要は敵を斬り殺すことだ。そして、愛の深さとは腕前に他ならない。技量の高さは、寝食を忘れ全てを捧げた末、ようやくほころぶ儚き華だから。

剣は武器。奪うだの救うだの守るだのの副次的な目的はどうあれ、これは単純に目の前に立ちはだかる〝敵〟を殺す目的を先鋭化させた結果生まれた産物。人類が殺意という概念を煮詰め、突き詰めていった結果の一つに過ぎない。

つまるところ、剣の仕事とはお飾りとして貴人の腰にぶら下がることでもなければ、平穏の象徴として鞘にブチ込まれて暖炉の上に飾られることでもない。

要約すれば、この黒い厄の塊は手前で色々ぶった切れといいたいらしい。やっぱりサイコじゃないか。

きんきん喧しいのは何かと思えば、とりあえず持ってみろと騒いでいるからだそうだ。何事もやってみないで否定するのはよくないとはいうけど……。

「……なんか病気しそうでやだ」

「そこは呪われるくらいにしときなさいよ」

いじけた電波が脳を虐めてくるので、このまま放っておいても好転しそうにないので諦める。それから物は試しと恐る恐る握ってみれば……。

何とも悔しいことに、まこと見事な剣であることは確かだった。

手に吸い付くようでいて、取り回しが実に易い柄。重心も素晴らしく中心寄りでありながら、きちんと先端にも重みがありコツを掴めば凄まじい速度で振り回せるだろう。艶やかな黒い刀身は、冬を目前とした夜気さえも切り裂くほど冴え冴えと輝いておりビジュアル面でも威圧感に目を瞑れば文句の付けようはない。

凄まじく長い両手剣であるため、私が得手とする数多のアドオンを習得した片手剣ほどの精度は出せぬが、素晴らしい性能であることに疑いの余地はなかった。

「ん……？」

何か文句を付けてやれる所はないかとジロジロ見ていると、樋に金色の文字で何事か書き付けてあるのが分かった。旧い文字は殆ど掠れて読めないが、帝国語に近い、あるいはその源流となる古語で刻まれているため一部だけだが判別が付いた。

渇望、曖昧な文字列が意味する言葉は餓えるほどに待ち望む意志。希求し、庶幾い、切望することを銘として刻まれているから、これほどにマッドなのか。

とりあえず、これを〝渇望の剣〟と呼ぶことにするか。

いや、もう何かどうしようもないぞ。次元の彼方にかっ飛ばしても帰って来られたら、どうしたもんか全く分からん。これがゴミ捨て場に捨てて帰って来たってレベルなら「おっしゃぁとことんやったらぁ！」と手頃な活火山でも探す気にもなるが……。

活火山に呪いの道具を不法投棄しに行くのは悪くないな。とりあえず耳が長いのはいるから――比べたら弓で射られそうだが――坑道種(ドヴェルク)と矮人種(フローレシエンス)の友人を探すところからだな。

現実逃避の冗談はさておき、少なくとも独力でどうこうできる話ではなくなってしまった。このレベルの品物となると、もうアグリッピナ氏かライゼニッツ卿(きょう)、あるいはファイゲ卿を頼るほかあるまいよ。

帰って来る度に昼寝くらいじゃ回復しきらない消耗の空間障壁に捨てる訳にもいくまいし、それなら暫(しばら)く我慢するほかないわな。

私は絶望しながら剣を放りだし――何やら文句の思念が飛んで来たが知ったものか――寝床に潜り込んだ。

「あら、まだ寝るの？　愛(いと)しの君」

「精神的にどっと疲れた……どうせなら子守歌の一つでも歌っておくれよ」

やけくそで言った冗談は何故(なぜ)か叶(かな)えられてしまった。ウルスラはくすりと笑い、枕に顔を埋(うず)めた私の後頭部にふわっと座り込むと夜風のような声で歌い始める。

「しずかなよるよ、やさしいよるよ」

優しい声だった。喩(たと)えるなら、残業明けに煙草(たばこ)を咥(くわ)え、ぼうっと月を見上げた時の何とも言えない心地。じっとこちらを見守る月と、疲れて汗ばんだ体を撫(な)でてゆく温(ぬる)んだ夜風を思い出した。

あれは疲れて疲れてしんどい中、報われたような気がする一瞬だったな。

そんな懐かしい心地がしたのは、彼女が夜闇を司る妖精だからか。薬草の匂いがする枕を抱きしめ、郷愁と安息に駆られて長い吐息が溢れ出す。

「つきのよるよ、やさしいひかりのうでのなか、ねむるよいこはやすらかに」

厄介極まる物を押しつけられた中、これはまぁ報酬にカウントしていいのだろうか。

うん、していいだろうな。さんざ寝倒したはずなのに、気持ちよく眠れそうだから。

ああ、そうだ、熟練度の貯まり具合を確かめるのが今から楽しみだ。

「おやすみなさい、愛しの君。今度はきちんと頼ってくださいましね？」

でも、もう明日でいいな。明日で………。

【Tips】意志持つ器物というのは希少であるが、実在する物として知れ渡っている。中には人語を操り親しみを持たれる物もあるが、その精神性がヒトに近しい物であるとは限らない。なにせ、彼等は動物とも精霊ともつかず、ましてや人間でもないのだから。

夏休み明けにガラッと雰囲気が変わった女の子にときめいたことのない者だけが私に石を投げよ。

「やぁ、友よ……なんだ、その、恥ずかしいからあまりじっくり見ないでくれ」

夜が明けて対面したミカは、なんというか見違えるという言葉が安っぽいレベルで変わっていた。

大本は変わっていないのだ。艶やかな黒髪は陽光に照らされて光の円環を湛え、全ての顔の部品が黄金比に従って配された顔立ちの端整さに陰りはない。

ただ、鼻が微かに丸みを帯び、唇は厚く瑞々しさを増している。頬骨や顎回りが描く輪郭も優しさを増しており、顔の陰影さえも常とは異なる。

同時に首筋から肩に掛けての曲線、膝頭や手首の形や見事にくびれて柳のように色気ある腰の形は決して繕いきれぬ変化を帯びる。

朝の訪れを報せた友は、紛うことなき美少女へと変貌していた。

「あ、ああ……すまない。いや、だけどまぁ、なんとも……」

「なんとも？」

はにかみながら、彼は……いまは彼女か？　ともかく、彼女は少し伸びて癖が弱くなった髪を弄んだ。昨夜に覚えた違和感はこれなのか。

「あー……えー……可愛らしくなったね？」

「そうかな。僕としては何も変わっていないと思うんだけど」

これで変わってないと言われたら世の女性から色々投げつけられてしまうぞ、我が友。そして、それで泣き付かれたとして、私としては飛んでくる物の盾にはなるが一切の擁護は致しかねる。

中性だった頃は眺めれば眺めるほど男女の判別がつかぬ故の妖しい美があったが、今の彼女は何処からどう見てもケチの付けようがない美少女だ。中性時と違ってぱっと少女だと分かる少年らしさ(ボーイッシュ)は、いつもの道を過たせようとするような——これも失礼な物言いだが——愛らしさではなく健全に可愛いから困る。

「それとも……変わりすぎた僕は嫌いかい？」

しげしげと見すぎる私を咎(とが)めるように、それでいて何かに怯(おび)えるように友は腹の前で組んだ指を弄びながら言った。恐らく彼、おっと、彼女としては無自覚に違いあるまいが、首を小さく傾(かし)げ唇を小さく尖(とが)らせている様は庇護(ひご)欲と同時に良からぬ嗜虐(しぎゃく)心を掻(か)き立ててくるではないか。

「真逆(まさか)。言っただろう、我が友」

これがキュートアグレッションという物だろうか、などとよからぬことを考える負の自分に正の自分が馬乗りになって顔面に拳を突き立てて黙らせる。襟首を摑んで僅かに首をもたげさせ、殴打の衝撃で床に後頭部をたたきつけさせる念の入れっぷりで。

「私は君の友達だ。君がどんな姿であろうと、どんな立場になろうとね。あの晩に言った言葉は何一つ変わりはしないよ」

彼女の両手を取りしっかりと握り、額をぶつけて目を間近で見つめる。元より長い睫(まつげ)が更に長くなり、僅かに目尻が垂れ女性としての色が強まっているものの理知に溢れた瞳に変わった所はなにもない。

そこには彼女の尊い魂がはっきりと映り込んでいる。姿形がどれだけ変わろうが、不変の価値を持つ無二の彼自身(ミカ)という精神が。

「それとも、君こそ私をいざ姿が変われば言を翻す軟派な男だと思ったかい？」

「……ふふ、それこそ真逆さ。ありがとう、我が友」

結んだ手を解いて背中に手を回し、お互いの体を抱きしめた。服を抜けて伝わる熱、これればかりはあの夜と何も変わらない。たとえ肩が細くなり、鼻を擽る髪の匂いが薬草に負けぬ甘い少女の匂いになろうとも、ここに居るのは私の掛け替えのない友人なのだとはっきり分かった。

長い抱擁の後、どちらからと言うこともなく手を解いて気恥ずかしげに笑い合った。真っ昼間からやるには少し恥ずかしいね、なんて気恥ずかしさを冗談に混ぜて誤魔化しながら。

「まぁ、口説かれたとしても君が相手なら面白かったかもしれないけれどね」

「ぶっ……また際どい冗談を……」

「ふふ、許しておくれよ我が友。僕も肉体の変化に釣られて心根も少し変わっているのさ。さぁ、こうやって君とじゃれるのも楽しいけど、朝餉にしようじゃないか」

何も変わっていないが変わってしまってもいる友にどぎまぎしつつ、私を起こす前に彼女が運んできてくれた朝食を受け取った。癒者から渡されたというそれは、何ともそっけのない麦粥には魚醤が申し訳程度にかけられており、脇に添えられた李の塩漬けが塩気を辛うじて供給してくれる。

「不満そうにしてもダメだよ、正直に言うと相当物足りないのだが……。

「不満そうにしてもダメだよ、エーリヒ」

焼いたパンと腸詰め（ヴルスト）に牛酪という伝統的な三重帝国の朝食が載ったミカの盆をじぃっと見ていると、断固たる意志の籠もる拒絶の言葉が壁として立ちはだかる。同時に背に自分の盆を隠してまで譲らぬと表明されてしまった。

「自覚がないから仕方ないだろうけどね、君は六日も寝ていたんだ。急に物を入れると胃がびっくりして戻してしまうそうだよ」

癒者からの受け売りを語り、不服そうにする私に彼女は無理矢理お盆を押しつけた。

あー、某ハゲ鼠氏（とよとみのなにがし）がやっちゃったってアレか。長期間臥（ふ）しても床ずれや筋肉が萎えるのを防げても、胃の退化までは防げないとは便利なようで不便な世界だなぁ。

「僕でさえ、堅い物を噛（か）めるのは今朝からようやくなんだ。我慢だよ、我慢」

性別が変わると同時に変声期も来たのだろうか。ボーイソプラノの澄んだ音声は、より高い声音の少女らしい声になっている。何となく、性別が変わったとしてもどっちつかずな見た目になるのではと想像していたのだが。

これは男性になった時も見物だな。さぞご婦人の目を惹（ひ）く美少年となることだろう。ますますライゼニッツ卿に引き合わせてはいけなくなってしまった。あの御仁の欲望を一気に二つ——場合によっては新規開拓して追加で一つ——満たせるとなったら、下手すると学閥紛争もありうるな。

うーん、見てみたいような見てみたくないような。女の取り合いで権力者が洒落（しゃれ）にならない内紛を起こすことは前世でも今世でも屢々（しばしば）あったが、有史以来希（まれ）に見る馬鹿馬鹿しさだぞ。

　可愛い子をコスプレさせるために粉を掛ける変態と、それに当然の抗議をした彼女の師。対応によってはどちらも激怒し得るし、そうなったら学閥紛争の再燃は容易に想像できる。とくれば、有力魔導師同士がぶつかり合って結果的に数人の首が物理的に飛ぶ程度で済めばマシといった被害の争いとなり、そこまでいけば帝室としても無視はできないから介入が起きて公式な記録を残す必要が出てくると。

　後世の歴史家も現代の官僚もさぞ苦心することだろうな。前者は解釈に、後者はどうやって真面な体裁で真面目ったらしく阿呆臭いことこの上ない事態を書き残すことに。

「……友よ、僕を見ていても粥は減らないぞ」

「え？　うん、そうだな……」

　じろじろ見過ぎだと言外に指摘され、慌てて匙を手に取った。粥の味は出来以前によく分からなかったが、我が友の変容に驚いてばかりもいられないな。再来月にも大きな衝撃が訪れることは確定事項となり、今後も付き合う中で慣れるほかないことでもある。

　それに言ったのは私だろうに。どうあれミカはミカだと。

　味気ない朝食はあっという間に終わらせた。因みに、彼女が目覚める前に厄い剣は寝台の下に放り込んで――思念が頭痛と混じって酷かったが黙殺した――隠してあるので、再会早々ミカの正気度が削られるイベントは回避だ回避。

「さて、僕らはあと一〇日はここで大人しくしていないといけないらしい」

朝食を片付けた後、ミカは隣の寝台に腰掛けてそう言った。なんでも起き上がれたら表面上良くなったように思えるが、その実、体は「動けないと死ぬ」と判断して無理に稼働状態に入ることが珍しくないそうだ。これは人間がもっと原始的な生き物だった時の名残であり、その時代は病床に伏す＝死なので、考えてみれば理解に易かった。

「この抹香臭い病室で一〇日か……中々にげんなりする話だ」

「言っておくけど、運動は厳禁だからね」

うへぇ、と舌を出してみれば魔法で小さく額を叩かれた。眉尻を下げて仕方がないな、と言いたげな顔が何とも様になる。これは思春期の同年代男子は、彼女にこの表情をさせたいがためだけに稚気溢れるちょっかいをかけかねないぞ。

「鈍ってしまうじゃないか。こういう言葉を知らないかね？　一日休めば自分で分かり、二日休めば師に分かる。そして」

「三日休めば誰もが分かる、だろう。仕方ないじゃないか、一日のために無理して一生を棒に振れば損得の勘定が合わないよ。それに君が臭いというこの香だって、僕らのために焚いてくれてるんだ。肺腑を治すための薬らしい」

「これ薬なのか？」

「ああ。喉や気管に薬は塗れないだろう？　だから空気に混ぜて吸わせることで少しずつ取り込ませる魔法薬なんだってさ」

これ見よがしに吊してある薬草と同じく、てっきり魔法っぽい雰囲気の演出とばかり思っていた。魔導師も魔法使いも、その手の演出で住処を飾るのは大好きだからな。あのアグリッピナ氏でさえ、何の意味があるのか分からん庭園みたいなギミックを幾つも工房に仕込むくらいなのだから。

それにしても、また値の張りそうな話である。ファイゲ卿は一体どれだけお大尽してくれたのだろうか。請求書を後から叩き付けてくるようなみみっちい御仁ではなかろうが、総計で幾らかと考えるとヒヤッとするどころではない。

後でお礼を言いに行かないとなぁ……。

「そうだ、君に手紙を預かっていたんだった」

ふと思い出したのか、彼はベッドサイドから封筒を取り出した。豪奢な箔押しの飾りと金箔の模様が描かれたそれは蠟印で留められており、丁寧にケーニヒスシュトゥール荘のエーリヒ殿へと達筆な速記体で宛名書きがされていた。

この見るからに几帳面そうな書体、そして封筒一つで出稼ぎ労働者の日当が軽く吹っ飛びそうな品を寄越す人物に覚えは一人だけだ。蠟を飾る白妙菊の紋章は、貴種の由縁を報せる不可侵の証明。

ファイゲ卿からのご褒美に相違あるまい。

私はいそいそとナイフで封を開くと、ぱちっと空気が弾ける音がした。何やら魔法の残滓が一瞬見えたので、本人以外が開いたら酷い目に遭う呪いでも籠められていたのだろうか。

「また随分と楽しそうに開く。恋文……ではなさそうだけど」

「ともすれば、それより心躍る瞬間さ。友よ、君も他人事ではないぞ？　あの冒険の報酬なんだから」

一緒に見ようと寝台を叩いて誘えば、彼女もなんやかやで気になっていたのか小走りでやってきた。走る仕草も体の動きも女性のものになっているが、果たしてそれは彼女が意図して制御しているのか。

はたまた脳がそういう構造になっているのだろうか。自然と性別に見合った仕草をするような構造をしているのだとしたら、性別の移行に合わせて脳まで変わっているとも想像できる。

いや、それはまぁいい。気になるのは触れた肩の柔らかさや、先ほど嗅いだが、何度嗅いでも忘れ難い甘やかな少女の香り……。

「どうかしたかい？」

一瞬固まった私を訝って顔を覗き込む彼女に何でもないと告げ——まぁ、あからさますぎて普通にバレていそうだが——私は封筒から中身を取り出した。

……とてもなんかいだ!!

「うわ、本朝式の宮廷語だね」

友が言うとおり、手紙は本朝式と呼ばれる極めて格式高い、帝室にでも宛てるような宮廷語の極みにある繊細にして複雑、迂遠であり難解な文章で記されていた。

「これは凄いな……見たまえよ君、文字一つ一つが複製したかのように整っている」

「凄いね、本当に。ほらこれ、文字が完璧に等間隔だし、もの凄く綺麗だ」

複製師の面目躍如というところか。改めてファイゲ卿の作品――最早手紙、と軽んじることはできない――を見れば分かる。彼が作った写本が下手をすると原本より珍重されるという評判が嘘ではないことが。

まぁ、そこはいい。そこはいいのだが……。

「なぁ、我が友……」

「我が友、僕も言いたいことは分かるが、生憎本朝式の宮廷語は話の種くらいしか知らないよ」

「そうか……私もだよ」

この手紙は私達には、貴種としての教育を受けていない丁稚と発展途上である聴講生には難しすぎた。

手紙で用いる文法や単語の質によって敬意を示す文化が三重帝国の貴族社会にあると知らなければ、何かの嫌がらせとしか思えないくらいに。

喩えるならば、教育漢字を習い終わった小学生に御家流の達筆極まる草書の手紙を寄越すようなものか。同じ言語、同じ文字を書いている筈なのに専門知識がなければ一文字とて読み解けないあたり、感覚的にはかなり近いと思われる。

いやはや、読むだけでかなりの行為判定を強いられるとか何事か。

これをスラスラと読めて、さっと書けなければ貴族になれないというのなら、私は一生平民でいいな。脳味噌(のうみそ)が縺(もつ)れること縺れること。

「えーと、ここの用法は……あれ？」

「ん……ここの修辞がどうかかってるか分からないな。多分、前後の文脈から判断すると……」

「いや、違うんじゃないかミカ。ほら、そうすると主格にそぐわないことに」

「うー、そうか、いやじゃあ前段から続く内容がだね」

二人で額を突き合わせながら、あーでもないこーでもないと文章の解読に力を入れて読み進める。さっきまでドギマギしていたのが嘘のようにいつも通りの空気だ。ああ、やっぱり友人として過ごした時間は、そうそう変わる物ではないのだな。

半刻以上も二人で脳味噌を最大限捻(ひね)り、田舎者の子供二人にしては意味の通る文章をどうにかこうにかでっちあげることに成功した。

尚(なお)、そこまで頑張った手紙の一枚目は時候の挨拶、そして軽い自己紹介、その上で今回の経緯を説明しただけのものであった。ふざけろ、あと何枚あんだこれ。

「あん？」

「おや……これは……」

げんなりしながら手紙を捲(めく)った私達の視界に映ったのは、普通の平易な帝国語の文章であった。宮廷語ですらない簡素な手紙は、先の内容から余計な修辞を切り取り、今更必要なさそうな自己紹介を省いたもの。続く文章は私たちの怪我へのねぎらいや治療費の心配は無用である旨、そして今回の事件を領主に報告したところ、領邦首都に出向かねばならなくなり見舞いに行くのはかなり先になるという詫び。

最後にこう追伸があった。

本朝式の手紙は、自分の主や教授に仕果たした偉業の証拠として提出するがよいと。ついでに読みづらいだろうから、平易な口語の帝国語に崩した内容を挟んでおくから、忘れず抜き取っておくように。

二人して顔を見合わせ、再び目線は文面に。さらに数秒見つめ合い、何も言わず視線は揃って天井へ向かい……。

「「こっちを一枚目にしろ!!」」

私達は一言一句違わず、同じ怒声を張り上げた………。

【Tips】本朝式宮廷語。宮廷語の中でも極めて高度にして複雑怪奇な文法と筆記法則を持つライン三重帝国特有の文化。主として口語ではなく筆記にのみ見られる様式であり、公的な手紙、公文書、書簡などに用いられる。

宮廷語が複雑極まる発展を遂げた理由の一つに、外様の間諜をあぶり出す意図が含まれているという学説がある。不慣れであれば一目で分かり、不適切な単語を口にしようものならばハイソサエティの人間は容易く見抜く。仮に外見が完璧な変装をした所で、言葉まで真似るのは簡単ではないのだから。

二人で一頻りクソ面倒臭い本朝式宮廷語の存在価値を問う罵倒を口にして不満を解消し、どうにか溜飲を下げることに成功した。これが存在することで得してるヤツが居るのか甚だ疑問である。礼状一つ寄越す度にここまでしないと生きていけないとか、三重帝国の貴族とは実は罰ゲームなのでは？

とりあえず普通の文面の手紙と宮廷語の手紙をより分けると、その途中で小さな封筒が二つ見つかった。極東の入れ子細工みたいな真似をするものだな。

「若き勇敢なる剣士殿へ？」

「こっちには有望なる魔導師志望殿へとあるね」

互いに封筒を見比べ、一応当てはまるだろう割り当てをして――勇気もへったくれもなく、ただ死にたくなかっただけなのだが――封を開けば、現れたのは一枚の箔押しの短冊であった。

「なんだこれ」

分厚い羊皮紙を加工して作ってあるだけで、単なるメモ書きや伝言に使うような用紙ではないと分かる。前提として羊皮紙は保存性に優れるが、製造費が極めて高いため重要な書類にしか使わないのだ。

「手形じゃないかな……？　教授のお遣いで何度か見たことがあるよ。発行は商人同業者組合か、手堅いね」

なるほど、為替手形か。発行者が支払いを第三者に委託し、受領者に現金の代わりとして寄越す古典的な有価証券の一種だ。上等な紙を使う理由に得心がいった。

受領者、この場合は手形を受け取った私が商人同業者組合にこいつを持ち込めば現金と交換してもらえ、後には委託者たるファイゲ卿から組合が金銭を受領、あるいは預金から天引して清算する形となる。

我々の金銭は硬貨が一般的であり、大量の流通には不向きだ。重いし嵩張る(かさば)し、奪われてしまえば後からその金を本来自分の物だと証明するのが難しいから。なんか前世で死ぬ前にそんなCMあったな。

それ故、個人にしか両替できず、紙一枚で数万枚の金貨にもなり得る為替手形というのは道中の安全が確約されぬ現在は大活躍なのだという。巡察吏がこんだけ気合い入っている三重帝国でも野盗は出るのだし、非常に納得のいく話であった。

つまりファイゲ卿は私達にお小遣いをくれたのだろう。豪儀な話だ、やっぱ金持ってる貴族は違うな。

「えーと、金額は………」

ん？　何か妙な単語が見えた気がする。

「なぁ、友よ」

「何かな友よ。僕は今、ちょっと目薬を貰い(もら)に行こうか真剣に悩んでいるところなんだ」

奇遇だな、やっぱり友人らしく気が合うようだ。

冗談はさておき、手形に記された通貨単位は間違ってないだろうか。アスでもリブラでもなく、ドラクマと書いてある気がするのだが。

ドラクマ、金貨である。この国における最高通貨単位であり、以前私が一杯食わされた試し切りの露店と違って〝金貨一〇枚〟みたいなお為ごかしではなく本当に一〇ドラクマの価値がある金貨一〇枚分ということだ。

凄まじい金額に興奮するでもわくわくするでもなく血の気が引いた。

考えても見て欲しい、比較的裕福だった我が家の年収約二年分だ。つまり、平均的なリーマン家庭に置換すれば四〇〇〇万円から八〇〇〇万円近い現金を受け取った計算になる。

そりゃー小遣いが多いに越したことはないさ。でもね、お年玉の封筒に札束ねじ込まれてたら困惑するだろ普通。爺さんが調子乗って若いのに小遣い握らせるにしても、これはやり過ぎなのでは？ 普通に冒険者になっても、ここまでの実入りの仕事ってあるのか疑問だぞ。なんだ、私はついでに竜の……いや、龍の首でもとってこいと？

「ここ、これは夢じゃないだろうね？ だ、だったら手帳を新しく、いや、ローブを新調……家に仕送り、あ、学費の返納、あああああ……」

同じ額面を叩き付けられた貧乏苦学生の友人は頭を抱え、色々と発散しがたい感情を沸騰させながら首をかしげていた。かしげて、というよりも最早捻っている。脳味噌と思考の縺れっぷりを反映するかの如く捻れている彼女の内心は、察してあまりあるものであった。

「おおお、落ち着けミカ、れれ、冷静になるんだ、とりあえず頭を冷やして正しい金額を書き直して貰おう」

「き、君こそ落ち着けエーリヒ、ここ、こんな綺麗な字を書く人が、かっかか、書き間違える筈がないだろ？　ねぇ、ないよね？　ぬか喜びじゃないよね？」

落ち着けと言いながら私の声は滑稽な程震えているし、最早軽いはずの紙切れ一枚握っている筈の手の感覚がない。ミカの混乱もなかなかのもので、私へ縋るように、というより実際に縋り付いて確認してきている。もし漫画的に表現するなら、潤んだ瞳はぐるぐると渦を描いていることだろう。

無様と言うなかれ、我々は単なる小市民なのだ。私は日銭にも苦労する丁稚であり、彼は一日の風呂を贅沢に思う苦学生。それが数百万の価値がある札束を唐突にポンと投げつけられて、一体どうすれば冷静に対処できようか。

金貨なんてあの祭以来手前で直接触ったことはないし、アグリッピナ氏から約束されていた一ドラクマだって生活費か貯蓄行きの予定だったのだ。それがいきなり一〇倍……？

マシになった筈なのに頭がクラクラしてきた。六日寝てた人間になんてもん叩き付けやがる。嬉しいけど困惑が勝って如何とも感情を処理しかねる。

「よし、寝るか」

「……そうだね、お昼寝だね」

頭が沸騰して死ぬ前に私達は完璧な現実逃避を決め込むことにした。これはもうちょっと精神が落ち着いたら処理しよう。お礼状とかもそれからだ。そんで、一ドラクマを将来の貯蓄にとっといて、後はエリザの学費に充てるんだ。

私達はもう面倒になったので同じ寝床に潜り込み昼寝を決め込んだ。

そして、後で手紙の文面を漁り、また私一人で卒倒することになる。

なんでまたファイゲ卿はクライアントではなく、私に〝例の本〟の所有権を譲渡するなんて面倒臭い真似をしてくれたかな………。

【Tips】この時代、貧富の差は現代と比べ物にならないほど激しいものである。ファイゲ卿は一冊の写本で数十から数百ドラクマの稿料をせしめ、アグリッピナは本を買い漁るのに年間一〇〇ドラクマ以上を投じ、ライゼニッツ卿はエーリヒとエリザにコスプレさせる予算で二〇〇ドラクマを蕩尽している。

ファイゲ卿が病室を訪ねてきたのは、私が癒者より軽い運動を許される程に快復してからのことであった。

「おお、壮健そうでなによりだ、若き剣士よ」

北方の早い冬が訪う予兆を引き連れてファイゲ卿はやってきた。貴種らしく到着の三日前には訪問を報せる手紙が届き、先触れこそなかったものの窓から一枚の枯れ葉を――閉じていた窓からだ――飛び込ませて来訪を報せる洒落っ気は、伊達に帝都にて商売をしていなかったなと思わせられる。

「良くおいで下さいましたファイゲ卿。再びお目にかかれて恐悦にございます。改めて格別のご配慮を賜り、心よりお礼を申し上げます」

手土産らしき包みをぶら下げた彼を迎え入れ、跪いて頭を垂れる。庶民として貴族を迎えるにあたって相応しい所作というものがあり、私もミカも帝都に暮らしているため相応以上の知識がある。

たとえ相手が気軽に接して下さり、それを許して下さる方であっても最初は畏まって応対する必要があるのだ。肩の力を少し抜くのは、お許しがあってからである。

「うむうむ、そう畏まることはない。この地においては家名の前に貴族位が付こうが飾りのようなものだ。それよりも、隣の麗しい魔法使い殿を紹介してはくれんかね」

卿は鷹揚に仰って、手の仕草で立つように促してきたので我々も立ち上がって相対する。

中々驚くべきことに、卿はきちんとした正装をしておいでであった。

木目の肌と銀葉の髪と髭に色合いを合わせた濃紺のダブレットや脚絆は樹人種に合わせたゆったりとした意匠でこそあるものの、帝国貴族が重んじる伝統――お洒落の前に吹き飛ぶような軽い物だが――を汲んだもの。纏う防寒用の大外套も家紋を刺繍してあり、貴人の家を訪ねたとしても不足のない一品。

地下の子供二人を見舞うにしては上等すぎる衣装、そしてそこに滲む敬意に此方がすくみ上がってしまいそうだった。

「彼女は私の友。報告に上がった際にお話しさせていただきました魔法使いでございます」

「お初にお目にかかり光栄です、ファイゲ卿。魔導院黎明派の学徒、ミカと申します。我が友と同じく、ご厚意による手厚い治療に感謝いたします。このご恩は、必ずやお返しいたします」

「おお、硬くなるでないよ若き勇者達。この身も元は地下の出、古木より生じたる一本の枯れ枝に過ぎぬ。さぁ、座ろうではないか。土産に州都の菓子職人が作った焼き菓子を持ってきたのだ」

卿に促されたため、私は彼を椅子に誘導し茶席を整える。男性であっても貴人が座る際、身分が下の者が居れば椅子を引くのが礼儀である。

椅子や机はファイゲ卿の来訪を知った癒者が用意してくれた。魔法使いではなく魔導師である癒者の持ち物だけあって、病室には不釣り合いだが正装し威厳を増した卿が座ってもひけをとらぬものである。

同時にミカが予め用意してあった茶を持ってくる。此方も骨焼きの白磁の茶器が揃いで提供されており、アグリッピナ氏が普段使いしている品よりは幾らか格が落ちるが、私達では到底買えぬような代物であった。

こんな辺境の入り口で希少な癒者が開業しているのが不思議だったが、ファイゲ卿の存在もあって何となく理由が分かる気がした。素朴な病室、気は行き届いているが派手すぎぬ療養棟。そしてファイゲ卿の好みを心得た供応から察するに、この癒者もまた都会に倦んで地方に流れてきた同士なのであろう。

着座してからは和やかな時間が続いた。

ミカが煎れた黒茶は美味く、好みの銘柄であったのか卿もご機嫌に楽しまれている。この時期は特に空気が乾燥するため、老いた樹人である彼にとっては水分が欠かせないようだ。

お土産の焼き菓子も広げて摘まんでいるが、これもまた美味しかった。甘さは控えめで黒茶の香ばしさを引き立てる味付けであり、控えめに塗られた糖蜜が生み出すぎゅっと詰まった噛み応えが歯にも舌にも楽しい。

交わされる会話も自己紹介を切片として続く来歴や思い出話に連なるもので、剣呑な話題は何一つ出てこない。

しかし、暫くして帝都での生活や仕事の話をあらかた終えた頃、雲行きが怪しくなってきた。

「なるほど、それ程の仕事をしてきたのであれば此度の成果も頷ける。やはり、これを託すに十分と言えるか」

卿は自分の中で何かの得心をつけたのか、徐に懐へ手を差し込むと一つの木箱を取りだした。明らかに懐に収まる大きさでないそれは、かつて彼の書斎で見た忌むべき本を丁度呑み込んでしまえるものだった。

「うっ……」

「これは……」

過去の記憶が想起して思わず呻きが漏れ、ミカは差し出された箱に刻み込まれた精緻極まる封印術式に目を見張る。

箱の表面を飾る彫刻は外観を華美に飾るための物ではない。むしろ歪な曲線が組み合わさり、左右対称の均衡を好む三重帝国の美観に真っ向から反した物である。

魔法というには不合理で不格好、宗教的というには冒涜的過ぎる曲線の絡み合いは正しく封印と呼ぶに相応しき悍ましさ。遠目に見て初めて、それが〝泡〟のような円の組み合わせであることが分かった。

「報酬の一つ〝失名神祭祀韋編〟である。しかと用意した」

「あ、ありがとうございます……」

口の中で堅く、重くなった唾を飲み下してなんとか受け取ることができた。箱に収まって尚もこの威圧感。素手で触っていたらどうなっていたのか容易に想像できる。

「四重の祭祀封印、八重の封印術式、そして一つの物理錠にて封じてある。安心するとよい、うっかり開くことはないし、その気になればこの世が果つるその日まで暗がりに追いやっておける代物だ」

事実、卿が仰った通りに何処かに深く深く埋めて、二度と誰の手にも届かぬようにしてしまった方がいいような気もしてくる。

お遣いを命じられた時は何も感じなかったが、私の主人は何を思ってこんな厄の固まりを欲したのか。書架や大書庫より本を取りに行かされた経験から乱読家であらせられることは分かっていたが、こんなブツを読みたがる気が知れない。

「そなたの主人が真っ当に扱うことを期待しよう……念のため、鍵と箱は別々に保管しておくのもよかろう」

「……ご忠言、真摯に受け取ります。ミカ、持っていて貰えるかな？」

渡された重い真鍮の鍵を手に持てば、この鍵自体には何の曰くもなかろうに「差し込んで回してしまえ」という邪念が湧いてくる。初めて彼の忌まわしき本を見た時と同じく、絶対に読むどころか手に取るだけでヤバいと分かるのに、開いてしまいたくなる破滅的な欲求が湧いてくるのだ。

友は息を呑み、私と箱の間で視線を巡らせた後、腹を決めたのか頷いて手を伸ばす。開かれた掌の上に鍵を落とせば、震える指が畳まれてしっかりと握り、存在を追いやるように懐へと呑み込む。

私も本を手に取り、寝台の横に置いてある背嚢の奥深くへ仕舞い込んだ。荷物を引っ張り出し、底の底、あまり用がない換えの服や肌着に埋もれさせて。帰るまで決して手を突っ込むことはすまいという意志と共に蓋をする。

「ふむ……楽しい茶会に水を差してすまなかった。さりとて、渡さぬ訳にもいかぬでな」

「いえ、必要なことですので、過分なお気遣いはご無用に願います」

視界からこの世に物体として結実してしまった呪いが消え、漸く毛羽立った精神が凪いできた。仰々しい封印の箱に収まってコレなので、本当にむき身で持ち歩かずに済んでよかったな。

「しかし、アレは一体なんなのでしょうか？　名を失った神とは……」

ミカが鍵を呑んだ懐を押さえつつ、そんなことを聞いた。卿の寝室にて私が恐ろしくて聞けなかったことだ。

彼は友の独り言に近い質問に対し、ふむと呟いて顎をなぞった。霜が降りたように白い葉の髭を弄びつつ、理知に富んだ黄金虫を想起させる目が慎重に煌めく。

どこまで語ってよいものかを考えて居るのだ。

「神の力は信仰、つまり世に生きる者達からの愛によって育まれる。しかし、その力が良き方に流れるとは限らぬ」

「悪神と善神の違いでしょうか？」

「否、それは宗教的な二分論や人の価値観における分類に過ぎぬよ、小さき者。そうさな……世にはない方がよい善意というものもあるのだ」

たとえば、と一つ前置きしてファイゲ卿は遥か東方の神話を語った。

今は信仰を失って零落した神の一柱に「死は解放」と説いた神が居たらしい。この世には一切の楽はなく、苦の一側面でしかないため全ての生は苦しみに溢れていると説いていた。

この辺は分かる。般若心経、私をこの世に導いた弥勒菩薩――あくまで私が推察する限り――の先輩となる釈迦牟尼仏こと仏陀が説いたとおりである。

この世の一切が苦であることを悟ることにより解脱の重みを知ることが原始仏教の要点であるものの、その神は何を思ったか「自死と他殺」を功徳と定め、心底よりの善意として信徒に教え込んだそうな。

結果として他の神群より邪神と認定された彼の神は信徒諸共に滅ぼされ、今となっては古い物語の悪役として一面を残すのみとなり、経典も数えるほどしか現存していない。

「善意と心から信じて行おうが、良くない方向に進むことは数多ある。帝国においてもそうだ。改革に失敗した領主、誤った慈悲を垂れたが故に堕落した荘、ただよかれと思って始めた行為が異端となり焼かれた街……枚挙に暇はない」

これと同じく、神の善意によって滅びに向かったことはあるが、それをして名を奪われた神はないと卿は続ける。

「失名神は善意悪意などなく、ただ〝在る〟ことが害と見られた神であろう。存在し、知られ、語られることさえ悍ましいと思われたが故、神殺しという不遜さえも人々に呑ませた異端中の異端……深く考えるべきでも知るべきでもない」

「知ることすら害となるのですか？」

「そうだ。その名を口にするだけで永遠に魂が呪われることすらある。脳が認識するだけで干渉を受けることもある。故に名さえも葬り、永遠の忘却の彼方に葬らんとしたのであろうよ。この身も樹人でなければ、原本の写しの写し、その異言語版のまた写しであったにもかかわらず危険であったやもしれぬ」

おいおい、原典から言語さえ変わったひ孫写本(コピー)でさえヤバいのか。そんな物に耐えながら複製できるとか、本当に凄(すご)い人なのだなファイゲ卿(きょう)は。

「ふむ……つまらぬ話で卓を冷やしてしまったな。どれ、話題を変えようか」

空気の冷えを察したのか、卿は黒茶の残りを干してから一つ手を叩(たた)き、あえて明るい笑顔を作り切り出した。

改めて詳しく魔宮で何が起こったかを聞かせて欲しいと。

私も報告に上がった際に説明したが、それは癒者を早く説明して貰いたいが故の簡略化したものであった。ここで彼が望むのは、それこそ一遍の物語に仕立てられるほど正確な語りであろう。

ミカと顔を見合わせると、彼女は許可を求めるような目をしていたので……諦めて頷いた。貴人からの要望を断ることは難しいし、そこまでして秘するようなこともない。

自信を持って言うのもどうかとは思うが、私には文才というものはない。アグリッピナ氏から教養として教わっている宮廷語での筆記に際し、出世は難しそうねという高評価をいただいていることから明らかだ。

手紙に詩を添えるとかいう意味不明な文化——百歩譲って手紙はいいが、報告書にはいらねぇだろ——のせいで素の私が持つ詩才のなさが露呈したが、正直そっちに熟練度を割り振るのは勿体ないことこの上ないので、さぱっとないものはないと思いきることとした。官僚を目指すとか魔導師として立脚するならそれも必要にはなろうが、冒険者を将来の目標に据えた私には無用の長物としかいいようがない。

だが、ミカは違う。

彼女は魔導師として大成し、北方の故郷を住みよくする大望を抱いて魔導院の門戸を叩いただけあって、出世に必要となる技能も押さえている。二人の間でお約束となったやりとりで私が覚えている吟遊詩を何となくで引用しているのに反し、彼女は自分の感性によって詩を作ることもある。

そんな彼女が熱っぽく、詩もかくやに描写をするのだから横で聞いていると「はえー、エーリヒって凄い人が居るんやなぁ」と呆けてしまう。何というかあれだ、一々描写が大仰というか、それ何処の世界の人？　と言いたくなるくらいに煌びやかな修辞で飾られていて脳が滑るのだ。

やれ綺羅星も恥じ入る青い瞳だの、豊穣神が嫉妬する金の髪だのと諸処に挟まれては顔を赤らめるを通り越して「落ち着け」と肩を叩かねばならぬほど。

しかも何がアレかというと、ファイゲ卿にも火が付いてしまったのか手帳なんぞを取りだして色々書き出してしまっているのだ。

紙面に指を走らせれば印刷機を使ったかのような統一感のある字がずらずらと刻まれていく様は、極めて小さな魔導反応しか示さないのに効率の極みにあって大変興味深いのだが、ミカが語る聞いたことがあるようだが知らない誰かの冒険譚のせいでイマイチ脳に入ってこない。

所々でそういう意図ではなかったのだと夢見がちな言葉に突っ込みを入れてみるが、ミカは「君は本当に謙遜ばかりするね」といって口を止める気がなく、同様にファイゲ卿の指が鈍ることもない。

「いやぁ、やはり良い。最初に聞いた時もきちんとした形に整えて一席吟じて欲しいと思ったが、尚その意が強まった。知人に頼んで一曲仕立てて貰ってもよいだろうか？」

「い、いや！　お待ちいただきた……」

「本当ですか!?　聞いたかい、エーリヒ！　詩だよ！　僕ら吟遊詩になるんだよ！」

私の声を遮った友は、やにわに肩を摑んできたかと思えば今までにない熱量と握力で体を揺さぶってくる。顔は高揚に上気して色っぽい桜色に染まり、興奮からか鼻息も荒く状況が状況でなければよからぬ勘違いをしてしまいそうなほど。

「だから冷静になってくれミカ！　私は君が詠う程に格好良くはないよ！　最後なんて色々垂れ流してやっとの生還だ！　こんな泥臭いのは誰も喜ばない！」

「馬鹿を言うなよ我が友よ！　そこがいいんじゃないか！」

「そうだぞ、小さき者。私も英雄が一刀の下に縺れた麻縄が如き状況を解決する物語もよいとは思うが、用いる手を尽くして際の際で勝利を拾う物語もまた良いものだと思うのだ。なぁに、銭のことなら心配するでない、そなたらにも報酬を出すが故……」

「いや、そうではなく!!」

しかしだ、友よ、勘弁してくれまいか。何か君は素晴らしい脚色をした上で、ゴッツい色眼鏡を掛けて私を見てくれているようだが、そんな格好良い話じゃなかっただろう。

どれもかなりギリギリで、私達はどちらも埃と泥に塗れて小さな傷から出た血で目も当てられない姿になった。魔力を底の底まで捻りだし、無様だろうが知ったことかと使える手段を全て捻りだして泥臭く戦ったまでのこと。

少なくともファイゲ卿が気に入るような、格好良い詩を書ける詩人に頼んでまで形にすることっちゃなかろうよ。

興が乗った貴人の悪ふざけと、頭の螺旋がちょっと面白い方に撓んでしまった友人を諫めるのに掛かった時間は優に一刻を超えた。確かに忌まわしき神の本によって削られてしまった正気から目を逸らすには丁度良い時間だったかもしれないが、別の方向から正気と羞恥を削ってくるのは止めて貰っていいですかね。

結局、一般には公表しないという形で踏みとどまることはできたが、ファイゲ卿が個人的に所蔵する形で私達の冒険は詩にされることとなった。

懇意にし後援もしている詩人に依頼を出すと仰るが、正直どうかと思う。心から。

できたら私の手元にも送って下さるそうだが、悪いが目を通すことすらせず封印することになるだろう。私の精神衛生の問題もあるが、万が一これがアグリッピナ氏に見つかったらどうなるか。

ああ、想像するだに恐ろしい。

結局、この茶会と忌むべき本の受領、どちらが精神を疲弊させたかは甲乙付けがたい結果となった…………。

【Tips】祭祀(さいし)封印。神々の奇跡による封印の一種であり、特定の条件下において封印下にある物の力を弱め、影響を退ける力を持つ。

服に綿を入れねばならぬなと、夜気に肌を撫(な)でられて感じた。

ファイゲ卿の訪問から更に数日、癒者よりもういいだろうとの太鼓判を貰った日、私は隣の寝台にて友人が寝入ったことを確かめてから庭に出ていた。

癒者の診療所はヴルストーの中でも壁に囲われた立派な建物であり、癒者の住居兼工房となる本邸と庭の片隅にある療養所の二つに分かれている。

庭には多数の薬草や香草が植えられており、片隅には地方の希少な薬草を栽培するための温室まで設けられている。広さは中々のもので、運動するには丁度良い広さが確保されていた。

「さて、と……」

独りごちて左手に持った〝送り狼(シュッツヴォルフ)〟の柄(つか)に手を掛ける。私の手に合わせて誂(あつら)えた拵(こしら)えが手に吸い付くような心地は何時(いつ)味わっても格別で、運動を禁じられていた期間も長いばかり殊更に良い気分だ。

腕を振り、腰を伸ばして一息に剣を抜き放つ。

西洋の直剣は日本刀と違って居抜きができないと思われがちだが、全くそんなことはない。腕と腰の動きを連動させ、手だけではなく全体の動きで鞘からも抜きをかけることで剣は素早く枷から解放される。

夜気を祓って迸る刃が風を斬る音を引き連れて唸った。

続いて横薙ぎの斬撃によって生じた運動熱量を活かし、剣を返して蜻蛉に取って振り下ろす。

五体を以て肉体は一つ。全ては筋で繋がり、一つの筋肉の動きは関節を通して全体に波及し、淀みなく連結することによって何倍にも増幅される。

地を蹴り、同時に支え、踏み込む反発を胸に流して肩を回し腕をしなやかに振る。横に、縦に、袈裟に、逆袈裟に。仮装の首、脇、手首、鎧の弱点となる合間を狙って的確に剣を振り続けた。

「くっ……」

しかし満足いく動きではない。ほんの一〇〇も振らぬ内に息が上がり、二の腕と腿が重くなってくる。剣を振り抜く際に立つ空気の音は大きくなり、動きの無駄を教えてくれる。

斬るべき物に対し、きちんと刃筋が立っていればこんな大仰な剣風は立たないのだ。空気を掻き分ける剣の正面、それが傾いて面積が広くなれば揺らす大気もより増える。

本当に秀でた一撃、正にクリティカルとしか言えぬ一刀であれば空気は凪(な)ぐのだ。形なき大気さえも死する斬撃には余りに遠く、どうしようもない程に無様な剣舞。

全体的に衰えている。筋肉が、体幹が、そして何より感覚が。

やはり数週に渡る療養は体を大きく鈍(なま)らせるな。弱くなったと断じる程の衰えではないけれど、少なくとも寝込む前の私と斬り合ったら五合も打ち合えば殺される程度には鈍っている。

さて、取り戻すにどれだけ時間がかかるか。

ああ、いや、なんか良い特性があったかな。〈療養上手〉みたいな治療期間が短くなるようなのとか、身についたカンが抜けにくくなるようなのもビルドを模索している中で見た覚えがある。

今までは我武者羅に瞬間出力を上げようとしていたが、これからは多少なりとも持続力や次の冒険(セッション)までの調整にも気を払うべきか。私の権能はあくまで私自身をＴＲＰＧ的に構築するだけであって、話を跨(また)げば完全回復するような世界をＴＲＰＧ的に変質させるものではないからな。

月並みな物言いではあるものの、体は資本。健康を維持するのも冒険者の大事な仕事と言われればぐうの音もでない。

むしろ冒険に出て大怪我(おおけが)をする度に再調整に時間をとられては、これから先の効率にも響いてくる。

「はぁっ……はぁっ……けふっ……はぁ……」

残心を取ってから構えを解けば、手首や膝など剣を振る際にのみ酷使する筋肉が痙攣しているのが分かった。息もかつてないほど荒れ、乾いた粘膜から血の味が香る。

ほんと洒落にならん位に鈍ってる。どっかで時間を取って本格的に対処せねばな。

〈見えざる手〉で水を入れた革袋を取り寄せ、大きく呷って喉を潤し人心地。

明日は筋肉痛だろうなぁ、という重い事実に溜息を溢しながら剣を鞘に戻した。

さて、態々夜中にこんなことをしているもう一つの理由を片付けようか。

別に昼間にやっても良かったのだ。少しであれば動いてもよしと許可を頂いているし、別に我が友も過保護に口を出しては来ないから。

ただ、流石に〝コレ〟を真っ昼間には試せんよなぁ。

「来い」

確かな意志を込めて口を開けば、目の前に伸ばした手の中に一本の剣が現れた。

空間が滲むとか、ほつれの中から現れてくるような劇的な演出を伴うこともなく、ただ最初からそこにあったかのような面をして指の中に収まっている。

脳に届くは歓呼の叫び。脳髄を不快に揺らす思念の波は、振るうために呼び出されたことに喜びの絶叫を上げている。

どうせ捨てても帰ってくるのなら、どの程度の物なのか確かめておく必要があると思った。使い心地は勿論、果たしてこれが〝どの程度〟ヤバい物なのか。

夜の闇さえも翳るほどに暗い刀身は月光の下に凜と映え、感情の高ぶりに合わせて樋に刻まれた途切れ途切れの紋様が明滅する。手の中で剣の存在感はどうしようもないほどに大きく、しかして小さな子供の身であっても重すぎると感じることがない。

古いはずの拵えは握るに丁度良く、私に合わせて作られた送り狼の柄よりも具合が良いことに腹立たしさすら覚えるほど。

重心も丁度良い。長時間持っていても疲れにくく、しかし先端よりの重心は振れば遠心力により物打ち――剣の中で最も斬れる部分――に凄まじい鋭さを与えることだろう。数度振ってみれば、特大の両手剣を強化するアドオンを持たぬ私であっても〈戦場刀法〉の腕前だけで相当の火力が出ると感覚で分かる。疲弊した肉体にも剣はきちんと付いてきて、夜気を裂く音はか細く鋭い。

良い剣だ。しかし……不思議とそれだけだ。

これは紛うことなき魔剣である。それもエクスカリバーだとかデュランダルみたいな英雄が携える類いの物ではなく、どちらかというと事あるごとに酷い目に遭う皇太子とか古エッダの親戚争いなんぞに持ち出される部類の剣であることに疑いはない。

にもかかわらず、持ってみた所で何もない。凄まじく良い剣であるだけで、確かに精神を削る叫びは鬱陶しいものの〝それだけ〟に過ぎないのだ。

別に誰彼構わず斬り殺せと喚いてくるでもなく、格段に剣の腕が上がるということもなく。持った瞬間に手から離れなくなるようなこともない。

「……真逆本当に何もないとは」

一つ断っておくと、私もこんな見るからにヤバそうなブツを何も考えないで試すほど阿呆ではない。前もって言葉が何となく分かっている節があったウルスラに聞いてあるのだ。持ってみて危険はないだろうかと。

その時彼女は、この剣は剣として愛されればそれで満足なので、持ち主に語りかけてくるだけで他の干渉はしてこないと断言した。

ああ、聞いた時は胡乱な目で見てしまったとも。

だってねぇ……英雄的な雰囲気の対極にあるからな、この剣は。確かに見栄えは良いけれど、少なくとも真っ白な鎧よりも真っ黒な、しかも差し色で赤い線が随所に走るような、如何にも悪役で御座いという風体にこそ映える意匠なのだ。たとえ友好的な妖精の言であっても、素直には信じがたいよな。

試し振りの後、汗を拭って剣を地面に突き刺せば、返ってくるのは強請るような思念。言うなれば散歩好きの犬が帰途にて「ねぇ、もっと散歩しようよ」と別の道に誘うような感覚だ。

しかし疲れていると柄頭に手をやってみれば、仕方ないとでも言いた気に甘えた思念が一度届いてそれきり静かになる。

……ふむ？　言うことは一応聞くのか、コイツは。

渇いた喉に水を流し込み、月を仰いで考える。

帰りながらコレとの付き合いも少し考える必要があるなと。

無論、帝都に帰り着いたら相談はする。

それでも一応、これも冒険の報酬と言えなくもないのだから……。

【Tips】呪われた魔剣は各地に物語や言い伝えとしてのみならず実在し、魔導院にも幾本か悍ましい過去を持つ魔剣が禁書庫にて検体として保管されている。

北方の冬は、比較的温暖にして冷涼な帝国南方生まれにとって信じがたいほどに早く厳しい。

「もう雪が降るのか」

綿を入れた服で普段よりも嵩が一回りか二回りほど増した私達は、帝都への帰途につくべく出立の準備を終えていた。

長期滞在になった際に備えて前もって用意していた冬服を着込み、その上でファイゲ卿のご厚意により更に用意してくださった冬支度も備えている。服に仕込む防寒保温の綿は東方渡りの質が良いふわふわした一品であるし、それをケチって薄く薄くのばして背中だけを守らずに済むほど潤沢にあった。

「僕、実家でもこんなに良い物を使ったことがないな」

「え？　北方でも綿を入れるのかい？」

　驚いて見れば、すっかり着膨れて輪郭が丸くなったため何時もより幼さが目立つようになった彼女は「何言ってんだコイツ」とでも言いたげな目を注いできた。

「北方人は我慢強いし寒さにも耐えられるけど、あくまで人間だよ。人狼（ヴァラヴォルフ）や海豹人（セルキー）なら真冬でも薄着で平然としてるけど、普通のヒト種（メンシュ）や中性人（僕ら）は普通に防寒するさ。むしろ稼ぎの半分以上は、長い冬に備えての暖房費なくらいだよ」

「はー……そうなのか、知らなかった。いや、長袖を着るようになると今年は相当寒いそうだという冗談は聞いていたが」

「大げさで程度の低い冗談だ」

　彼女にしては珍しく冗談を面白がるでもなく、不快そうに鼻をふんと言わせる。そして土産や道々で食べる食料を詰めた背嚢（はいのう）をカストルに積み込んで荷仕度を終えた。

　そうだ、カストルとポリュデウケスの兄弟馬も見事な装束に身を包んでいる。体色に合わせた刺縫い（キルト）の防寒具もまた、療養により出立が遅れた私達（たち）を気遣ったファイゲ卿よりの贈り物である。

　馬は環境適正に優れた生物だ。元々は温暖な地域で発生した種であるが、北方の雪が根深い地域であっても農耕馬は普通に生きているし、零下になろうと元気に雪を掻き分けて進むことができる。

　北方生まれでなくとも暫（しばら）く滞在すれば寒さに慣れ、人が凍える中を元気にしている彼等（ら）であるが、それでも寒さが過ぎると燃費が悪くなる。馬の耐寒性能は食事を分解するために腸内で発生する熱に依存しているらしく——凄く近代的な研究結果を聞いて困惑させられたものだ——寒いところに行けば行くほど沢山の飼い葉を食べさせねばならないらしい。とすると、上手く旅籠を辿れなければ困るだろうと、少しでも道行きを楽にするためにご用意してくださったのである。

いやぁ、受けた冒険の依頼がとんでもないことになったとはいえ、ここまで至れり尽くせりだと申し訳ないな。帝都に戻ったらきちんとお礼状を書かねば。

「さて、色々と思い出深い地であるが、行こうか」

「そうだね。空模様からしてちらつく程度だろうけど、明日はどうなるか微妙な感じだ。まだ道が閉ざされることはないだろうけど、早く南に逃げよう」

雪国出身者らしく、ミカには感じる物があるようだ。淡い灰色に染まった空を見上げる目は、どこか遠く、ここより更に北の故郷を眺めているのだろうか。

いつか行ってみたいものだ、彼女の故郷にも。帝都の魔導院で暮らしていると、どうにも帰省というのは難しくなる。車も新幹線もない時代なので、旅費も旅程も馬鹿にならぬため、どうしても大望を果たし出世するまでは帰ることも能わない。

私も彼女と事情は変わらない。けれど、私にはエリザがいた。

果たして成人もしていない若い身空、食べ物も文化も違う帝都にて友人の一人も居ずに過ごしてきた期間は、どれほど辛かっただろうか。

「……心配はいらないよ、エーリヒ」

「えっ……」

「僕だって君が何を考えているかくらい、顔を見れば少しは分かるようになってきたのさ」

彼女はカストルの鐙(あぶみ)に足をかけると、最初の不慣れさが嘘(うそ)のような軽やかさで身を跳ね上げて鞍上(あんじょう)へ駆け上がる。冷たい外気を直接吸わぬように顔を覆う襟巻きを下げ、晴れやかな笑みを見せながら手を差し出してくる。

「郷里は忘れ難く懐かしいとも。どうせなら今から行ってしまいたいと思うくらい。だけど、僕は平気さ。友達ができたからね！」

「……そうか。なら、帰ろうか、我が友」

「ああ、だから帰ろう、我が友」

最初から相乗りして一頭に疲労を偏らせるのはどうかと思うけどと言ってみれど、手が引っ込められはしない。

私も彼女の熱意には何時(いつ)までも耐えられないので、結局手を取り鞍(くら)の後ろに腰を落ち着けることとなった。

「たまには僕が先導するよ。いつまでも君の背中にへばり付いてちゃ悪いからね」

誇らしげに、そして元気であると示すように笑う友に私は何も言わず、黙って腰に手を回した。

馬上にて何度も触れあった体とは違う感触が返ってくる。柔らかく、丸みを帯びた肢体は紛れもなく女人のもの。

しかしながら、おかしみを感じるほどに心は凪いでいた。

ああ、ミカがいる、私の友人は姿こそ変われど、何も変わらずここにあるのだと。そう実感して安心しているのだ。

馬蹄が道を踏みしめ、独特の音が鳴る。一度鳴り始めた足音は連続して止まることはなく、延々と重なり、後ろに流れていく風景が止まることはない。

ふと感じた。これこそが冒険なのだろうと。

故に思うのだ。帝都での生活に慣れてきた私でも、焦げ付くほどの憧れが失せてしまうことはなかろう。この光景を味わうため、仕事をし果たした帰り道の言い表せぬ寂寥と達成感を噛み締めるべく家の戸口を潜るだろう。

「なぁ、ミカ」

「なんだい、我が友」

「大変なことに巻き込んでしまったが……また付き合ってくれるかな」

彼女は前を向いたまま振り返らず、うーんと唸って考える素振りをする。私を焦らして楽しんでいるのだろう。

あまり意地悪をしてくれるなよ。抱いていた腰に回す腕に力を込め、肩口に顎を載せてやると、擽ったそうに身じろいで彼女は笑った。

「分かったよ、ずっと付き合う、君が満足するまでね」

ただし今回みたいなのは何年かに一回にしてくれよと言う友に、確約してやれぬことが申し訳なかった。

どうせ私のことだから、またなんか酷い出目で酷い目に遭わされるのだろうと確信めいた予感がするのである。

さしあたり、帰り道で街道上に古(いにしえ)の竜が降ってこないよう祈るばかりである……。

【Tips】帝国は広く、南北で季候が異なりさえする。

少年期

十三歳の初冬

クライマックスの後に行う戦闘の後処理、怪我の扱い、及び重傷者が生き延びられるかどうかの生死判定などを行う区間。独立したシーンとして扱うこともあれば、淡々と処理だけを行い結果如何によってエンディングを始めるなどGMによって扱いは様々である。

遅い遅いと思ってはいたが、やっぱり面白い拾い物は愉快なイベントをこなしてくれた。気まぐれに遣いに出し、思い切って〝使い魔〟もつけず、遠見の護符も与えずにいたが、よもやこんな一〇年に何度もないだろう事態に巻き込まれていようとは。秋に送り出し、初冬に帰って来るという遅参も笑顔で受け取れる土産こみなら満足だ。

アグリッピナ・デュ・スタール男爵令嬢は感じ入りながら、くたくたに疲弊した丁稚を見て笑った。

「笑い事ではありませんが」

「逆に笑わないでどうしろってのよ」

貴族の令嬢らしく口元こそ隠しているものの、口の端を目一杯吊り上げた外連味たっぷりの笑みは、たかが掌一枚で隠しきれるものではなかった。魔力の一つも発散していないのに黒く重い気を背負っていると幻覚させる邪悪さは、むしろ流石の一言に尽きる。

長椅子に寝そべる主人、ぐすぐす泣きじゃくる妹を首からぶら下げて椅子に座る従者。事情を知らぬ者が見れば当惑必至の光景はさておき、病み上がりに北部の早い雪に追われるようにして帝都へ帰ってきた丁稚は深い深いため息をこぼした。

妹はよしとする。元々兄にべったりな子が一月以上も兄と離れ、しかも大怪我――完治したとは言え――して帰ってきたのだ。むしろ魔力を暴走させず、〝きちっと地に足をつけたまま〟縋っている様は成長さえ窺えた。

問題は性根が発酵し尽くして糸を引いている外道にあった。

真っ昼間なのに気楽な夜着のまま横臥するアグリッピナは、丁稚から渡された貴人の手紙と彼の口から聞いた報告を脳内で咀嚼し、心底愉快そうにしている。話の合間合間でケタケタと笑う様は、最早喜劇を観劇しているかのようであった。

酷い目に遭った本人からすれば、当人を前に実に良い面の皮をお持ちでと感心するばかりだ。

元より彼女は、というよりも彼女の種族は総じて享楽主義者だ。永く尽きぬ寿命に倦まぬよう、楽しいことを求め、あるいは作り出さんと日々悪辣な思考をこねくり回すのが一つの基準値と化している。

それほどに尽きぬ寿命というものは、魂を腐らせる。

中には気高い意志を持って若年を過ごした長命種もいるが、その決意も然程長持ちしない。一〇〇年もすれば罅が入り、二〇〇年もすれば摩耗して、三〇〇年を過ぎる頃には当人すらも意識しなくなる。

時間という巨大な研磨装置の前では、魂は余りに柔らかすぎた。

全ての刺激は受けすぎれば単なる習慣と成り果て、魂を刺激するのではなく存在するのが当たり前と化す。恋が冷めて冷え切った夫婦仲が生まれるのと同じように、長命種にとって人生はどんどんと惰性へ落ちてゆく。

無理もなかろう。定命の時の流れは速すぎて、昨日産まれたと思えば次の日には成人し、明後日には老いて死んでいくようなせっかちさ。合わせる顔は目まぐるしく入れ替わり、だのに世界は変わっているようで代わり映えのない停滞に微睡む。

不変なのは精々、同じく寿命を持たぬ非定命の知り合いくらい。これで人生に張り合いを持ち、清貧に生きろという方が難しかろう。

なればこそ、魂が削り取られぬよう、表面を享楽で覆うのだ。

勿論、他の物と同じく、どんな享楽にも飽きは来る。それでも魂が削られ、全てに興味を失い、ただ在るだけの存在に成って果てるよりはずっとずっとマシだと長命種達は考えて居る。

人類の黎明期、未だ娯楽に乏しく、快適に生き、繁栄を目指した長命種達が最後にはやりがいを失って、今も尚展示されるよう惰性で生かされている様を知るばかりに。

故にこその享楽主義、そして刹那に価値を見出す刹那主義。

一時の享楽のため、世界規模で迷惑をかけた長命種が歴史書に名を残すのにも理由があるのだ。

先人達の例に漏れず、アグリッピナもこの〝病〟を患い、同時に全力で楽しんでいた。

彼女の趣味を言葉にするのであれば、物語中毒とでも言うべきであろうか。

彼女は元より本を愛する。創作は無聊を慰め、新たな知識は演算の精度を高めると共に有意な時間で虚無を押し流してくれるから。

その中で一つの真実に行き着きもした。

人の一生こそ戯曲の如くあると。

アグリッピナが読みあさった本の中には、回顧録や自省録も含まれ、時には偉人の側に侍った他人の視点で綴られ――最終的には発禁の憂き目にあった物も――話題を攫った物もあった。

本の中で文章という溶液に浸されて保存された他人の人生は、個人という生き物の器に収まった魂に外から塗布する刺激的な経験だ。人生の中で不感となった感情もまた、他人という世界を通せば鮮やかに甦る。

であるならば、他人がナニカやらかす様を側で眺めるのは、最高の娯楽なのではと外道は一つの悟りを得たのだ。

書庫での引きこもり生活を堪能していた頃や当て所ない野外調査の道中では、手間が勝り過ぎるため現実世界の人間を対象にしてこなかった行為も、今では簡単に手に入る。

それ故、今回の出来事に彼女は満足していた。元々暇に飽かして「この子のことだし、なんかやらかすだろ」と期待半分で遣いに出したのも事実。風の噂で耳に挟んだ、人界より人為的に追放され忘却された神の知識に興味がなかったといえば嘘になるが、それは目的の半分くらいでしかない。

それがまぁ、見事な名馬が瓢簞からまろび出たものである。

丁稚は気難しい複製師から目的の物を仕入れることに成功し、大きな土産話まで持ってきた。ファイゲ卿はエーリリヒの不運を物語に仕立ててくれと言っていたが、アグリッピナが聞いていれば同じ要望を出しただろう。元々、彼女は無類の物語好きなのだから。

「あー、笑った笑った……笑いすぎて喉が渇いたわね。一杯煎れてちょうだいな。いつものね」

「……かしこまりました」

口いっぱいに詰め込まれた苦虫をかみつぶし、それに色々言いたいことを混ぜ込んで嚥下したエーリヒは席を立った。どうせ何か言ったところで、また笑いに変換されてしまうだけなのだから。

なら、大人しく雑用していたほうがいくらかマシという話であった。妹の足を地面に引きずらぬよう、彼女を横抱きに抱え直して厨房へ去って行く背には外見年齢には似合わぬ哀愁が滲む。

「さてと……」

気に入りの薬湯を啜り、喉を潤してからアグリッピナは渡された手紙の一枚を見せ付ける。彼女が求めていた〝失名神祭祀章編〟の所有権をエーリヒに譲渡するという権利書だ。同時に本を収めた箱が彼女の膝に載っていた。鍵も添え、事の顛末と共に渡された目的物が雇用主の手に収まっていることは、至極当然の流れともいえる。

ただ、ここで問題が一つ。この本は元来エーリヒがアグリッピナから、丁稚として命ぜられて購入しに行ったものだ。旅費以外の経費をアグリッピナは支払っておらずとも、手段はどうあれ、言いつけのまま主人に渡すのが筋と言われれば身分的に否定も難しかろう。

「普通の度量が小さい主人なら、ここで元から言いつけてたお遣いなんだからって本を取り上げる所でしょうけど、丁稚が自分の努力で仕入れた物をケチな金でむしり取るような真似はしないわ」

が、邪悪の権化は全く似合わない真っ当なことを宣って権利書を左右に振った。別に度量の大きさを示そうとしているのではない。

〝きっとこうした方が面白い〟という魔導師……むしろ払暁派の魔導師全般に言える愉快犯的気質を全開で拗らせに行っているだけであった。

「で、これに関して私から提案できる報酬は三つ」

三本の指が立てられ、空中に三つの光が浮かび上がった。魔力の流れを操って紡がれる光が滲み、文字へと姿を変えて行く。

「一つはエリザの三年分の学費と生活費……ま、大体七五ドラクマ相当として買い取ること」

泣きじゃくる妹の頭を撫でていた丁稚の手が止まった。相も変わらず分かりやすい子、と外道の顔が笑みに歪み、それを見た丁稚は抱かれた感想を即座に察知して手の動きを再開させる。どうあっても小市民の彼は、多額の金銭に弱かった。

その内、とんでもない贅沢をさせて慣らしてやろうかしら、などと勝手な予定を立てつつ邪悪な令嬢は二つ目の光の玉を文字に変えた。

「二つは、貴方の身分を丁稚からエリザと同じく弟子に引き上げる……つまり、雑務より解放されて本気で魔法の研究ができて、将来的な身分を得られるようになる」

再度、多額の金銭が露骨に動く提案に手が止まりかけたが、今度は意志が金銭の圧力に勝ったからか動きが止まることはなかった。

これは実際、かなりの額が動くことになる。聴講生を迎え入れるためには様々な手続きが必要であり、その上今回は一研究員が二人目の弟子を取る上、丁稚から引き上げるという横紙破り寸前の挙動なのだ。当然、とんでもない力業……いや、それ以上のゴリ押しを要求されることとなり、根回しに必要な手間と金銭は先の選択肢を軽く上回る。

なにより彼は目を付けられているのだ。学閥の長である、性質(たち)の悪い生命礼賛主義者(ロリ・ショタコン)に。

じゃあ私が弟子にとりましょう！　と動きを察知されて名乗りが上がったなら目も当てられない大事故なので、早急にことを片付けるのならば投ぜられる資金と手間は穏当な手段よりも膨れ上がり、最終的には壮絶な規模となるだろう。

幾多の問題を呑(の)み込めば、これはかなり美味(おい)しい提案といえる。今まで片手間に必要な分をつまみ食いしていた魔術を専門的に修められることは、地力の大幅な強化に繋(つな)がるからだ。のみならず、閥に所属することによって多方面から受けられる便宜の恩恵は果てしなく巨大で、魔導師(マギア)という肩書きをぶら下げられる社会的なパワーも無視できない。

「最後は現金で五〇ドラクマの値を提示すること」

三つ目の光が五〇の数字を描く。今までの提案と比べれば受ける衝撃こそ些(いささ)か劣れど、これはこれでかなり大きい。何の制約もなくで自由に使える五〇ドラクマは、考えようによってはその何倍にも膨れあがる巨大な種になるのだから。

投資をするもよし、金を元手に代理人を立てて商売をするもよし、実家に送金して農家の規模を膨らませ学費を稼いで貰（もら）うもよし。ぱっと考えるだけで、かつて商社に勤め金儲（かねもう）けと日常的に関わってきた社会人としてのカンが大きくざわめいた。

問題は先の二つと異なり、手前で負うべき巨大なリスクがある点か。儲けを出すも損失を計上するも、金を受け取った後は諸々（もろもろ）ひっくるめて手前が被（かぶ）らねばならぬ。

何者も、支払った以上の物を受け取ろうとするのであれば、相応の危険を呑み込まねばならないのが世の摂理。可能性は大きいが、それ以上にかかる手間などを考えれば難しい話でもあった。

「ま、別に一日二日で結論を出せとは言わないわ。じっくり考えなさいな」

幾らヒト種（メンシュ）の寿命が短いとはいえ、それくらいの余裕はあるでしょう？　最早外道という言葉さえも温（ぬる）く感じる、ゲスな笑みを浮かべる若き長命種（メトシエラ）に儚（はかな）きヒト種（メンシュ）は何か言い返す気力さえ湧かなかった……。

【Tips】貴族が持つ権力は絶大であるが、上には上がいる。また横の繋がりも群れれば圧倒されることもあり、絶妙な均衡によって奔放な振る舞いは封じられる。その中で横車を押すならば、相応の権力と金が必要となり、両者を併せ持つものが覇者として政界に名を轟（とどろ）かせるのである。

拝啓ご両親、冬支度に忙しいであろう時節、ご壮健にお過ごしでしょうか。帰って早々ですが、僕は胃が痛くてもう一回癒者の世話になりそうです。

冗談はさておき、処理に困る密度のイベントを洪水の如くわっと浴びせかけるのはやめてくれまいか。

エリザはいいとも、可愛い妹に心配をかけた私が悪い。あと、財布と時間の都合で――ヴストローに見るべきところがなかったのもあるが――碌な土産が調達できなかった無力な兄なのだから、抱き枕くらい何日だって謹んでこなすとも。お姫様だっこしたまま足にされるのだって歓迎だ。

ただ、この悩ましい三つの報酬をどうすべきか。

エリザの学費が三年分も貯まるなら、今年一年分を差っ引いても二年余裕ができて、上手く行けばエリザも魔導師として自立してくれるかもしれない。ミカ曰く、魔導師が自立するまでの平均は五年ほどだそうだ。

これは平均的な魔力を持つヒト種の魔導師の話であり、肉体的な成長が遅い非定命や寿命が長い種族だと更に長くなるようだが、家の子は身体構造上はヒト種に近く、その上で天才に違いないから三年あれば十分なのではなかろうか。

それはさておき、三年もあれば更にその間も働いてコツコツと学費を稼げば、より早くエリザが独立するまでに必要な学費が貯めることができる。同時に三年後には私も成人するため、丁稚だけではなく〝冒険者〟として仕事を受けることで、より効率的に金を稼げる。ひいてはマルギットとの約束を果たせることにも繋がるのだ。

ただ、二つ目も魅力的といえば魅力的なのだ。特に剣一本でできる限界を知った今では。

なにも剣主体の戦い方に限界が来たという訳ではない。私個人、魔法と剣をかみ合わせた構築を鑑みた際の問題があるという話である。

剣技の分類そのものはデータマンチとして素晴らしいものだと思う。行き着くところまで行き着いた刃は鉄を熱した乳酪（バター）の如く両断し、幽霊（ガイスト）や魂といった形なきものも刃にかけ、果ては概念すら破断する絶技へと至る。

ただ、剣と魔法、どちらにも熟練度を振るとなると、魔法の方が〝強くなる速度〟が速いのだ。

現状、一対一でなら私は早々負けない腕前になったと自負している。

上には最早（もはや）〈達人（スケールⅧ）〉と〈神域（スケールⅨ）〉しか存在しない〈妙技（スケールⅦ）〉に至った〈戦場刀法〉の腕前と厳選した補助特性群。

多数の〈見えざる手〉を縺（もつ）れさせず操る〈多重併存思考〉、そして生き物であれば抗（あらが）いがたい〈転変〉の魔法によって引き起こされる閃光（せんこう）と轟音（ごうおん）の無力化術式。最後に理不尽な絶対防御を引き起こす〈空間遷移障壁〉などが熟々（つらつら）並ぶスキル欄は自分をして「こいつ殺すの面倒くせぇな……」と感嘆する域だ。

が、そこまでいっても今回は優秀なデバッファーと二人で命を振り絞って死ぬ一歩……いや、半歩手前であったし、眼前の外道を筆頭とするぶっ壊れ勢には未だ遠い。

それもこれも〝先鋭的な知識の不足〟と〝ダメージソースが物理偏重している〟二点が行き詰まる要因となっているからだ。

剣が物理を乗り越えるために必要な熟練度はあまりに多い。現状でも〈神域〉まで引っ張り上げるのは吐き気を催す数値を要求されているのに、不定形の物を斬る領域は更にその先なのだから。

一方で魔法だともう少しお手軽だ。魂だの概念だのに触るのは剣と同じほど困難である事実は変わらないものの、苦戦させられた不死者を相手取る選択肢が比較的お安く手に入る。

副兵装として直接火力を叩き付ける魔法を開発・習得してもいいし、〈転変〉系統の魔法を修めて剣を物理的に伸ばすだのして弱点を潰すのも悪くない。

或いは魔法的・魔術的な切り札を作ることで当初予定の魔法剣士から大きく方向性を外すことなく大技を用意することも可能だ。

……まぁ、懸念があるとすれば、私の地頭が研究者として評価されるレベルに至れるかだが。

〝この手のサブカル〟において魔法学園とやらに入学した場合、理論を全く説明できなくても〝なんかすごいまほう〟が使えればチヤホヤされる展開は王道である。

仮標的なり演習相手なりを一撃で吹き飛ばせば、往々にして主人公は一瞬で一目置かれて最高評価の学級に編入されるか、階級は変わらぬまでも周囲からの目が大きく変わる。

が、残念ながら魔導院は学術機関であり〝何か知らんができた〟とか〝理屈は分からんけど何かでた〟が一切通らない場所である。中世ファンタジーのような装いをしながら、この辺りは妙に現代的なのは暴れ回った先人達と、アブラハム系の宗教が台頭していないからだろう。

要するに立派な魔導師になららんと志すなら、自信の力を理論だった物へ昇華させ、論文を出して評価されなければならない訳だ。ミカがちょこちょこメモに書き溜めている複雑怪奇な覚書は、見ているだけでも大変そうだと他人事のように思っていたが、そこまでしてやっとこ魔導師を志す入り口に立ったといえる。

おまけに勉強しながら論文を認めて冒険者になる準備をする……さて、一体どれ程の時間と熟練度が必要になるのやら。横道に逸れた技能――少なくとも論壇に登るなら宮廷語のアップグレードは不可欠であろう――が死ぬほど必要な上、最大の問題点が解消されていない。

アグリッピナ氏は聴講生にしてやるとは言ったものの、学費を出してやるとは一言も仰っていないのである。

いやほんと性根が悪い。学費より数倍金がかかりそうな根回しはするのに、学費は今と同じく自分持ちとかもうね。一体どんな苦学生生活を送れというのか。生活費を自弁しながら科挙を受けようとする貧民か私は。さては金欠で喘ぐ私を酒の肴かなんかにしようとしておるな。

「はぁ……エリザを寝床に寝かせてきても？」

「構わないわよ。首をやっちゃう前に寝かせてきなさいな」

金のことを考えるのは後にしよう。受け取るのも支払うのも。頭がぐでぐでになっている時にかき回した思考は、得てして碌でもない結果に落ち着くからな。何より泣き疲れて寝入ったエリザをずっとぶら下げているのは、私の首にも可愛い妹の体にもよろしくない。

私は自分も寝入りたい欲求を何とか抑え、妹を柔らかな寝台へと横たえた………。


【Tips】魔導院は大学と制度が似通っており、教授会によって昇格が認められなければ何年経(た)っても聴講生のままである。一年で聴講生から研究者になる才子もいれば、自分の息子ほどの年齢の後輩が教授となって追い抜かれ心折れる者もいる。魔導院は先鋭的なマッドの園というだけではなく、才能の悲喜交々(ひきこもごも)が咲き乱れる混沌(こんとん)の坩堝(るつぼ)なのである。


「さて、お待ちかねね」

心底愉快そうに宣言し、アグリッピナ氏はいつの間にやら長椅子の前に用意した、背の低い文机(ふづくえ)の上に戦利品をドカッと載せる。

そう、先ほど引き渡した失名神祭祀章編(さいしいへん)を収めた封印の箱だ。

「それ、私が居る前で開く意味は……？」

「なに？　自分が頑張って手に入れた物なのに内容を知りたくないのかしら？」

文机の上には内容を書き取るためにか覚書の帳面と筆記具なども用意され、氏の両手は何らかの隔離結界の効果か――例によって高度すぎて私には判読不能だ――煌びやかに光る術式陣の束が無数に絡み合って手袋に覆われたようになっている。

なんだろう、計上不能な数の光る糸蚯蚓が両手を這っているようで、気を遣った表現をすると気色悪いのだが。

「私に引き渡されるに至って、そこまでガッチリ封印されている意味を察していただきたい」

「直視しなきゃ平気でしょ。本当に興味が湧かない？　むしろ、開かなかった所が不思議なんだけど」

「ご自身が他の魔導師であればダサいと言いかねないほど術式陣をきらっきらさせる、本気の防備をしている時点でお察しいただきたいのですが」

「やぁね、これ単なる保護術式よ。価値ある写本ですもの、指の脂とかで汚したくはないわ」

普通の隔離結界で足るだろうに何をしゃあしゃあと……。

そう思っても丁稚という身分から口にすることはできず、同時に何を思ったか私の席も整えられていたため逃げることも能わない。しれっと椅子が用意されているだけならまだしも、さっきまでなかったはずの湯気を立てる新しい茶まで用意されてはね。

「おや……？」

茶の脇には見慣れない小箱が一つ用意されていた。角のない表面を羅紗で覆った見るからに上等な箱であるが、刻印などはなく華美さを廃した上品な高級感が如何にも帝都の名店出身で御座いと物語る。

「それ、あげるわ。いい話を聞かせてくれたからご褒美よ……かけておきなさい」

はぁ、と手に取って開けてみれば、中には片眼鏡が収まっていた。アグリッピナ氏がかけているのと同型で、透鏡に金具の縁取りはしてあるものの眼窩へはめ込んで使う物だ。

「私のお下がりだけど埃とかは被ってないし、使う分には不足もないでしょう」

「よろしいのですか？　こんな高価そうな……」

「使ってなきゃそこら辺の石ころと変わらないでしょう？」

とはいえ、大判銅貨が金貨に等しい一般庶民には触れることさえ畏れ多いのだが。後、私は〈母親似〉の特性もあってか顔の彫りはそこまで深くないんだよな。眼窩が秀でていなければ正確にはまらないのだが。

などと思いつつ寄せてみると、不思議と片眼鏡は顔にぴたっと吸い付いて落ちることはなかった。軽く左右に頭を振ってみてもズレすらしないが、肌には冷たい金属の感触すら伝わらない。

されど外そうと触れてみれば抵抗なく顔から離れ、しかも不慣れ故にうっかりレンズ面に触れてしまったのに指紋一つついていない。

……これ、この小ささにどれだけ高度な技術が突っ込まれているのだろう。

「さぁ、始めるわよ。いいからかけておきなさい」

言われるがままに片眼鏡をはめなおすと、アグリッピナ氏はご馳走を目の前にしたかのように手をすりあわせ――なんだかバタ臭い仕草だなぁ――厳かに鍵を差し込み、本の封印を解いた。

うっとするほどの濃い気配は相変わらず。

だが、初めて目にした時ほどの抵抗は感じなかった。代わりに見えるのは本に絡みつく黒い瘴気とも不定形の触手とも付かぬ、濃密な悍ましいものの気配。

今まで見えなかった物が見える。ふと目を細めれば、糸蚯蚓の群れにしか見えなかったアグリッピナ氏の手を覆う術式陣が多少明確に観察できるではないか。

あれは魔法の術式が殆どだが……合間合間に挟まれているのは聖句か？

「なるほど、期待していたけど、やはり大層なものね……原文から大きく離れ、言語さえ異にされて尚もコレとは」

魔法に神聖な要素を混ぜるという異質極まる術式に守られた指が本の表紙を撫でれば、幾本かの術式が力を喪ってはらりと散っていく。散ったと同じか上回る量が即座に生産されて手を守っているものの、その光景は私の予想を裏付けるのみで安心させてはくれなかった。

やっぱり触れるだけでヤベー物だったか。封印してあるとはいえ、よくこんなブツを背嚢に入れたまま旅したな私。

アグリッピナ氏は本を立て気味に持って私に文面を見せぬようにしてくださったが、本が開かれた途端に凄まじい気配を感じてそれどころではなかった。

背後には何もいない。何もいないはずなのに、ナニカに寄り添われているように錯覚する。皮膚の上を這い回る蟻走感は絶え間なく、無意識に己が身を抱えれば掌に服の下にて粟立つ皮膚の感触のみが返ってくる。

耳を冒す小さな音。これを音と呼ぶべきか、耳鳴りと呼ぶべきかは判断に困らされた。囁くような声であると同時、大量の羽虫の羽音の如くもあり、滑り気を帯びた何かがひしめき合い這いずるようでもある。

強まる囁きは次第に耳朶へ深く浸透し、やがて意味なきざわめきが意味を……。

気付いてはならぬことに気付きかけていた私をはっとさせ現実に引き戻したのは、世界を割る別の悍ましき叫びであった。

割れた硝子の断面同士を擦り合わせ、そこに油ぎれの機械が自身を破壊しながら稼働しているような破滅的な絶唱。短い意志のみが伝わる意識を侵す悲鳴を私はここ暫くで聞き慣れつつあった。

自分を取り戻せば、体を抱きしめるべく回した両腕の隙間を縫うように一本の剣が現れていた。鞘もなく恐ろしき黒い刀身を晒した渇望の剣だ。

警告と威嚇の悲鳴を上げる剣の声を受け、本の表紙と紙面より立ち上る瘴気が勢いを弱める。

同時、新たな異質にして邪悪な気配に気付いたアグリッピナ氏が片眉を上げ、紙面より顔を上げる。

「へぇ……」

対して返ってきた反応は、その一つきりであった。

即座に本へ意識を戻した雇用主は暫し何も言わず、身動ぎもせず冒頭の一頁に熱い視線を注ぎ続ける。

それからどれ程の時間が経ったか。温かく湯気を立てていた黒茶が冷え切り、ポットの黒茶さえもが熱を散らすほどの時間をかけて頁一枚きりを念入りに咀嚼した彼女は、おもむろに自分の片眼鏡に指を掛けた。

そして、晒される薄柳の瞳……そういえば、初めてであった。彼女の何にも遮られていない異色の目を直に見るのは。

日差しを受けて透ける柳の若葉を連想させる瞳は、片眼鏡の透鏡を介さず見れば、その真の色をうかがい知ることができる。

それは彩度が高いがために若葉の色をしているのではなかった。淀み、歪み、渦巻く何かが絶えず水面に波紋を生むため緑に見えている。生物にあるまじき光の反射を見せる目が、紙面を攫うのに合わせて蠢いていた。

緩い弧を描くはずの眼球表面が大量の水草に覆われた湖面、湖底にて腐った泥が吐き出すガスによって波打つ様は本よりも更に悍ましく感じられ、ついに私は耐えきれなくなって目線を逸らした。

「なにか憑いてると思ったから探りを入れたけど、やっぱりこれ以上に面白そうな物も持ち帰っていたのね……ま、それに関しては後日詳しく見せて頂戴な」

　ぱたんという音。次いで蝶番が軋み、錠が落ちる。微かな金属の擦過音は片眼鏡をかけ直したからか。顔を上げなさいと言う命令に従えば、雇用主は虚空から取りだした煙管を手に一服つけているところであった。

　長椅子に横たわって肘置きに片肘をつき、大儀そうに煙を吐く姿からして彼女もそれなりに消耗しているのだろうか。

「中々に興味深い本だったわ。これを読むには本腰を入れる必要があるわね……で、まず序文なんだけど」

「いえ結構です！」

　断固たる意志の表明として掌を突き出し、言葉でも態度でも否を突きつければ、どうして意外そうに目をぱちくりさせて彼女は押し黙った。

　それから煙が一服二服と吐き出され、後に知りたがりだと思ったのだけどと小さな言葉となる。

「引き際は弁えておりますので」

　ああ、私は冒険者として数え切れないだけの見知らぬ友を生んできたが、それと並ぶだけ無力な冒険者として寸鉄も帯びず——あったとして意味がないほど細やかだ——恐怖蔓延る異邦の地を這いずってきた。

だから分かる。

本当の意味で知らない方が良いことは多いと。

心の良くないところが囁きはするとも。知れば何かが解放される。今では権能のタップすら許されぬ新しいシートが開くだろうと。

ただ、それをすると引き返せぬと探索者として錬磨した部分が喚くのだ。正気になれと経験という名の金槌を振り上げて、むくむく湧き上がってくる好奇心にぶっとい釘を打ち込んで。

きっと強力な特性やスキルもあるのだろうが、往々にして〝あの手の技能〟とは効果と比して犠牲が大きすぎる。少なくとも神話技能も魔法も、よっぽど関係したシナリオに必要でなければ「ここまでしてやることか？」と言いたくなる性能であった。

私はエリザとマルギット、そしてミカのためにもキャラ紙を取り上げられる訳にはいかない。況してやヒト種の形をしたままヒト種を逸脱する気はなかった。

そう、残念ね、と嘯く雇用主の悪辣さに内心で中指を立てつつ、私は暫くの暇を請うた…………。

【Tips】正気にて大業は成らず、という言葉のとおり正気のままでは習得はおろか存在を感知できぬ技能や特性もこの世には存在する。

それは言外に神が「止めておけ」と警告しているに他ならない。

旅は出かけるのも大変だが、帰ってきた後も色々と大変なものである。

荷解きは勿論、旅の間に汚したものの洗濯――まぁ、魔法で一発ではあるが――から出かけていた間に溜まっていた所用の片付け。土産物があれば世話になっている人に配る必要もあれば、旅先で世話になった人に改めて礼状を寄越すことも肝心だ。

土産物は実際大したものはない。郷土料理と呼ぶべき物は帝都と北方の狭間というだけあって、こちらで出回っている物と大差ないため軽い焼き菓子を仕入れられるだけだ。それも貴人が口にするには憚られる、北方にて保存食として食べるあく抜きした団栗の粉末を使った粗末なものである。

仲良くなった受付所氏に大袋を渡せば、貧相な土産であっても彼等は文句を言わず笑顔で受け取って下さった。ここに座っている時点で多少は身分卑しからざる人々であることは確かなれど、地下の者が薄い財布を叩いて用意した土産を品質問わず受け取るだけの鷹揚さを持ち合わせてくれていたらしい。

代わりに飴玉を一袋頂戴してしまい、果たして何のために土産を持っていったか分からなくなったが、まぁいいだろう。大人は時として子供に物を寄越すことを趣味とすることもあるのだから。

ライゼニッツ卿に無事の帰参を報せる訪問は、また忘れたい記憶が一つ増えただけなので本当に忘れられるよう努力するに留めよう。

少なくとも私には「一目で男の子と分かるようになってしまった女装も尊い物です！」と気炎を上げる怨霊の価値観は理解できぬ。

エリザも私の不在から怪我をしての帰参という衝撃に少しずつ落ち着きを見せるようになった夜、帝都にも初めての雪が降った。

アグリッピナ氏からの呼び出しを受けたのは、そんな日の出来事であった。何時の時代でも、難しい話というのは子供が寝静まってからするものと相場が決まっている。何時の時代でも、何処であっても。

「さてと」

エリザを寝台に寝かしつけた私が戻ってくると、アグリッピナ氏はいつの間にやら気軽な夜着からガウンに着替え片眼鏡を身につけていた。紺碧と薄柳の目の内、翠の瞳を覆う片眼鏡は普段使いの物ではなかった。

愛用の飾り気がない物から、金地で細やかな紋様――いや、文字か？――が象眼された片眼鏡からは強い魔力を感じる。

帰参した日の夜、忌まわしき本と並んで名状しがたい色彩に澱んだ瞳を隠す片眼鏡だけあって、あれも何か深刻な意味を持ち合わせているのだろうか。

「じゃ、見せて」

何をと指示される必要もなく、問い返す必要もない。私は帰参した日より数えることを諦めた溜息を零し、陰鬱な気持ちで喚んだ。

「来い」

たった一言の命令なれど、意志の籠められた言葉は意味を持つ。意味を持った言葉は魂を得て世界に染み込み、言葉に託された帰結をもたらす。

空間が滲み、世界がぼやける。劇的な演出もなく、ただ机から転げた硬貨が床に落ちるのと同じような〝当たり前〟という面をして、私の手には一本の剣が収まっていた。

重いが気持ち悪いほど手に馴染むそれは、あの日に憑いてきてしまった〝渇望の剣〟。

案の定、万一に賭けて帰路で投げ捨てること数回。当然の権利の如く帰って来た呪いの人形の親類だ。終いには昨日の如く必要性を感じたら勝手に出てくるわ、一言呼んだら来るようになるわで笑えなさが凄い。

「へぇ……中々どうして。空間をねじ曲げるでもなく、歪めるでもなく、肉体に寄生するでもなく喚び声に応えるなんて」

アグリッピナ氏は渇望の剣が手の中に現れようと驚きすらせず、早速理の考察を始めていた。

度し難い畜生であることに疑いの余地はないが、こうやっていると研究者としては本当に優秀なのだと再認識させられる。むしろ、優秀だからこそ斯様な工房なんだか昼寝部屋なんだか分からない部屋が、巡検から二〇年も帰ってこなかろうが維持されていたのだろうけども。

「今のは奇跡に近いわね」

「奇跡？」

毎夜毎夜「自分を使ってよ」と枕元で喧しい呪物にしては煌びやかな形容……などというボケはおいておいて、ここで彼女が言う〝奇跡〟とは〈信仰〉カテゴリにおいて神々から授けられる秘蹟のことであろう。

神々は世界の管理者であり、剪定と修正の担い手である。文明と生き物が後退せぬよう、世界という巨大な織物の編み目を正しく飛ばす唯一の権利者達。彼等には彼等で領分と諍いがあるのだろうが、何はともあれ神聖で侵しがたい領域に存在していることだけは確かである。

「……この呪物がそんなものを扱っていると？」

ちょっと何言ってるかよく分かりませんね。呪詛とかじゃなくて？　あと、抗議の電波で頭を締め付けるのはやめていただきたい。そろそろ精神防壁取っちゃおうかな。

「そうよ、奇跡よ。魔力の発散もなく、世界の歪みも生まず、法則を歪めた反発もない……空間を物が飛び越えるなんて〝非常識〟しでかしてるのに、それらが一切ないってことは、この現象は世界にとって〝ごく自然な現象〟ってことになるのよ」

分類するなら奇跡と呼ぶしかないわ、と外道は魔導師としての凛とした顔のまま言った。締まった表情、迷いのない語りからして毎度の如くからかわれている風情ではない。

「魔法はね、やっぱりどこまでいっても世界にとっては不自然なのよ」

ぴんと指が跳ね上がり、反らした人差し指の先に光点が浮かび出る。

「この魔法と呼ぶことさえ憚られる光点一つとっても、魔力によって編んだ術式で世界をねじ曲げているから不自然な所もあれば、弄くった後も残る」

生み出された魔法の光は緩やかな軌跡を描いて飛び、途中で尾を引いたかと思えば膨れ上がり弾け飛ぶ。そして弾けた後、漫画的技法のように空間に尖った吹き出しのような痕跡を残した。

これは敢えてアグリッピナ氏が戯画的に魔法を表現しているのであろう。

魔法とは世界の法則を援用し、歪める技法である。かつて私に魔法の初歩を仕込むにあたり、氏は世界という巨大にして精緻な織物の〝目〟を飛ばすと表現した。

それは実に妙を心得た喩え話だったのだろう。

目を飛ばすために編み棒を差し込めば、他の編み目に歪みを生じさせるし、飛んだ目が空ける空隙だってどうしても目立つ。そのため、魔法はどれだけ慎重に扱っても魔法が発動した痕跡が生まれる。

「慎重に術式を組めば残り香を限りなく薄くすることはできるとしても、残念ながら完全な無にすることは未だかつて誰も成功していない。こんな燧石一つに劣る術式にしたところで、薄めることはできたとして完全にはなくならない……塩水に水をつぎ足していけば塩辛さは薄れていくけれど、塩の成分が無にはならないようにね」

魔法によって生まれた綻びは、それこそ魔法によって打ち消すことはできないそうだ。

結露した窓を乾いた布で拭いたとしても水滴は残り、それを散らそうと更に拭った所で布を動かした軌跡が残ってしまうように。

慎重に慎重を期して水滴を拭おうが、呼気を吹き付けて窓を曇らせれば布の軌跡が浮かび上がる。その程度には魔法で魔法の痕跡を隠すことは困難にして不毛ということか。

「対して奇跡というものは、世界を正しく歪める……神が世界という設計図を時間限定で最初からそうあったように変更させるのよ」

反面奇跡において歪む世界は、最初から織り目の変えたかった部分だけが織った当初からそうあったよう体裁が整えられるそうだ。刺繍を施したければ染めることもなく布の色が変わり、裁断する必要もなく形を変える。

「これが私達魔導師が奇跡と魔法を区別する理由の一つ……そうでなければ、人類よりも上位の存在がより高度な魔法を扱っていると判断して神々を神々とは呼ばなかったでしょうね」

ある意味で尊敬しているようであり、同時に僧職に聞かれたら腕まくりして聖戦の準備をされそうなことを仰り、アグリッピナ氏は指を渇望の剣へ向ける。

「つまり、その厳格な区分に基づけば、その剣は奇跡を使っていることになるのよ」

「はぁ……」

「あと分かるのは、とてつもなく古いということと……別に精神を吸ったり魂をどうこうする性質はなさそうってことくらいかしら」

嘘だっ！　と迫真の顔で叫びそうになるも、きらりと光る緑色の瞳が妙な説得力を醸し出していて否定することができなかった。少し魔力が見えるようになって分かったことだが、多分あの目、まともな目ではないような気がする……。

ただ、やっぱりホントかよという疑念だけは拭いきれずにじっと渇望の剣を眺めてしまう。黒々と輝く刀身は工房に差し込む明かりを反射し、その威圧感だけで研究者としては一流たる長命種の言に疑いを抱かせるのだから大した物ではないか。

ふと、衣擦れの音と共にアグリッピナ氏が指を伸ばした。そして、軽く柄に人指し指を触れさせ……。

「他は……大変身持ちが堅い、ってことかしら」

小さな血の花が咲いた。微かに触れただけの指先が爆ぜ、肉が裂け骨が露出しているのが分かった。

「ちょっ!?」

「いったー……久しぶりに血ぃ出たわねこれ。反発結界抜いてくるとかなんなのマジで」

結構な大怪我を逆むけしちゃったー、くらいの軽さで語ってアグリッピナ氏は裂けた人指し指を咥える。いや、それ絶対んな治療でよくなるものじゃないですから！　というか、言葉尻から何となく察してたなら手前で触れて確かめる必要ないでしょ!?

「ほら、実践って大事じゃない？　気になったら試さないと後でもやもやするし」

長命種という種族が強力な割に、個体数が少ない理由が分かった気がする。いたなぁ、好奇心のせいで滅茶苦茶命が軽い連中。ただでさえ繁殖本能が弱い上、研究者がみんなこのムーブ見せてたらそりゃ増えんわ。

「まぁ、便利そうだし使えばいいんじゃなくって？　持ち歩く必要ないから嵩張らないし、喚んだら戻ってくるなら遠慮なくぶん投げたらいいじゃない」

「いや、それは私も思ったからやってみたんですが、剣に対する使い方じゃないからやめろと苦情がきまして」

「なにそれ面倒くさい」

これぱっかりは同意せざるを得ない感想を零し、彼女が咥えていた指先を口から離せば盛大に裂けていた傷の血は既に止まっていた。それでも、予想していた抜いたらもう治ってたという展開でなかったのは意外だが。

「何考えてるかは大体分かるけど、私アレなのよ、体に触る系の術式ってそこまで得意じゃないわよ。一時期暇に飽かして神経系触る技術には手ぇ伸ばしてたけど」

〝暇だから〟で脳味噌の中身いじくれる精神性は、やっぱり定命とは大分違うんだなぁと感じ入るばかり。当然の権利の如く脳味噌が感覚の中枢であると認識し、外的に刺激することで反射を得ようとする研究の存在には最早何も言うまいよ。

「てかアレね、騙して握らせたら相手を酷い目に遭わせるとか、トラップとしても優秀なんじゃない？」

投げるだけで文句が出るんですから、その使い方をしたら私も酷い目に遭うような気がするんですがそれは。

　身持ちが堅いのは武器としてはいいのかもしれないが、何処まで貞淑なのかは調べとかないと拙いかもしれない。戦闘の途中で落っことして、仲間が気を利かせて拾ったら手が爆ぜました、なんざ酒場での馬鹿話にもならん。

　しかし、危険物に触る時の結界――無駄に高度なゴム手袋だ――を抜いてくるあたり、渇望の剣そのものは魔法の干渉を撥ね除ける性質も持っているのだろうか。この剣そのものを対象とした魔法には反発し、打ち消しをかけてくるとなると最後の盾として使えるかもしれない。

　ああ、いや、でもミカが戦闘の最後でかけた蜘蛛の糸をワイヤーに変えて剣を搦め捕った術式は無効化できてなかったしな。安易に頼るのはよくないか。

　こういう時、気軽に実験できないから厄い代物は扱いに困る。四六時中身につけろとうるさいが、持ち歩くことがリスクになり得る呪いのアイテムとか本当になんとかならんかね。奇跡を使ってくるとなれば、聖堂に投げ込んだ所で苦にもならんのだろうしなぁ。

「だめね、やっぱ思ったより痛いわ。ちょっと癒者の所行ってくるから、後よろしく」

　暫し自分の傷とにらめっこして頑張っていたアグリッピナ氏だったが、面倒臭くなったのか立ち上がって工房を出て行った。珍しく手前の両足で移動している辺り、痛いのは本当のようだった。空間遷移のような繊細な術式は、集中を欠くと失敗しやすいからな。

　あの化け物も完全無欠ではないと。そこまで打たれ強くないのがせめてもの救いだな。

ごく自然に討伐する敵として考察をしてしまっているが、私の中ではどっちかっていうとコネクションキャラクターじゃなくてエネミー系のアーカイブに載ってる扱いになっているからOKなのだ。

何時(いつ)かぎゃふんと言わせてやると、何時ぞや誓ったことを忘れていない。人生の目標として、その内どうにかしよう。

私は渇望の剣を長椅子に立てかけ、主人が居なくなったのだからと遠慮なく寝転がってみる。やっぱり良い物使ってるな、実家の寝床よりずっと柔らかくて心地いい。ううむ、ブルジョワジー……。

悩ましい報酬の提示を受け、これからの進路が更にスパゲッティなことになってきた。やりたいことができるようになることが私が授かった福音なれど、目的へ至るための階(きざはし)が何本も用意されると実に難しい。俗に言う嬉(うれ)しい悲鳴というやつだが、結局一つを選び取らねばならないのはしんどいな。

「まぁ、あとはこっちか……」

呟(つぶや)いて権能を起こし、スキルツリーを呼び出した。インターフェースはかなりユーザーフレンドリーにできているが、複雑過ぎるこれを戦闘中に引っ張りだし、きちんと調べて取得することは難しかったので、魔宮踏破中は確認することができなかった。

ストックされた熟練度に目をやれば、こちらも実に悩ましい数値となっていた。

実に膨大、戦争童貞補正(ファーストブラッド)でもかかっていたらしい初陣以上とはいかぬものの、それに届く程の熟練度が溜まっている。

連戦に次ぐ連戦と大ボスまでいた押し込み強盗になってしまったから、これくらいなら納得できる量ではある。この貯蓄量を見るだけで、かなり色々と悪さの算段ができて楽しいものだ。

ただ……これも先を考えると軽々に手を付けられなくなるから困る。

仮に魔導師になる方向へ舵を切るのならば、勉学に役立つスキルが多く必要とされるだろう。不思議とスキルがなくとも前世で当然のようにやっていたことなら支障はないが、残念ながら普通の文系大学卒に魔法の勉強がスラスラできるわけもない。

専修的にやることを考えれば宮廷語の習熟度向上は勿論、高価なアドオンを用立てねばならない。

下層階級向けの発声やアクセントを上流階級の者が納得する形に直すことは勿論、筆記においてもファイゲ卿から寄越された暗号もかくやの文章を私自身が書けるようにならねばならない。

となると筆記だの読文に要求される熟練度は堆く聳え、欲を出せば〈直感的読解力〉とか〈速読法〉なんぞにも食指が動き、ざっと試算するだけで貯蓄の過半が吹っ飛んでいく結果となった。

たかが文字に何をと思うやもしれぬが、古来文字とは正しく権力者のみが扱える魔法の技術であったのだ。それこそ前世地球においてさえ、文字の読み書きができるからこそ貴族は特権階級であったし、聖職者階級も通常ではあり得ぬほど自由に聖典の独自解釈ができた。

使えるだけで社会的身分を一つ二つあげるような技能が安価であろうはずもない。むしろ、ガンとメイスが幅を利かせていた世界の扱いがお買い得過ぎるだけなのだ。

更に効率的な勉学と社交性を欲するなら〈記憶力〉も鍛えたかったし、〈魔力貯蔵量〉の上限引き上げは実験と実証のため必須となる。

……いや、まぁ、お高いけどお安いな。普通の人間なら、これらのスキルや特性を習得するため数年がかりで挑むのだから。それを命がけの経験を糧にとはいえ、ボタン一個で習得できるのはやはり狡(ずる)い気もする。死力を尽くして勉強する時間の価値に対して、数秒で生死が決まる戦いのやりとりのそれが大体等価かそれ以上というのも世知辛いシステムだな。

なんだろうか、この微妙な気持ち。ああ、思い出した、あれだよあれ、ボーナス入ってきてるのに冬の生命保険料だの年末年始の行事だので大量に金が要るのが分かってるから、生活費以外手を付けるに付けられない銀行口座を前にしたのと同じ気分だ。

ぐああ、もどかしい、実にもどかしく腸(はらわた)がよじれそうな気分だ。ちょこっと魔導師(マギア)という肩書きに憧れを感じないでもないんだよなぁ。だってマギアだぞマギア、在野で適当に魔法使ってる今と違って〝先生〟の肩書きが手に入るのだ。

「先生、お願いします」とか言われてみたいじゃないか！

……いや、ちょっと違う？　まぁいいか。

ただ、やはり〈器用〉を〈寵児〉に引き上げるか、〈戦場刀法〉を〈神域〉まで持っていってもおつりが来るだけあって、成長ベクトルを決めた時の努力目標を一部満たせることと相まって湧き上がる欲望が実に大きい。

確かに孤剣の限界を分かったつもりではいても、今までヤットウをぶら下げて頑張ってきたのだから、個人的な拘りが芽生えてしまったのだ。

いかん、剣のコトを考えていたら、足下の問題児が「ねぇねぇ、使ってくれるの？　もっと愛してくれるの？」と言わんばかりに毒電波を垂れ流しはじめた。誰もお前を今からぶん回すなんて言ってないだろ。習熟は片手剣の方にアドオン振ってるから、両手長剣は正直持て余すんだよ。

頭を振って思念を追い出していると、澄んだ音を立てて左のピアスが揺れた。ちりんと可愛らしい音は、耳元で幼なじみが囁いている懐かしい感覚を喚起し、ふと、する筈もない懐かしい香りを嗅いだような錯覚を引き起こす。

同時にいつも感じていた、尾骶骨から抜けて行くような震えが背中を伝って脳髄をゆっくりと撫で上げていった。

「……ま、そうだよな」

五年ほどで丁稚を上がる、と幼なじみには告げて私は此処に来た。兄として妹に格好を付け、彼女を守るためにやってきた。

だとしたら、貫徹すべきは初志なのだ。前世で耽溺し、今尚熱衰えぬ冒険への意欲は萎えていないのだし。あれ程しんどくて、あれ程死ぬ思いをしても憧れと熱は潰えなかったことから明白であろう。

エリザを助けるため捨て身で戦った人攫い、休憩中に魔物から受けた襲撃、死の危険を覚えるほどの強者である廃館の巨鬼。私の魂に永遠に残しておかねばならぬヘルガ。

そして友と肩を並べて必死で生き残った魔宮。

どいつもこいつもトラウマクラスのできごとで、正直終わった直後は命のやりとりから離れたいと考えたものだ。

だけど、廃館でシャルロッテを助け、ここぞと言うときに輝く妖精のナイフを手に入れたこと。今も左の中指にて煌めく彼女の残滓。野盗共を蹴散らして懸賞金の話題でミカと盛り上がった思い出。

それから記憶の中にて燦然と輝く、全身に切り傷を負いながらも強敵を打ち負かし、魔宮を踏破した高揚感。

その全てが得難い喜びをもたらしてくれた。

懐かしく愛おしい同輩達と歩んだ紙の上での冒険と似ているようで全く違う喜びは、拭いがたい血錆の臭いがする。しかし、忘れがたいという点では、紙とサイコロを引っ掻き混ぜ、阿呆みたいに笑いながらこなしてきた思い出と同じ旅路。

別にスリルが欲しいなんて、直情的で頭の悪いことは言わないさ。平穏な暮らしが価値のないものだなんて頭の悪い発想もしない。穏やかに流れる時間の貴さは、前世と今世の両親や家族からたっぷり教わった。

「だけど……やめらんないよな、冒険も」

楽しかったのだ、終わってみれば。死が鼻先を掠(かす)め、絶望が足首を摑(つか)むような修羅場に浸ろうと。まだたった二回だ。どっちもセッションにすれば一回で終わるような内容でも、馬鹿なことに心底楽しかったと回想してしまう。

食卓を穏やかに囲むのも、酒宴で楽しく騒ぐのも、肩を並べて静かに語るのも尊く価値ある時間だ。

だけども、それと同じくらい冒険の熱は私の中に染み入っている。

どうしてこうも終わった後に燃え上がるのだろうか。魔宮なんて逃げだそうと探索している時は、誰だこのクソバランスを構築したアホＧＭ(ゲームマスター)は二度とやるか、と心底嫌だったのに。

焦がれるという感情は、懐かしいようでいて実に身に馴染(なじ)んだものだった。すとんと胸に落ちるような納得は、きっとあれなのだろう。セッションが終わったあと、駄弁(だべ)りながら駅まで群れて歩いたのと同じ味がするからだ。

終わってしまったけど次が。終わってしまったからこそ次が。

多分私は、ずっと文句を言いながら命を賭けて、終わってから尊い出来事のように感じてしまう阿呆なのだ。冒険という羅紗(らしゃ)板に放り投げる、この命というチップは軽くもないい。

というのに。

それでも、きっと新しいセッションが広げられたなら、私は放り投げてしまうに違いない。

「なんだ、結局私も結構アレな生き物なんだなぁ」

都合六〇ドラクマも手に入るなら、流石に一生は遊べなくても生活をどう安定させるかとか、思い切ってちょっとだけ贅沢しちゃうか！　とか考える所をフツーに妹の進路と冒険者のことだけ考えてる時点で分かりきったこったわな。アグリッピナ氏やライゼニッツ卿をあんまりなじれまい。

なら、骨の髄まで冒険者をやるとしましょうか。

なに、肩書きが欲しいなら冒険者として稼いでからでもできるさ。ライゼニッツ卿だって、いい歳こいたオッサンが聴講生としてやってきたとかぼやいてたんだし年齢に制限もあるまいし。

さてと、そうと決まったら、やるとしますか。

「何を伸ばそっかなっと」

私はインターフェースを覗き込み、自分の世界に潜っていった……。

【Tips】権能によって付与された特性に本人の人格を大きく変質させるものはない。

少年期

十三歳の冬

コネクションとの関係

システムによってはコネクションを結べるNPCとPCの関係を明白にするシステムもある。ビジネスライクな関係から友人としての付き合い、果ては分かち難い恋人になることも。また、セッションの運びによっては結んだ関係が変化することも起こり得る。

あんまり寒いのはかなわないが、冬の冷えきった空気は好きだ。

「うー、さむ……」

鼻の奥が痛くなりそうなほど冷たい朝の空気を吸い、寒気を追い出すように吐き出せば肺の中を思いっ切り煤払い(すすはら)したような清々(すがすが)しい気分になれるから。その清々しさで目を覚ませば、足首を引っ掴んでくるかのように抜け出しがたい寝床からも脱出できる。

帝都の下宿、心優しき灰の乙女(グラウ・フラウ)が管理してくれる私の宿も、そんな寒さと暗さに沈んでいた。冬の日照は短く、普段起きる時間でも〈猫の目〉がなければ厳しいくらいに外は暗かった。

「やっぱこっち、明らかに地元より寒いな……」

灰の乙女(グラウ・フラウ)が用意してくれる顔を洗う水は、肌を気遣うように温(ぬく)んでおり大変ありがたい。井戸から直接汲(く)むと、皮膚が剝がれるんじゃないかと思うくらい冷たいからな。帝都の井戸は地下水ではなく、張り巡らされた地下上水管より汲み上げポンプで揚水するため、地上の熱が浸透しやすく夏は温く冬は冷たいのだ。

「やっぱり毎冬雪が降る地は違うよな」

帝都は三重帝国でも北部寄りにあり、ケーニヒスシュトゥールと比べるとかなり寒く感じられる。雪が降らない年も多い故郷と違い、雨交じりの雪が頻繁に降る街を比べるのがおかしいともいえるが。

が、上には上が居るため、帝都は帝国内だとマシな方か。北に行けば行くほど骨の髄まで冷やす寒さは酷くなるし、帝都より少し南、南東部に位置する霜の大霊峰寄りになるともっと寒いというのだから、暖炉の火が尽きた瞬間死ぬこともない帝都はまだ暖かい方である。

余所より恵まれていると自分に言い聞かせつつ顔を拭って目を開けば、さっきまで手元になかった小瓶がいつの間にか置かれていた。微かな乳の臭いとオリーヴの香りが混じるそれは、冬の乾燥に備えた軟膏だ。保湿して乾燥を防ぎ、不足しがちな油分も補ってくれる素敵アイテムであるが、彼女は一体これをどこから仕入れているのだろうか。庶民が安定して買うには普通に悩ましい金額のはずだが。

「今日も灰の乙女の心遣いに感謝を」

ともあれ、出所を気にしても仕方がないのでありがたく手指と顔に塗ることにする。前の住人が忘れていった曇った鏡の前に陣取り、未だ塞がっていない顔の傷を隠す絆創膏を剝がして……。

「あれ？」

見れば、鏡に映る私の顔はすっかり綺麗になっていた。

こういうと語弊を招くが、別にスキルだの特性だので顔の造形に変化が現れた訳ではなく、少し前まで瘡蓋だらけだった顔がつるつるしているのだ。

それに、どういうわけかちょっと期待していた面傷が影も形もない!?

見間違いかと顔に指を這わせれば、指先にはつるりとした指触りばかりがある。癒者は治療しながら、これは痕になるわねぇと憂いていたはずなのだが。

え、なんで？　なんでないの？　これで私も男ぶりが上がるなと思ってたのに。

だって、ほら、顔に受けた傷って歴戦感あって格好好いじゃない？

あれだけの激戦を潜り抜けてついた傷だから、ちょっとくらい残った方が記念になると思っていたのだ。将来、その傷はどこで？　と後輩の冒険者から聞かれた時、ドヤ顔で過去の功績を語るきっかけにもなるし……。

されども、無情なことに淡い期待を抱いていた傷はさっぱり消えていた。瘡蓋が剥がれるのはいいとして、欠片も残ってないってどういうこと？

あとあれだよ、この年齢っていえば私は前世だとボチボチ髭が生え始め、産毛程度ではあるが存在を主張し始めていた。記憶を辿るなら、我が長兄もこの頃には伸びてきたと自慢げにしていたはず。

ライン三重帝国では、というよりも西方の多くの国では髭は立派な成人の証、その一つとして数えられる。ただ伸ばすだけなら簡単な髭という体毛は、綺麗に保とうと思えば存外難しいものであるため、一つの経済的な指標となるのだ。

丁寧に切りそろえた髭は財力と時間的余裕の証であり、時には長く伸ばしてリボンや金輪の髭飾りで飾る種族さえもいる。勿論、毎日綺麗に剃ることも金と時間の表明となるため問題はないが、やはり威厳や見栄えもあって生やす方が好まれる。

私も面傷同様、密かにお洒落な髭を蓄えることに憧れを持っていた。

前世じゃ海外派遣なんぞされぬし――現代でも中東などでは生やしていないと小馬鹿にされる――髭なんぞ論外であったから伸ばしたことがなかったこと。それと好きなファンタジー映画にて銀幕を飾る美男達は、それはもう立派な髭を蓄えていたから。

父も丁寧に髭を整えていたし、兄も成人直前には殆ど生えそろう程度には男衆の髭が濃い家系であったため、時が来ればどうしようかと思案を何度巡らせたことか。

にもかかわらず、つるっつるだった。人外の領域に至りつつある〈器用〉さの指で顎を撫でて、違和感を全く覚えないほど。

「……ウルスラ」

「はいはい、お呼びかしら愛しの君。月が顔を隠しきる前からご苦労ね？」

ちょっとした心当たりを呼び出せば、まだ暗いこともあって夜闇の妖精は最初から居たかのように部屋に現れた。今日は隠の月が満ちつつあるから、最初に遭った時と同じ頭身の彼女が鏡に映っている。我が物顔で私の寝台に腰をかけているのは気になるが、家主が客を歓迎するのは義務みたいなものだし見逃すとしよう。

「傷が消えたのと髭が伸びないの。心当たりは？」

彼女と口でやりあって勝てる気がしないので――どうして私の周りは舌戦が強い女性ばかりなのだろう――率直に聞いてみれば、おもむろに枕に顔を埋めた彼女は何でもないかのように告げた。

「あー、髭と傷には心当たりはなくってよ？　わたくし、男性の傷は結構好きな方ですもの。狂奔は月の光の下でこそ映えて、狂えるほど激しく振るわれた傷の残滓は詩的な美しさがあるものですし」

なるほど、わたくしはね、わたくしは……。

「ロロット」

「はぁい～。なにかご用ぉ？」

次の心当たりに声をかければ、ふわっと頭の上にシャルロッテが現れた。風の妖精である彼女は月が満ちても頭身を高めることなく、これぞ妖精という佇まいで私の髪に埋もれるように寝そべっている。

「傷と髭、なにかした？」

「えっ？　えっとぉ……そのぉ……」

「もういい分かった」

ウルスラの含みがある物言い。そして問われた瞬間言い淀むシャルロッテ。下手人は一瞬で割れてしまった。がっくり項垂れてテーブルに手を突けば、頭に載っていた風の妖精は転げる前に浮かび上がり、申し訳なさそうに顔を覗き込んできた。

「そのねぇ、ごめんねぇ？　ロロットねぇ、傷が残ったらヤかなと思ったのぉ。ほらぁ、だってみんな、お顔に傷があったら気にするからぁ。おともだちもね？　みんなお顔の傷ってかわいくなーいって……」

なるほど、体の傷は全て癒えれば疵痕とならぬよう、妖精の気遣いで消えてしまったのか。ほんと色々できるのね、君たち。

「いや、うん、いいよ、別に。うん、ほんと、そこまで気にしてるわけじゃないから」

申し訳なさそうに頭を下げる彼女を見ていると、なんか私が悪いことした気になるから困る。別にそこまで怒ってる訳ではないし、悪気がないなら許すとも。

ただしおやつの角砂糖は一個減らす。

砂糖は南内海の衛星諸国から最恵国レートで入ってくるため三重帝国においてそこまで高価ではないが、財布にお優しい価格でもないからな。懐が小さい？　底が浅い財布しか持ってないから仕方ないだろう。ファイゲ卿から頂いた一〇ドラクマは殆どをエリザの学費に充てたし、残りは実家への仕送りと、遅くなったが甥っ子ができたお祝いに送金してしまったのだから。

口でがーんと呟いて露骨に凹むシャルロッテ。ただ、彼女の発言で気になることが一つ。疵痕への言及はあったが髭への言及がなかった。

「となると髭は……」

疑問を声に出してみれば、びくっと後ろで驚く気配と陶器が擦れる音がした。鏡を見て後ろを確認すれば、顔を洗った桶はベッドサイドから消え、代わりに湯気を立てるチコリの黒茶が用意されていた。

いつもなら食器が擦れる音すらさせず用意される朝のお茶、それが過剰な反応と一緒に現れたと言うことは、まぁそういうことなのだろう。

「……灰の乙女」

「だって、髭って可愛くないんですもの、だそうよ」

断固として声を出さぬ彼女の代わりにウルスラが翻訳してくれた。

……ああ、そう、うん、もう分かったよ、好きにしてくれ。しかし、真面目で寡黙な彼女がこんな悪戯をしかけてくるとは。いや、むしろ家事妖精とは家人に悪戯を働くのを好む性質も持ってたっけ。

もうちょっとこう、おとなしめの悪戯がよかったけど。

空しくなって顎をさすり髭への未練を想っていると、ふと気付く。

妖精は金髪碧眼の子供が大好きだ。私に寄って来た理由は勿論それだが、他にも彼等は子供を愛するため外見的な無垢さにも拘るのではなかろうか。

そしてウルスラは言った。傷と髭には心当たりがないと。

ただ、別のことに関わっていないとは言っていない。

「なぁ、ウルスラ」

「んー？　今度は何かしら愛しの君……わたくし、そろそろ眠いのだけど」

「私はね、家系的なことを考えると割と背が伸びると思うんだ」

実際、既に権能によるステータス割り振りでは将来的に上背は一八〇㎝を超えるように調整している。民族的に体格に秀でる三重帝国のヒト種は、栄養状態にも恵まれているためこれでもまだ長軀とは言い難い。

しかし、子供を愛好する面々からすれば十分に大きすぎると思うのだ。

「と、唐突になんのことかしら」

鏡越しに見ていたウルスラの言葉が珍しく、本当に珍しく乱れた。その上、目は左右に揺れており落ち着きを欠いている。

そっか、ええ、分かった。

瞬間的に振り返り日用品として色々な物を縛るのに使っている縄を〈見えざる手〉にて解いて叩(たた)きつける。鞭(むち)として使うのではなく、要所を指で摘(つ)まんで一瞬で縛り上げるための動作だ。

しかし、縄が飛ぶが早いか彼女は小さな悲鳴と共に姿を消し、縄が打ち据えたのは寝台ばかり。下からも争いの気配を察知したのか灰の乙女(グラウ・フラウ)が慌てて何かを落っことした音が聞こえるし、換気のため微かに開いていた窓から冬とは思えぬ暖かな空気が逃げていくではないか。

「お前ら全員か！　おい！　洒落になってないぞ！　何もしてないだろうな！　逃げるなコラ!!　出てこい!!」

妖精(アールヴ)相手に声を上げて激怒することは初めてだが、報復があるかもと思っても抑えることはできなかった。高身長は単なる憧れだけではなく、剣士として割と重要な要素だから洒落にならんのだぞ！

身長が少し縮めば腕も同様に縮み、その分剣の間合いが縮まってしまう。誤差と笑うな

かれ。体内に潜り込む剣先がほんの数㎜違うだけで致命傷になるか否かが左右されることも多い。

ましてや重量が物を言う近接戦において、筋肉の積載量を決める上背に劣るとなればそれだけで不利になる。

小兵が大男を倒すのは劇的で見栄えもするが、実際には難しいのだ。少なくとも実力が私と伯仲する大男とかち合ったなら、魔法を抜きにすれば圧倒的な不利が決まるくらいには重要である。

然もなくば前世のボクシングにおいて、ああも寸刻みの階級制度が設けられるはずもない。

割と人生に関わる怒りを振りかざしてみるも、私の怒声は朝の静けさに呑み込まれて消えるだけであった………。

【Tips】加護も祝福も与える側の意志が必要であるが、授かる側の合意が必要とは限らない。さにあらずんば金髪碧眼の子が若くして天に召されることもなく、森歩きから帰って来なくなることもなかろうて。

昨夜降ってから誰にも穢されていない新雪をさくりと踏み、雪で白く飾り立てられた街を行く。焼成煉瓦の味わい深い赤が白の下より覗き、魔晶光源を抱えた街灯の光を浴びて薄らと青い陰影に染められた姿は実に幻想的である。

冷え冷えとした冷水のような空気を取り込めば、未明の白みかけた夜空をそのまま吸い込んだような心地がした。冬の夜を酒にして呑んだなら、きっとこんな口当たりなのだと思う。きりっとした口当たりの中に甘さがあり、すっと消えるような淡い香りを鼻腔に残して行く日本酒のような酒だろう。

「ふぅ……」

とりあえず怒りも少しは治まってきた。こうなればウルスラもロロットも暫くは呼びかけに答えまいし、灰の乙女は元より姿を現さない。子供じみた相手の怒りが治まるまで隠れ続ける戦法をとるつもりのようだが、半端なことでは忘れないからな。

怒りを抱えたまま朝のお勤めに出る訳にもいかないので、こうやって朝の街路を堪能することで精神を落ち着けていたが、思いのほか上手くいってよかった。初めて訪れる帝都での冬は、同じ国内であっても異国の趣さえ感じられて大変興味深い。

とはいえ、仕事の前に気を抜きすぎてもいかんので、あんまり浸ってはいられないな。この寒さを堪能するのもオツではあるが、あまり体を冷やすと後に障る。私はポイントを使って取得した〈隔離障壁〉にアドオンの〈選別除外〉を組み込んだ結界を起こし、冷気を弾き半長靴に撥水の効果を持たせた。

魔宮で溜めた経験点の使い道、その一つがこれだ。TRPGの醍醐味といったら戦闘だが、ロール中に現実世界でもコレ使いてぇなぁとしみじみ思う生活魔法も大きな要素の一つである。

流石の寒さに綿入れの上着だの革の大外套だので抵抗するのがしんどかったので、障壁系の防御手段が〈空間遷移〉の出来損ないだけでは不便かと思いついでの如く取得してみた。〈基礎〉まで伸ばした〈隔離障壁〉は〝物理的・魔法的な接触を阻む〟だけの、これぞ障壁というシンプルな構築。起点となる空間を薄紙一枚分だけ概念的に隔離することで、物と現象が乗り越えてこないようにするだけの捻りのない術式。

しかし、単純な構造であるだけに燃費も効率も中々で、〈熟達〉での習熟であれば展開までの時間は驚くほど短くて隙がなく、曲射された矢や普通の剣であれば易々弾くことができる。

また工夫して角度を付けてやって攻撃を受け流せば強度以上の性能を発揮することもでき、ちょこっと弄くってやれば水を弾き、強風を受け流し、寒さの伝播を和らげてくれる雨具兼防寒具のできあがりだ。

雪が降る中を歩いても服がしっとりせず、髪が濡れないことのありがたさよ。うっかり転ぼうが慌てて着替える必要もなく、強い風に目の粘膜を痛めつけられて涙を流しながら歩かなくて済むときた。

いやぁ、本当に良い買い物した。日常、戦闘共に隙がない。

手袋みたいに薄く手の表面に張り巡らせれば、水仕事をしても手が荒れないってのも嬉しいね。渇望の剣に触れようとしたアグリッピナ氏がやってたみたいに、物理的な実験をする時にも便利だろうと思って真似したが正解だったな。

新しい玩具の性能に満足しつつ魔導院に辿り着いたため、毎度の如く馬房へ赴く。寒かろうが雪だろうが、生き物であるため世話をする必要がある馬達のために今日も馬丁諸氏は私と同じく通常営業に勤しんでいた。

「おうおう、おはようおはよう」

絡んでくる他の馬をあしらいつつ――ちょっかいをかけてくる一角馬の馬房は慎重すぎるほどに遠回りした――馬房に行けば、カストルとポリュデウケスは寒さの中でも毎度の如く元気そうにしている。

改めて馬は寒さに強い生き物だと感心させられた。基礎体温が高く、運動の後は湯気が立ち上ることもあるからな。私達であればぶっ倒れるほど高い体温になることもある彼等は、魔法や外套がなければ縮こまってしまう脆弱なヒト種とは違うということだ。

「こらこら、噛むな噛むな……手持ち無沙汰か？」

馬糞を片付け寝藁を入れ替えていると、ポリュデウケスが背中をぐいぐい押してくる。服を甘噛みし、強請るように鼻を鳴らすのは数日前までの毎日沢山走れた日々が恋しいのだろう。

馬からすれば走るのが本能だからな。特に彼等軍馬種は、よく走り体格に秀でた血統を脈々と重ねてきた選び抜かれた存在である。思う存分走ることに焦がれる気持ちはよく分かるよ。

「今日はお願いして沢山連れ回して貰おうな。雪が薄い内に遠乗りにも連れて行ってあげるから」

長い横顔を撫で、顔を舐められるがままに話しかける。じっと目を見れば、菫色の虹彩が私を真摯に見返してくる。言葉を話すことができない彼等であるが、知性は高くヒト種に劣るものではないと思わせる知性の輝きがある。

するとその目は、嘘は言うまいなと語りかけてくるのだ。

「お前達に嘘は吐かないよ。ミカも連れて四人で行こうな」

頭をなで回しつつ約束してやると漸く満足したのか、甘噛み攻勢は止んで兄弟馬の片割れは大人しくなった。

こうやって接していると本当に人間めいた所がある。扱いを間違えば彼等は普通に反抗してくるし、無理矢理鞍を括った所で乗り手の指示に従いもしない。気に食わぬ乗り手であれば、自分が死ぬことになっても振り落とそうとする気高さを持つ生き物だ。

だからかね、こうやって二心なく接すれば、彼等も期待を返してくれるのは。

しかし安心はできない。兄弟の一方だけを厚遇しては臍を曲げるので、カストルにも同じ約束をしてやらねば。

カストルとも似たようなやりとりをして顔をベタベタにし――障壁で拒むわけにはいくまい――仕事終わりに銅貨を握って私の前に列を作る馬丁達に恒例となった〈清払〉をかけて回る。近頃は私を見かけると挨拶してくれる人が増えて嬉しいものだ。

「すみません、あのー……」

「ああ、分かってる分かってる。好きに走らせてやるよ」

その中でも馬の運動係をしている馬丁に頼み、兄弟馬を少し長く運動させてやってくれと頼んだ。馬は何日も馬房に閉じこもるとストレスで鬱になるほど高度な精神を持ったため、馬丁は運動の管理もしてくれている。

チップ代わりに無料で〈清払〉をかけてあげてから鴉の巣へ入り込む。

「……ん？　人通りが多いな」

魔導院のドアを一度潜ったならば、季節感は一瞬で失われる。明治期の銀行を思わせる正面ホールは魔法によって温度が一定以上に下がりすぎることも上がりすぎることもないよう調整されており、時候の最も心地好い気温だけが楽しめるようになっている。

そんなホールは早朝だけあって普段は御用板に貼り出される依頼を待つ聴講生や、朝一の講義に備える勤勉な者以外には受付諸氏しかいない筈……なのだが、今日は些か賑やかであった。

深く推察するまでもなく高貴な身分の方がいらっしゃる。宝石飾りの釦や絹地と金糸の刺繍が煌びやかな衣服。温度調節の魔法が付与された外套や権威の象徴ともなる実用性を擲った短杖。

側に控えるのは敢えて流行から少し外れた豪奢な装いからして近侍であろう。側仕えにまで貴種に近しい格好をさせるのは、家格の高い裕福な貴族だけ。同様に侍らせた護衛も服装は動きやすく簡素な物ながら、腰に帯びた得物はかなりの業物と見える。

そんな集団が二つ、三つ……外見は完璧に親しそうな仮面を被って歓談していらっしゃる。誰かを待っているか、受付が処理している間の無聊を潰しているようだが何の用であろうか。

魔導院の研究員や教授は官僚的な性質を持つため、政策や技術的助言のため貴族に協力することは多いものの、基本は用事がある所に呼び出されるはず。帝城はすぐ北に聳えており、冬場の社交期で帝都を訪れた貴種の帝都別邸も然程遠くはないとはいえ、気位の高い彼等が態々訪ねてくる理由はなんだろう。

普通なら側仕えに文でも持たせて呼び出すか、どこかで茶会でも催して会うだろうに。

おっと、気になったとはいえ見過ぎたか。貴人の護衛だけあって視線に聡い。無礼だと叱られる前にさっさと退散しよう。

どうせ雲の上の出来事だ。地下をのたのた歩いている平民が関わって良いことは何もない。

それは私の主、アグリッピナ氏が我が身を以て嫌という程学習させてくださったろうに。

「……ああ、もうそんな時間？」

工房の私室、外の雪化粧とは打って変わって穏やかな陽光が差す温室に向かえば、あろうことか全裸の雇用主に迎えられた。

シニヨンに編み上げた髪は水気を帯びて流れるままにされ、起伏に富んだ白い肉体に張り付いている。運動とは無縁であることが信じがたいほどに適度な筋肉が付いた四肢が蠱惑的に膨らみ、同時にくびれた胴から分かち難く伸びている様はルネサンス期の裸婦像にも似た均整の極地にある。

「……言いたいことは色々ありますが、髪が濡れたまま彷徨かれるのは如何なものかと」

普段から薄着でダラダラと自堕落に寝転がっている雇用主であるが、ここまで明け透けに裸身を晒されたのは初めてだな。たまーに夜着が乱れて片乳放り出していることもあるが――当然、気にすらしていない――本当に貴族のご令嬢かと疑いたくなる惨状だ。どれだけ磨き抜かれて美しい体であろうと、サイコロを転がすまでもなく抵抗に自動成功してしまうのが何とも。

「気まぐれに風呂に入って本を読んでたら浸かりすぎたのよ。適度に冷やしてからじゃないと汗がね」

「ええ、ええ、畏まりました。御髪を整えさせていただきますので、どうか大人しく座っていただけますでしょうか？」

仕方ないなとでも言いたげに椅子に座るアグリッピナ氏であるが、しょうがねぇなと言いたいのは此方である。色んな所を濡らされては後で掃除するのが大変なため、一言断って〈清払〉をかけて水気を飛ばし、御髪には櫛を通して丁寧に布で乾かす。

勿論魔法で乾かしてもいいのだが、髪ばかりはこうやって手で処理した方が仕上がりが違うのだ。

「あー……良い感じね。折角だから、頭をちょっと揉(も)んでくれない？」

「あんまりゆっくりしている時間はございませんが？」

本当に好き勝手振る舞ってくれる主人だこと。何度も何度もタオルの水気を切ってやさしくゆっくり髪から水気を拭い去り、櫛なんて通さずとも全く絡むまい髪を梳(くしけず)る。あっという間に艶が出る髪に手入れしがいがないなと感じつつも平素通りのシニヨンに編み上げてさしあげた。

「ん、ご苦労……櫛をちょうだいな」

「こちらです」

優雅なことに全裸で髪を乾かされている間に本まで読み出してくれた主人が差し出す手に櫛を渡せば、不意に表面が燃え上がった。排泄(はいせつ)を行わぬほど効率の良い循環器と代謝能力を持つ長命種(メトシエラ)、その数少ない代謝に伴って排出される部分、毛髪を処理したのだ。

髪の毛は魔法の触媒、特に相手を攻撃したり居場所を探したりする術式に使われるからな。方々で恨みを買っている御自覚を十分にお持ちらしい我が主人は、この辺りの始末には細かく心を砕いている。唯一の従僕であり、これ以上ないほどの弱みを握っている私相手にも気を許さぬほどに。

まぁ、意識せぬ内に敵に利することもある。魑魅魍魎(ちみもうりょう)が善人の仮面を被って毒の吐息を吐き付け合う人外魔境の社交界を泳ぐには、これくらいやらねば足りぬのだろう。

「あー……朝ご飯どうしようかしら」

「まずはお召し物をお願いします」

誰が見るわけでもなし、と素っ頓狂なことを抜かす雇用主をだらしない外道から見かけだけは傾国の――尚、物理的に傾ける模様――美人に転職させる。服は適当でいいとか抜かすので、比較的よく見るローブを引っ張り出しておいた。

ぶちぶち文句を言いつつも服を着る彼女を見て、一人だった時は本当に飲まず食わず眠らずで延々と本ばかり読んでいたのだなと過去に思いを馳せる。それにしても銀髪金銀妖眼エルフ――っぽいもの――享楽主義者外道裸属とか、ちょっと属性過積載すぎないか？ どれか二つ三つくらい売り払ってくればいいのにと益体もないことを妄想しつつ、朝食の用意を片付ける。遅れも忘れもせず配達される貴種向けの宅配食を並べ、エリザを起こしに行った。

エリザの私室は工房の中でもかなり手狭な部類にある。それでも貴族判定における〝手狭〟であり、普通にしていれば二～三人で生活できそうな広さだが。前世感覚でいえば一六畳はあるな。

そんな彼女の私室は、訪れる度に物が大量に増えている。

ああ、全てライゼニッツ卿からの貢ぎ物だ。

あの度しがたき生命礼賛主義者の変態は、どういう性癖をすればこうなるのか全く理解が及ばないが、自分が選んだ最上の品を気に入った対称が使うだけで悦楽を見いだせる奇癖の持ち主だ。

あまりに良い空気を吸い過ぎていて、あそこだけ世界観が他と違いすぎる気もするが……身の回りの物を揃えるための予算を削減できると思えば、多少は目も瞑ろう。

「また凄いのが来たな」

だとしても今回の貢ぎ物は中々だが。

我が最愛の妹、世界で一番可愛い少女は正しく〝お姫様〟といった威容の寝台で眠っていた。大の大人が三人寝転がっても派手に運動できそうな大きさの寝台には、至極当然の権利であると言わんばかりに薄い絹の天蓋が設けられており、気軽なハンモックを愛用する雇用主より上等な寝床ときた。

ついでに言えばいつの間にか用意された文机は〝持ち主の背丈に合わせて伸張する〟最高級品であるし、都度都度送りつけられる衣装を呑み込む衣装棚は空間拡張術式が施された〝衣装部屋数部屋分〟の許容量を誇る変態性能。

更には使う当てがないのかうっすら埃が被った手紙用具一式は、貴種の執務机に載っかっているのが似合いの高級品。あの邪霊はなにか、我が妹のきゃわいい丸い筆跡のお手紙を貰いたいとかそんなことを思ってやがるのか。

まぁね、家の妹は世界一可愛いので可愛がりたい気持ちは重々承知だが、ここまでやられると流石に気色悪い。一〇にならぬ子供の装束に矢鱈と長手袋とか扇子なんぞの大人らしい物を合わせたがる性癖と相まって心底気持ち悪い。

ただ、そんな中で私の乏しい小遣いで贈った物が大事にされているのを見ると、とても心が温まるのだけど。

エリザは寝台で一つの人形を抱いていた。人形の贈り物は他にもあったが、殆どは包装を破ることもせず方々に捨て置かれているものの、それだけは毎日抱いて寝ているのか草臥れ始めている。

熊を模して綿を詰めた布の人形は、一人で寝ても寂しくないようにとお遣いに出る前に作ってやったものだ。テディベアというには拙いが、持ち得る〈器用〉を全力稼働させただけあって多少は格好も付いていると思う。

私の代わりにとあげた高価でも高品質でもない、取るに足らぬ端布の人形が何より大事にされていることが兄としてはとても嬉しい。

「エリザ、朝だよ」

「んぅ……あにさまぁ……？」

いつか彼女が大人になれば興味を失ってしまう物でも、今は関心の全てを注いでくれている。立派な淑女となった彼女が人形を必要としなくなり、素敵な殿方に手を引かれて歩くようになるまではエリザの一番でいたいものだ。

「おはよぉ、あにさま……」

「ああ、おはようエリザ。兄様はここにいるよ。さぁ、ご飯にしようか」

最近ではすっかり宮廷語が板に付いてきた彼女も、寝起きはどうにも発声が幼いままだ。

揺り起こせば首に手を回して抱きついてくるので、そのまま抱き上げて朝の支度を全て手伝ってやる。

……はて、そういえば私がお遣いに出ている間、エリザの世話は誰がしていたのだろう。真逆アグリッピナ氏が手ずからやるわけはないよな？

自分のことは自分でできる範囲も増えてきたエリザであるが、配膳作業などは教えていないしどうしてきたのやら。特に汚れることもなく綺麗に過ごしていたようなので問題はないのだが、あの、そうあのアグリッピナ氏が世話している光景を想像すると……うん、一瞬背筋が震えたね。

ひっつき虫と化したエリザを説き伏せて朝ご飯を食べさせれば、お遣い前と違って自由時間とはならず宮廷語のお稽古に同席させられた。

お遣い以降、またエリザの甘えたが再発してしまったのだ。

泣きそうになりながら「あにさま、もうあぶないことしない？」とくっつかれたら、そりゃ兄貴として抵抗できませんよ。エリザが私を椅子にしながら講義を受けるのをアグリッピナ氏が認めたのは、間違いなく色々面倒くさくなってきたからだろう。私に放り投げれば、基本的に弟子の精神は安定するからな。

昼までエリザに付き合って、宮廷語と礼儀作法の講義を見届けた。

しかし、思ったよりも高度なことをしている。荘園の子が私塾で習う、代官に捧げるご挨拶程度は疾うの昔に過ぎ去り、詩作の講義まで受けているではないか。

韻を踏み、歴史を引用し、字画を守る高貴な定型詩は私も知識が及ばぬ領域だ。読んだりはするが、ファイゲ卿と語らった通り庶民が愛する散文詩ばかり読んできたから、作る技法となるとさっぱりなのだ。

それをダメ出しはされながらも詠めるようになった家の子凄くない？　控えめに言って天才では？

また宮廷語も私が使う下層階級のそれではなく、上流階級に合わせた物を習い始めている。微妙なアクセントの違い、普段は使わない鼻音など難易度の高い物も多いが、聞ける段階で話せるようになっていることに驚いた。

他にも教養が身についてくれれば、聴講生として登録することもできるとの評価に驚かされる。知らぬ内、こんなに立派になっていたのかと。

喜びの内に昼餉（ひるげ）の時間となり、三食の中で最も豪勢な食事が届けられた。献立は珍しく子羊の煮込みが主菜であり、如何（いか）にも御貴族様といった具合に香辛料が利いている。エリザが喜びそうな御菓子もついており、何度見ても一食お幾らかと肝が冷える。

「兄様にも分けてあげるね！」

「ああ、ありがとうエリザ。だけどまずは綺麗に自分の分を食べようね」

妹は知るまいなぁ、この西方人の花飾り（ヴェスターレンクランツ）という高級そうな御菓子の値段を想像し、笑顔の裏で兄がいやーな汗を流しているなど。

こればっかりはアグリッピナ氏が自分の趣味でもあるため費用は要らぬと仰（おっしゃ）ってくださっているが、自分の懐から出したらどうなるかと小市民的に考えずにはいられないのだ。

この雇用主が金には適当で、後から請求されることはないと分かっていても。

いくらなんでも膝に載せたまま食事はできないので、むくれるエリザに頑張るよう言い含め、額に口づけを一つ落として宥めて降りるように促す。涙目の妹を突き放すのは良心をカシナートで粉みじんにするくらいに辛いが……うん、猫の子みたいに可愛がるだけが愛じゃないのだと自分で自分を洗脳して耐えた。

「ああ、そうそう、忘れるとこだった」

給仕の最中、アグリッピナ氏の隣を通りかかると紙を渡される。単なるメモ書きを態々蝶の形に魔法で折って飛ばしてくるセンスはよく分からないが、なにか思い入れでもあるのだろうか。

「それ、頼まれてた分の予約取っといたわよ。私の名義で取ってあるから、お遣いで実験を頼まれただけなんです～って体でよろしく」

「実験のお遣いとは一体……？」

寄越されたメモは〝実験室〟の予約票だった。

魔導院には魔導技術の粋を凝らした実験室が幾つもある。理論の城である魔導院においては、机上にのみ成立する魔法を是としないため当然の備えと言えよう。

特に魔法の事件とは危険が双子の兄弟の如く付きまとい、同時に魔法一つとっても状況によって効果も威力も異なってくる。最適な結果を実験によって模索するのであれば、当然工房の限られた環境だけでは不足が出てくるのだ。

それらの問題を解決するのが実験室群。簡素なものであれば単に広く誰の邪魔にもならぬような場所から、極地の状況を一時的に再現できるような設備もあれば、とてもではないが工房では試すことすら危ない術式を遠慮なくぶっ放せる部屋もあるそうな。

工房そのものが高度に隔離されているわけだが、言うまでもなく軍事的な魔導研究は大がかりな結果が付きものとなる。危険な実験を帝城、ライン三重帝国の機能中枢の目と鼻の先でやられてはかなわない。

かといって勝手にその辺の領地で環境破壊に勤しまれても困るわけで、挙げ句の果ては生物災害の危険性があるなら、予算を投じてデカイ箱物を作るのもむべなるかな。

そんな代物に用があるのは、勿論新しく考えたコンボの実験のためである。ただちょっとその辺でやるのは危ないかなーと思って相談したところ、この実験室の存在をミカから教えて貰ったのだ。

言うまでもなく丁稚である私が個人の意志で使うことはできないため、アグリッピナ氏を通して使わせて貰うことは可能かと相談して今に至る。

厳密には部外者である私の使用許可を取るには問題も多かったろうに、よくたった数日でもぎ取ってくれたものだ。ライゼニッツ閥は勿論、他閥からもヤベー奴と知られているだろうに彼女の政治力は何処から来るのやら。

知っても絶対碌なことにならないから知りたくはないが、穏当に利用させて貰える内は利用させていただこう。

「いつも通り昇降機に話しかければいいから。ただ、この時期利用者が多いから共用の実験室しかとれなかったし、聴講生向けの機密度が低い部屋だからあんま凄いことしないように」

人を何だと思ってるんだこの外道は。節度はあるつもりだとも。というより、隣に人が居るだけで自粛せにゃならんほどえげつない術式じゃない。どっちかと言えば轟音と閃光の魔法に近い、安価かつ低燃費でつつましやかな物に仕上がったと自負している。

「ご安心下さい、自分の領分は分かってるつもりですよ」

ほんとぉ……？　という猜疑の呟きを無視し、私は縋るような妹の目線を振り切って工房を後にした………。

【Tips】実験室。魔導院地下の工房区画よりも高深度に設けられた実験区画。比較的浅い深度にある数平米ほどに小分けされた小実験室から、地平線を観測できる程広大な実験室まで用途に応じた部屋が用意されている。

強靱無比な概念隔離結界によって防護されており、外に被害を出さないよう三重帝国皇帝が威信と帝室費の半分以上を供出して〝作らせた〟施設。逆説的にそれまでは平然と外で実験していた模様。

禁書庫に並ぶ大深度に建造された最高機密実験室なる物も存在しているが、それすらも過去三度結界を抜く規模の攻撃魔法が内部で放たれ、大事故が起こったと記録されている。

酷く既視感を覚える光景を前にして、今生では存在しない施設の名前が浮かび上がってくることが不思議でならなかった。

記憶という書物は羊皮紙や石板よりも素早く朽ちて行く。形を残しやすいそれらでさえ一〇〇年も経てば褪せ、環境によってはそれよりも早い時間で風化していくというのに、一体どうして前世の記憶が完璧に形を残していられよう。

記憶の摩耗に晒されて、私の記憶は随分と〝まだら〟に脱色されてきた。

今や前世の交友関係は父母さえ含めて薄れて尽きており、顔や名前が酷く曖昧な所がある。自分の中では割とどうでもいい、あれほど毎日顔を合わせた取引先関連の記憶となっては更に酷い。

また己が住んでいた街の名、地理、部屋の構図さえ曖昧に成り果てており、酷い時は自分の名さえ暫し悩んだ後に思い出す程。

それくらいに私がケーニヒスシュトゥール荘のエーリヒとしてこの世に馴染んだということだと認識しているが、だとしても不可思議なこともある。

未だ薄れ得ぬ卓上にて繰り広げた物語への妄念は、最早魂にこびり付いてしまったと思えば不思議でもない。未だに記憶に深い、特に独得であった物語はＰＣの名前から――参加者も名は思い出せぬが癖と風貌は辛うじて――展開まで全て思い出せる。

例とするなら、特にお気に入りなのが討伐目標であった龍に何を思ったかＰＣ１主人公が求婚し、困り果てたGMがかぐや姫方式の筋書きに変更した一件であろうか。

封印から目覚めた古龍を完全に解けていない封印を使って倒す仕組みを用意した長編セッションが、交渉と言う名の口説きで六ゾロが出てしまったが故に龍の出す難題を解決し非モテだったＰＣ１を男にしてやろうぜなんて物語に化けるなど、誰が予想できようか。

すったもんだあった末、龍を口説こうとした馬鹿は見事にラスボスの心を射止めて、人属領域を荒らそうとしていた彼女を嬉し恥ずかし新婚生活に夢中にさせることで世界を救った。途中でGMも興が乗りすぎたのか、チョロくて可愛い何処か抜けた超越者というヤツ自身の性癖を大胆に押し出して来て、全員が五分ごとに腹を抱えて転げ回ったことは忘れられない。

閑話が長くなったが、思い入れに従って記憶はエーリヒと成って一三年、自我を以て八年過ぎても強い物は薄れることはない。

それと同時に薄れない記憶は、この実験室を見て湧いた言葉と同じ、酷く技術的な内容ばかりだ。

なればこそ、この警察や軍隊の射撃練習場を彷彿させる場所への訪問が必要になったのだろうが。

縦長に区切られた区画が無数に並んでいる。仮標的を吊せるように作られた長方形の箱は、直射型の攻撃魔法や道具などの実験を念頭に置いて設計されたようだ。奥行きは広く、利用者が入る手前側には仮標的を操作するための装置まであった。

区画は壁で完全に区切られており、ドアも気密性が高く作られていることもあって向こう側の光景を外から窺うことはできない。中で使われている術式が外に漏れぬよう、同時に覗き見されないよう気を払われているのか。

外から見て分かることと言えば、表示板による利用中か否か程度の物。流石は聴講生であっても画期的な発見をすれば一足飛びの昇進が狙える学徒の塒。剽窃や盗作への備えは、下の階級の学徒であっても配慮がなされている。

そんな実験室の廊下を歩いても魔法の音や光を見ることはできないものの、多くの区画が使用中となっているため、何はなくとも立ちこめる強い熱気を感じることはできた。今も多くの聴講生が、この実験室で自身の積み上げた〝智〟と〝論〟の実践に励んでいるのだ。

気合いの入った聴講生が多いのは、年明けに技巧品評会なる催しがあるからだと小耳に挟んだ。要は年始の余興お披露目会みたいなものだが、ここで教授の目にとまれば発表や研究に関して助言を貰えたりするそうで、志が高い学生は皆必死で目立とうとするとミカから聞いた。

では彼もそんな催しに心血を注いでいるのかと言えば、そんなことはなく不在時に溜まった課題や論文の執筆に忙殺されており、ここ数日は軽く顔を合わせる程度だ。

というのも、彼は既に自分の師を持っているため、慌てて研究員や教授勢からの歓心を買う必要がなく、今の所研究への予算もこれといって必要ではないからである。

聴講生という身分は中々に難しい。直接の師匠を持たずとも魔導を学べる立場ではあるが、やはり自分が志す道の偉大な師から直接教えを賜れれば成長速度は比べものにならない。中には直接の師を持たぬまま研究員に昇進する者も居るとは聞いたが、稀少とも言える一握りの天才が偏屈の極みによって辿り着く所業。

なので優れた師が欲しい聴講生はごまんといる。既に師を得ていたとしても、これを期に更に上の教授から声を掛けられる機会にもなるため、上昇気流に乗りたい学生は必死に自身を練り上げる。

さながら、産卵場所を求めて一斉に遡上する鮭もかくやに。

そう思えば、学者としては優秀な――個人としてはあまり関わり合いになりたくなかった――二人から指導を直接受けられている私は、相当贅沢な身分なのだと感じ入る。いや、羨ましいなら是非とも誰か代わってほしいものだがね。

さて、廊下でじっと突っ立っていると偵察目的の出歯亀野郎と勘違いされそうなので、さっさと予約してある区画に入ってしまうか。発表に備えて頑張ってる諸氏は万が一にも研究成果を盗まれることのないよう殺気だっていようし、要らぬ喧嘩を売られる可能性は寂れた街路の路地裏よりも高かろうよ。

……おや、何やら場違いな御仁が一人いらっしゃるな。

廊下側の壁に背を預けて佇むは、月や華でさえ恥じ入るであろう絶世の美男であった。

年の頃は二〇の頭から半ばといった所か。神経質そうではあるものの面長で上品な貴族然とした顔つきは酷く整っており、七対三の割合で緩く分けた白金の髪と相まって酷薄に見えるほどの怜悧さ。

蒼白とさえ言える顔色も加味すれば、悪役専門の映画俳優として銀幕に立てば実に人気を博したのではなかろうか。今は位の高さが一目で分かる仕立ての良い紫紺のローブで細すぎぬ長軀を飾っているものの、武装親衛隊の黒い勤務服みたいな強いシルエットの装束が実に似合いそうである。

しかし、そんな秀でた容姿を置き去りにするほど、強く強く眼を引く要素が彼にはあった。

彫りが深い眼窩にて鋭く輝く銀色の瞳だ。

種族の坩堝である帝都を歩けば豊かな色合いの目を拝むことができるが、銀色の瞳というのは初めて見た。一級の職人が心血を注いで磨き上げた銀器さえ霞むほどの艶がある目は、本当に銀で作った義眼だと言われても納得するほどの美しさ。真正面から見つめられたら、数秒心臓が止まってしまいそうなほどの圧があった。

なんか、魔導院に来てから人間離れした美形と妙に縁があるな。

暫く眺めていたい衝動に駆られるが、見るからに偉い人にガン付けて怒られても嫌なので欲求を抑えつけて実験区画に入った。きっとアレだろう、練習中にグラウンドにやって来て、有望な選手を探すスカウトみたいな人なんだろう。弟子の進退が教授や研究者の進退にも繋がると言うし、優秀な若人に唾を付けておきたい熱心な御仁が偵察に来ても不思議ではなかろう。

……はて、しかし廊下からは何も見えないと思うのだが、だとしたら勧誘には無理があるか。ならば、彼は何をしに来たのやら。

想像するのも楽しいが、貸し出しの時間は有限であるため、益体もない妄想を繰るのは後にするか。

外が完全に壁で区切られているように実験区画も個々にて完全に壁で区切られており、使用中であるはずの両隣で使われている魔法の余波はまるで感じない。意識を澄ませば魔力が揺らぎ、術式が起きていることが辛うじて分かる程度に隔離されている。

ああ、なるほど、物理的のみならず魔導的にも隔離された空間ではあっても、かなりの実力者なら気配だけは読めるわけか。それならば廊下に突っ立っていて、興味深い波長を拾えば出てくる者の顔を覚えて唾の付けようもあるわな。

だとしても私程度では上手く感知できない程度には強く隔離されていると。

なら多少色々ぶっ放しても安心だな!!

私は準備してきた物をひっぱりだし、早速術式の用意にかかった。

取り出したのは布に包んだ幾本かの筒である。棒手裏剣にも大ぶりな針にも似たそれは、アグリッピナ氏の伝手を頼って帝都の職工同業者組合にて作って貰った物である。

これは外見通りの投擲武器ではあるものの、無論それだけには留まらない。そもそも今更単なる投げ物を手に入れた所で〝こんな所〟に用がある訳もなし。

この鉄で作った棒手裏剣は、実は触媒である。投擲時に持つ柄の中は空洞になっており、触媒を入れられるようになっているのだ。

実験前にしっかりと検体に不備がないか、改めて分解して確認する。ねじ込み式の蓋を開けてみれば、中には丸めた薬包が一つ収まっていた。いつも使っている触媒を収めた薬包だ。

ヨシ！　と誰に言うでもなく呟き、蓋をする。

薬包は見た目こそ〈閃光と轟音〉の術師の触媒と同じだが、中身はドロマイト鉱石の粉末ではなく、防火剤の一種を魔法により変質させた触媒を少量包んである。防火剤と言っても大層なものではなく、建築資材を商う店を訪ねれば駄菓子くらいの気軽さで買える品だ。

複数の並列術式の第一段階は既に済ませてある。以前の洋館でアグリッピナ氏に回収してもらった錬金術の一式で、防火剤からとある成分を〈転変〉と〈現出〉の魔法で純化・抽出・増量してあるのだ。

同時、この手裏剣の内側には〈見えざる手〉を使って私の血で術式を書いてある。普通であれば手が届かない場所にも不可視の力場が易々（やすやす）入り込み、米粒に写経するような精度でも字を書ける我が〈器用〉さの面目躍如だ。

鉄で作った手裏剣、中に収めた薬包、両者を同期し組成を変える。原理としてはすっかり使い慣れた〈閃光と轟音〉の術式と変わらない。

だが、態々金を出して金型を製作して貰い、自分で手裏剣を量産できるようにした理由はある。

殆ど意識を傾けるでもなく、半ば生理的な自然さで操ることができるようになった〝手〟で手裏剣を取り上げ全力で伸ばす。大量の熟練度を用い取得したアドオン〈羽の指〉を組み合わせた見えざる手は、かつてとは比べものにならぬ速度で伸ばすことができるようになった。

弓矢に負けぬ速度で棒手裏剣は飛翔し、ぶら下げられた仮標的に突き刺さる。

刹那、込めていた魔力が術式を励起した。

微々たる量の触媒が〈遷移〉の術式で以て〝鉄製〟の手裏剣と化合され、本来なら大規模な工業設備でもなければ能わないレベルで混成させる。大気中の酸素を吸った手裏剣本体は化合、即ち瞬く間に酸化し様相を異とする。

ヒトの知覚においては認知が能わぬ程の寸間に全ての術式は仕事を果たし、二つの素材が一つになると同時、最後の術式が眼を冷ます。

それは小さな小さな火花。柄の内側にて散った火花はあっという間に本体に燃え広がり……。

「おわっ!?」

爆発的な反応に驚き、思わず顔を手で庇う。

目が眩むほどの閃光。僅かに遅れて隔離障壁を張って尚も顔を灼く熱波が瞬間的に生まれ、ぶら下がっていた金属の仮標的が一瞬で溶解した。

「ひぇ……」

期待した以上に凄まじい威力に思わず声が漏れた。障壁を越えて目を眩ませる閃光と熱波に周辺がざわめくのが聞こえたが、別に私悪くないよな？　これ、そういう魔法を使うための場所だもんな？

とりあえず何をしたか白状するなら、これはテルミット反応だ。

防火剤として使われる明礬にはアルミニウムが含有され――ボーキサイトとは比べるべくもない量だが――錬金術で抽出し、他の貧金属と混ぜ合わせ転化・増量させることが能う。それを酸化鉄と混ぜて着火すれば、酸化した金属の還元反応によって四〇〇〇度以上の高温を瞬間的に発することができる。

四〇〇〇度、それはこの世に存在する大凡全ての物質の融点を超える温度である。これに耐えられる物は数えるほどしか存在せず、前世においては金属同士の溶接や焼夷弾に用いられていたような技術だ。

魔法でも鉄を溶断どころか溶解させるほどの出力を出すこともできるが、それは魔力の貯蔵量にも瞬間放出量にも優れた大魔導師の領分であり、残念ながら私が手を出そうとすれば相当の修練を必要とする。

だが、物理現象を援用する魔術において、私は一つの成果をだしている。ならば今までの経験を活かして触媒を使えば、安価かつ低燃費で大魔導師の真似事ができるのでは？と思い至り、コンボとして完成させたのが今の術式である。

理屈の上で殆どの金属を融解させる高温は障壁を以てしても防護は難しく、並の熱に対する耐性を容易く貫く。その上、これは還元反応によって熱を発しているので水をぶっかけようと酸素を断とうと遠慮なく燃え続け、消そうと思えば魔法で現象自体をなかったことにしなければ手の打ちようがない。

更にはテルミット反応の産物である溶解した酸化アルミニウムは、触れることさえできぬ高温を数分保持し、触れた部分にしつこく居座って敵を焼き続ける。同時にこの棒手裏剣の〝先端から〟吹き出すよう構造を弄ってあるため、一度刺さって術式が起動したならば、炎は体の内側から上がるという悪辣さ。

どれだけ頑丈な生き物であろうが、内臓まで頑丈な生物の存在は今まで聞いたことがない。高い再生能力を持つ種族であっても、煮えたぎる金属を体の中に抱えたまま再生することは能うまいて。

単純、低燃費、高火力、対策困難。人外の理不尽なまでの生命力にも十分通用するコンボだぜ！　と完成した時は小躍りしたが……。

「なにこれこわい」

攻撃魔法の標的として十分耐える謎金属の標的が一瞬で溶け、液化した金属が石材の床で広がるのではなく、全てを溶かして沈んでいく様は怖ろしいの一言に尽きた。

こんなもん人間どころか生き物相手に使って良いものじゃないな、跡形も残らんぞ。何より十分な距離を空けたにもかかわらず、術者まで届く熱波や強烈な発光——強烈な紫外線——の副産物も要改良だ。近距離で戦っている仲間にまで被害が及びかねず、ともすれば自分の体まで焼きかねない。

いやまぁ、攻撃魔法なんて元々相手を燃やしたり凍らせたり雷を落としたり、かなり暴力的で破壊的な物だと理解はしているが、これはちょっと〝やり過ぎている〟気がした。二〇世紀の科学者が熱意を煮詰めた帰結、その一つを借用し魔術で法則をねじ曲げ無理矢理再現しているだけあって、破壊力は頭のネジが飛んだ規模だ。

これ、もっと触媒の量を増やしたらどうなってしまうのだろう。

ぼんやりと自分が作ったコンボのアレ具合に悩んでいると、ふと異変に気付く。

床が煮立ち、どんどんと溶けて……。

あっ、いかん!?　どうせなら熱が逃げて効果が落ちにくくなるよう、料理を冷めないようにする〈保温〉の術式を弄くって熱の放散を鈍化させているんだった!?　下の階層——あるかはしらんが——までブチ抜いたら怒られる!?

私は自分の不始末を処理しようと試み、改めて水をかけても酸素を断っても消えない火の性質(たち)の悪さに悩まされ、結局〈空間遷移障壁〉で別次元へ放逐することで解決を図った。

午後一杯を軽い偏頭痛に悩まされるのを代償として……。

【Tips】実験室等級。実験室と一口に言っても用途や使用する魔導師の階級に基づいて階級分けが為されている。箱全体を強固な隔離結界で覆うことはできても、小さな区画まで同規格の結界で覆うとなると予算が幾らあっても足りないため、適材適所を心がけた設計となっているためだ。

聴講生が然程危険ではない魔法の練習をする区画、研究者や教授が前段階で危険だと分かった実験を行う区画、何があろうと外に漏れると拙い魔法を使う区画など複数の実験室など必要に応じた障壁が張られ、〝仕様想定内出力〟の魔法を使う限りは基本的に安全である。

手を伸ばしたくなるほど見事な光沢の銀色。

見る者に強くその一色を印象づける紳士は、金髪碧眼の少年が顔を青くしながら退出した区画へと踏み込んだ。本来ならば予約票に紐付いた解錠式で以て世情術式を解かねばならぬ筈の戸は、彼がドアノブに指を這わせれば全ての役割を忘れたように錠を解く。

「ほぉ」

見習いの聴講生が発するとは思えない、障壁を抜くほどの閃光と熱波の余波が戸の隙間より外に勢いよくあふれ出した。それは部屋の中の空気が、外気との差に当てられて気流を生む領域に至ったことを示している。

熱風に乱された髪を指先で正して区画へ踏み入れれば、中は金属が焼ける異臭に満ちていた。高く整った鼻梁を摘まみ、紳士は遠慮なく熱の余韻が残る奥へと入り込む。

「……魔術だな」

耐えがたい熱によって蕩かされた石材は断面が溶解し沸騰した名残がある。また、熱の根源が深い穴の底に残っていないにもかかわらず彼の前髪を揺らす気流は、真夏の風でさえ冬の空っ風の如く感じる熱量の残滓。元となる熱源が失せて尚も現場に立ち込める温度は、ここで行使されたのが魔術であることを雄弁に語る。

もしも捻りもなく、ただ破壊と熱をもたらす魔法を放っただけであれば、決してこうはならない。

「純粋に魔力を燃した熱ではないか」

既に魔導院において〝熱に下限はあれど上限はない〟という真理が見出されているが、同時に魔術や魔法における消費魔力と発揮できる熱量の相関関係も明らかにされており、金属が溶けるほどの炎を発するのは容易でないことも知られていた。

にもかかわらず、耐熱素材を用い衝撃反発の術式を付与した仮標的が跡形もなく溶け去っているということは、相当の魔術を使ったというより、何か新しい術式を行使したと見るべきであろう。

しかし、彼の感覚は大規模な魔法の発露を否定していた。場に残る魔力の残滓があまりにささやかであったからだ。

小さな魔法を連発したのと同じ程度の魔力しか、この場では行使されていなかった。欺瞞術式や魔力残滓の清払を行ったならまだしも、慌てて去った少年がやったとは考えがたい。隠蔽を試みるにしてもお粗末に過ぎよう。

「……油を使った訳でもなさそうだな」

　不思議な破壊の根源を探るように鼻をひくつかせた彼は、異臭に眉根を寄せながらも原始的な触媒の行使を否定する。油脂系の触媒は熱や爆発を生む魔法・魔術の触媒として面白みがないほど普及し、多くの魔法使いが用いているが、反面魔導師は〝痕跡が残りすぎる〟として単純な形では使わない。

　油で燃えた傷口は手酷い痛みを与えるが、癖がありすぎるのだ。その上、使った後は大気に油分が飛び散り、空気そのものがべたついているようにすら感じる。

　しかし、高度に変質させて隠蔽し、求めた結果以外の痕跡を残さぬように注意したとて幾つか油脂系触媒を用いた痕跡は残るはず。残り香の一つなく、飛び散った油の一つもないことからして魔術に用いた触媒は油ではないと銀色の紳士は推察した。

　彼は近づくのも嫌になる熱を帯びる溶け落ちた穴の縁に立ち、煙が立ち上る縁を覗き込み、乾く眼も気にせずしげしげと痕跡を探り始める。

「爆発ではないな、ゆっくりと溶かし削った破壊痕。熱の温度は一定だがゆっくりと進んでいるか」

　断面の形状一つからであっても、彼は脳髄に湛えた深い知性と魔導への造詣より様々な可能性を拾い上げることができた。

床を溶かした物は恐らく溶鉄と近しい圧倒的な高温を秘めた液状の何か。だとすれば脂気が全く現場に残っていないことも、恐ろしい速度で床を溶かし進めてしまったことにも納得がいく。

ただ不思議なことがあるとすれば、金属を溶かすほどの熱量、焼けただれて溶けた金属という流体の中でも扱いが難しい物体は、この実験室を使うような若い聴講生に扱いきれるような代物ではないことだ。

無惨に破壊された床に劣らぬほどの好奇心を滾らせた彼は、暫しの逡巡の後、未だヒトの肉を溶かすに十分過ぎるほどの穴へ何の躊躇いもなく指を差し込んでみせた。

「ふむ」

皮膚が一瞬で焼け落ち、肉が燃え、細胞が蒸発する。瞬く間に焼き焦がされて黒ずむ指は激痛に苛まれているはずだというのに、鉄が焼ける異臭に眉根を寄せた時よりも大きな反応を見せもしない。

あくまで単なる検体、ピンで打たれた珍しい虫でも観察するかの冷徹さで炭となった他ならぬ自身の肉体を眺める眼に人間らしい揺らぎはない。

普通であれば分かち難い己の一部が、どうあろうと治らぬほど手酷く痛めつけられたというのに紳士は熱っぽい感嘆の吐息を零した。

火傷を通り越し肉が溶けるほどの痛みも、分かち難い己の一部を失う悲しみも彼を苛むことはない。いいや、最初から感じてすらいないのだ。

「これは戦略級術式の熱量に近い」

感じていることがあるとすれば、未知の魔導を目の当たりにしたことへの高揚。或いは〝類似の魔法〟に晒された過去への追憶くらいであろうか。

瞬きの間に燃え尽きた指先が得た熱は効果範囲こそ比べるべくもないが、数人の戦闘魔導師が共同して行使する戦場を広域に渡って焼き滅ぼす業火。皇帝からの認可印がなければこの世に顕現させてはならぬ破滅の炎に似ていた。

「興味深い。破壊の痕跡に似合わぬ熱量、溶け落ちた石床の底面が水平になる隠滅痕、どれも尋常の術式ではない……新しい術式」

実に、興味深いと情感たっぷりに呟いて紳士は踵を返す。懐に手を差し込み、新しい手袋を取り出した手は、火傷など最初からしなかったと言うように修復されていた。

「調べるか？　いやしかし、無粋か……ここに来ていたということは、十中八九アレのための仕上がりを確認しにきたようだしな」

今の時期、態々実験室を借りて練習するということは、年始の技巧品評会で披露する術式の仕上がりを試しに来た公算が高い。毎年誰かしら「おおっ」と思う俊英が現れ、財布の紐を緩めさせてくれる催し物を紳士は誰よりも楽しみにしていた。

今年も楽しい催しになるであろう。その時まで、今の興奮を冷めさせぬため紳士は敢えて床を溶かした下手人を調べぬことにした。本来ならば彼が持つ権力を使えば、秘されるはずの利用者など規則などないが如く聞き出すことができたとしても。

いつだって驚きは新鮮な方が良い。どれほど永くとも、ネタバレは人生で一度しか楽しめないのだから。

「面倒極まる帝都来訪であったが、良いこともあるものだ。やはり若人を見るのは実に楽しい」

心持ち愉快そうな足音を引き連れ、紳士は気乗りしなかった筈の仕事を果たすべく帝城へ向かった………。

【Tips】戦略級術式。儀式術法、あるいは大魔術とも。
複数の魔法使いが共同して練り上げる、もしくは巨大な補助術式陣や大量の触媒、または長大な補助詠唱を用いる単一の術式。慮外の出力、尋常ならざる射程、単独での処理が極めて困難な術式の構築を解決するため考案された技術。ただし現状においては綿密な打ち合わせと繊細な魔力の制御及び同調が必要となるため、専門の修練を積んだ熟練の魔導師達(マギアたち)のみがどうにかこうにか使える代物。

普通に説教される方が煽(あお)られるより大分メンタルには良いのだと痛感させられた。

自分の領分は知ってる～？　と床に正座した状態で外道に周りをうろちょろされながら三〇分以上煽られて半泣きになったが、それで魔導院に誤魔化してくれた上で修理代を持ってくれるならいいさ。

プライドなんて安い物だ、特に私のはな。

魔法使い未満の半素人程度がちょっと頭捻った位で壊れるのが悪い、と開き直ってやろうかと一瞬思ったが、実験に行く前に決め顔で言ってしまったこともあってできなかった。今後は言動にもっと気を遣おう。然もなくば何となくで言い放った言葉で半べそになるほど煽られることもあると、我が身を以て教え込まされすぎた。

それにエリザが「兄様を虐めたら本気で怒る」と庇ってくれたから、むしろ差し引きでちょっと得だと思おう。正座する私の前に立ちはだかって師匠にメンチ切ってくれた私の妹マジ天使。ちょっと魔力が漏れてて、髪がざわざわしてたのがおっかなかったけどマジで天使。

これだけ心が優しい我が妹が成長したなら、さぞ弟子想いの師となって悪しき連鎖を断ち切ってくれるに違いない。

人を散々煽ってから「まぁ、結構できがいいの作ったじゃない」と軽くグッと来る評価を一つ残していくせいで、どうにも憎みきれぬマスターから解放された後、私はエリザの私室を掃除していた。

手を並列稼働させ、散らばったメモや読みかけの本を纏めたり――きちんと整理整頓するよう言い聞かせているのだが……早速師の悪い所が似始めている――〈清払〉の魔法で各所を清めたりしている私にエリザが声をかけた。振り向けば、彼女は初めて見る夜着を着て、天蓋付きの寝台に腰掛けている。

まーたあの変態か。

薄い絹を何層にも重ねた、一枚で兄夫婦の離れより価値がありそうな寝間着は言うまでもなく性犯罪者予備軍（ライゼニッツ卿）からの贈り物である。透けてないからギリギリ許すが、マジであの生命礼賛主義者はどんな死に様を晒せば斯様な拗らせ方ができるのか。

可愛い服ならまだしも、童女にこんな寝間着を着させて喜ぶとか病気にも程があるぞ。あと、やたら手袋と靴下に拘りを持つのは何の疾患だ？

「ねぇ、兄様」

「ん？　なんだい、エリザ」

しかし、そんな度しがたき性的倒錯者からの贈り物でも似合うからエリザは凄い。課題図書らしき大きく重たい本を抱えながら両足を交互に揺らす彼女は、心底不思議そうに問うた。

「兄様はなんでこわい魔法なんてお作りになるの？」

首をこてんと傾げ、可愛らしい瞳で純粋にこちらを見つめる姿は心打たれる愛らしさである。やはりうちの子は天使に違いない。

ただ、その質問は私の心に深く食い込む内容であった。

「エリザはね、不思議なのです。兄様はなんで〝進んで〟怖いことをしに行かれるのかしら」

無垢な感情が流麗になった宮廷語に乗って耳から飛び込み、脳を経由して精神に浸透する。漠然と冒険者になるため戦闘用の魔法を練っていた自分の正当性が、垂らされた疑問の雫に溶かされて揺らいだ。

それはあまりに純粋で、故にどこまでも難解な問いであった。

私は前世からの、言い換えれば単なる憧憬に従って冒険者になろうとしている。重い使命を受けたわけでもなく、神託を受けた英雄などでもない。

ただ身勝手に求めるが儘を求めても良いとする、未来仏の福音に従った自分本位な憧れが原動力だ。

そうやって踏み込もうとする場所は切った張ったの殺伐とした世界であり、勧善懲悪のお話が予め用意されている優しい物語ではない。おとぎ話の勇者様と違って、私達が剣を向けるような相手は徹頭徹尾ケチの付けようがない悪党なのではなく、戦いの末に必ず〝めでたしめでたし〟の締めくくりが待っていてくれるものでもない。

私はもう、それを身を以て学んでいるだろうに。今も左手の中指にて輝く宝石。救えなかったヘルガが毎日教えてくれている。

戦うという選択肢を選んだ時点で、他の選択肢よりも高い確度で私には誰もが笑って誰も傷つかない、童話のような幸せな終わりなんてものは訪れないのだ。

最初から殺すことが前提の仕事が至極当たり前のように存在し、物によっては依頼の冒頭、それこそ受けること自体が最悪の選択肢と言えることさえザラだ。決まり文句と化しつつある野盗狩りは何処かの誰かが将来流す血を止めることにも繋がれど、今別の血を流すことでもある。

蛮族に襲われて困った村を救うのも、迷宮に押し入って財宝を漁るのも本質は一緒なのだ。結局、どこまでも付きまとうのは命のやりとりに過ぎない。

なれば、斯様な流血沙汰が伴侶の如く付きまとう仕事を好き好んで選んだ理由を正面から純粋に問われ、彼女を納得させられる合理的な回答をどれだけ漁っても……この回転の遅い脳味噌から絞り出すことはできなかった。

「兄様がお強いのは分かっているけれど、兄様はエリザを悪い人から助けてくれたけど……」

でも、兄様が進んで危ないことをしにいっているようにしか思えないの。

続くその言葉が、槌の勢いで頭に叩きつけられて体が傾ぎかけた。

「あの洋館だって、思えば兄様が戦おうとしなければお師匠様が何とかしたんじゃないかしら。お師匠様はとってもお強いし、とってもお金持ちだからなんとかなったかも」

それにと続く、この冬のことへの言及。お遣いだって無理をしなければ、冒険なんて危険に進んで踏み込まなければお師匠様がお金を払ってお終いだったんじゃないかしらと言われればぐうの音も出ない。

エリザが言うことは一から一〇まで完全に理屈が通っていた。

アグリッピナ氏は私が内心で〝外道〟と呼ぶほどに性根がねじくれ、他人の命を何とも思わぬ人間性の持ち主だ。一時の享楽のため、放り込んだ人間が血みどろになろうと一生物の悔恨を抱え込もうと「眺めて面白いならよし」と受け入れる。

されど、本気で断ったことを無理に押し通すことはしない。

私がライゼニッツ卿の下に行くことを全力で拒否すれば貸し出し程度で抑えてくれたが、本当に彼女自身が最大の利益を欲したならば「煮るなり焼くなりご自由に」と一言添えて、ライゼニッツ卿の客員聴講生にしてしまえばよかったのだ。

さすれば一人分の出費が抑えられる上、ライゼニッツ卿に大きな貸しを作ることができ、エリザから離れられぬ私からは卿の情報が絞り放題。田舎荘の取るに足らぬ小僧子一人から得られる収益としては考え得る限りの最大効率と言えよう。

だが、彼女はそうしなかった。

小言も挟むし不出来さを煽るし無茶も投げつけてくるが、絶対に受け入れられないことを押しつけてはこない。立場、権力、金、全てをちょいと使えば問題なく押し通せるとしてもだ。

だとしたら、この闘争と危険の中に飛び入ったのは、私自身の意志によってのこととなる。

アグリッピナ氏は確かに何なりとしただろう。ヘルガとて思えば私よりも上手い方法があったかもしれないし、少なくとも気付かず素通りしてしまうことはなかった筈。

私が上手いことやってやろうとしたから魔宮の探索が生えてきたものの、危険であると辞退して金額を提示しようがファイゲ卿は――多少の落胆は禁じ得なかったとして――本を譲ってくれたはず。

全ては結果論だ。結果的に死なずに済む幸運に恵まれたから、私はヘルガを殺してしまったが生き延びただけ。ミカと一緒に死なずに魔剣の迷宮から帰ってこられただけのこと。

それらは全て最低限の実力がなければ引き寄せられなかった幸運とは呼べるものの、必要不可欠な危険であったかといえば否だ。

よりよい報酬を手に入れることはできたとも。ヘルガの残滓（ざんし）は報酬と呼ぶにはあまりに苦すぎるとしても、魔宮を踏破した末に手にした大量の財貨は私の丁稚（でっち）期間を大幅に減らしてくれる素晴らしいものだった。

だとしても、エリザにとっては違うのだろう。

どの戦いにおいても私は下手をすれば、いいやしなくとも、ほんの僅かに神々（サイコロ）のご機嫌が悪ければ死んでいた。

その報酬は、そこまでして手に入れなければならなかったのかと言いたいのだ。

私にとって、本当の意味で不可避だった戦いはエリザを人攫（ひとさら）いの魔法使いから救う所まで。それすらも何らかの違和感を察したアグリッピナ氏の気まぐれで無用になることもあり得るが、やはり本質的に他の危難は全て自業自得とも言える。

昼餉（ひるげ）を取る休みの時、素直にアグリッピナ氏に頼っていれば一人で洋館を訪れることはなかっただろう。

より高い報酬をせしめてやろうとファイゲ卿に気に入られる選択肢を取らねば、半生半死の体で冬まで寝込むことのなかっただろう。

「兄様もエリザと一緒に帝都でお勉強をしていればよかったのにと思うの。お金が要るのは分かるけど、それならエリザも頑張って勉強するから。早く聴講生になって、研究員になってお金を稼いで、兄様の分も稼ぐから……それに、帝都でもお仕事はできるじゃない」

今までそうしておいでtogether でしょう？　と言われて、返す言葉がなかった。

帝都でも稼ぐ方法はある。今までも余暇を御用板での仕事に費やしてきたし、少ないながらも街で下働きをするよりは格段に良い稼ぎを得ていた。

アグリッピナ氏とて悋気(りんき)のあるお方ではない。むしろ報酬の払いは良く、私の丁稚働きでさえ、これが丁稚の報酬か？　と言いたくなる額面を計上してくださる。

それに、一つ重要なことを私は忘れている。

アグリッピナ氏が持ってくださった学費と生活費には、返済期限も利子も設定されてはいないのだ。

これは破格の厚遇である。氏が元より金に一切興味がなかったとして、体面だけを整えたなら普通は安かろうが利子が付く。出資法も利息制限法もへったくれもない時代だ、貴種の強権を用いるならば二割三割どころかカラス銭も真っ青の利息を付すことだってできただろうに。

　しかし、エリザの学費にも生活費にも利息は設定されていない。あくまで彼女はエリザを弟子として受け入れ、私を丁稚として雇い入れ他に邪魔をさせない方便として金を貸し付けているのだ。

　それこそ、エリザが聴講生課程を終えた瞬間「じゃ、これ卒業祝いね」とかいってポンとなかったことにすることさえあり得る。

　師弟の関係が終わり、公然と魔導院に滞在する理由として活用し終わったら、貸した金が幾ら返ってきた金が幾らの面倒な計算を一切うっちゃって忘れる方が〝らしい〟とさえ思えた。

　仮に彼女がそんな甘えを許さなかったとして、増えることのない借金は健全に働けば何時(いつ)か返済しきれる。況(ま)してや予算も年俸も出る魔導師(マギア)としてエリザが出世したならば、まるで訳もなく返しきれるだろう。経済的には一年分の学費、金貨数十枚でぴぃぴぃ言ってる今とは比べものにならない収入が得られる。

「だからね、兄様……危ないことはもう止(や)めましょう？　ね？」

　こうなると、私が戦う意味は何処までも薄いものとなってしまった。吹けば飛ぶどころか、追いかけていた物など最初からなかったように。

　私が冒険者にならんとする動機は良くも悪くも〝軽い〟もの。勇者の冒険譚(たん)に憧れ、田舎を飛び出したファイターLv１の少年と大差ない精神性である。だが、待ち受ける仕事は違う。

戦う魔法を恐ろしいと言われ、戦う意味があるのかと問われ、悩みが生まれてしまった。

あの魔宮を踏破し終えた時の興奮が薄れたわけでもなく、憧れ(TRPG)が色あせたのでもない。

ちりりと風もないのに揺れる耳飾り。教えられる必要さえなく、あの夕暮れの丘で交わした約束を忘れようはずもない。

ただ、今まで明色だけで彩られていた絵に暗い差し色が一つ入っただけ。

「エリザも頑張るから、ずっとここに居ましょう？」

それでも、悩むには十分過ぎるほど濃い色であった。穏やかな生活から進んで離れる動機が私にあるのだろうか。

心配する妹を振り切ってまで、鉄火場に飛び込んでいく正当性が。

「……でもねエリザ、世の中には悪い人が沢山居るんだ。だから、悪い人に襲われても困らないよう、怖い魔法が少しは必要なんだ。エリザに何かあったら兄様は悲しくて死んでしまうよ」

私にできるのは、そんな回答でお茶を濁すだけだった。

私は私の夢と約束にケチをつけたくない。かといって妹の筋が通った、私を一心に思う言葉も無下にはしたくない。相反する二つのことが頭の中で〝どちらも正しい〟と並立すると、中々正しい答えは出せないものだ。

嗚呼(ああ)、そもそも正しい答えなどあるものだろうか。

この手の無駄に複雑な思考は、癌(がん)に冒されて悩んでいる間に死ぬほどやったので太鼓判を押してやってもよいとも。文字通り死ぬまで続けたのだから、メンタルによくないことも、どれだけこねくり回そうが満足行く答えがでないことも我が身を以て実感してしまっている。

手前の幕引きにさえ、決心して道を定め後に散々悩んだのだ。痛みばかりが伴い勝ち目の低い癌との戦いを諦め、穏やかに死のうとしたのに、もし戦っていればあと少しは生きられたのではと甲斐のないことを考えて寝台で体を捻ったことだけは忘れることができない。

だからこそ、何も考えないで済むよう、苦痛から逃れるために瞑想なんぞを嗜んできた。

「ふぅん……怖いひと……守るため……」

不思議そうに呟き、魔導師の卵らしく黙って考え込み始めたエリザを見て私は頭を振った。なにを敵から精神攻撃くらった少年漫画の主人公みたいな思考を練っているのやら。誰も得しないし楽しくもないだろう。

「じゃあ、エリザのため？」

「……ああ、そうだね。エリザのためだ。私が死んでしまったら、エリザが大人になるまで守ってあげられなくなるから。エリザが考えるより悪い人は沢山いるから、兄様はそんな悪い奴らをやっつけてしまいたいのさ」

開き直るわけではないが、この世界で真っ当に穏やかな暮らしをしていたって流血沙汰に巻き込まれることは間々あるのだ。商売をやっていても急ぎ働き――家人を殺して金品を奪う強盗――の被害に遭うこともあれば、拐(かどわ)かしの危険だってエリザが二度も標的となったのだから当然の如くある。

戦う人間は必要不可欠なのだ。大義なんぞなく、理由が浮薄だとしても。

一抹の迷いを振り切って、私は掃除を片付け、難しい顔をして考え込む妹に寝るよう促した………。

【Tips】冒険者になった理由調査なるものを冒険者の同業者組合(ギルド)が行ったことがある。三位は二割ほどで冒険譚に憧れて。二位は二割五分ほどで、これくらいしかなかった。一位は三割八分で金と栄達。

世の中そんな物である。仕事とは大抵、サイコロを転がすのと同じくらいの気軽さで決まってしまう。そして、往々にして人の命は銀貨一枚より幾分軽い。

長命種(メトシエラ)にとって他種の、こと定命の成長速度は生き急いでいるように思える。食べ物に慌てる必要もなく、住処(すみか)さえ最低限雨風がしのげれば生きていける生物にとって、今日明日を生きる問題に悩まされ続ける存在は、どうしたって忙(せわ)しないのだ。

斯様(かよう)な生物が持つ不慣れな時間に慣れはじめた長命種(メトシエラ)、アグリッピナは拍車の存在があると便利だと内心で笑った。

「お師匠様」

「なにかしら」

長命種らしい多重思考を器用に操って、手は本に添えたまま虚空に光の羅列で高度な宮廷語を書き記す。婉曲にして詩的極まる文法は魔導師の間だと殆ど使われぬ文化だが、貴種共はどうにも直接約束を取り付けることが苦手なようで、ことあるごとに手紙を書くため文筆の定型を教え込む必要があった。

その面倒なれど必要な課業の最中、命じられた文章を書き終えた弟子は子供の手には大きすぎる鷲羽の筆記具を置いて自身の師をじっと見た。

視界の端にて弟子の表情を認めた師は、その表情と目線から出された課題に質問があるようではないと察して本を閉じた。

彼女は自堕落で何処までも自分本位であったが、愛しい怠惰な時間を守るためであれば時に勤勉を装うだけの真面目さも持ち合わせている。弟子が真剣に問おうとしているのであれば、盛り上がりつつある本の内容を一旦置いてでも聞いてやった方がいいと判断した。

ここ暫くは、更に精神年齢が上がったようで勉学に身が入っていたのだ。既に筆記の分野においては兄よりも進んだ内容を修めつつある弟子のやる気、その原動力を薄々分かっていた彼女は、今回の問いにもある程度の予想が立っている。

「私はいつから魔法の訓練ができますか？」

いい質問であった。質問の内容がではなく、質問してきた内容の傾向が。

賢くなれば兄と一緒に居られる。魔法がきちんと使えるようになれば兄にちょっかいをかける妖精を遠ざけられる。強ければ兄を守れる。師は、悪辣にして悪趣味なるアグリッピナ・デュ・スタールはそう焚き付けて弟子を勉学に走らせてきた。

そして、その拍車は幼かった精神を遅ればせながら成長させてきたが、また歯車が一つ多くかみ合ったようだ。

弟子と丁稚が何を語らっているかをアグリッピナは知らない。一々そんなものを覗くほど暇でも下世話でもないからだ。

それでも想像はつく。この兄想いの妹が何を語り、何を強請ったかなど。

年相応の精神性を身につけつつある子供は考えることを覚え、甘えが抜けてきた。態度からではなく、心構えの甘えが。兄にべったりな小さい妹であることは変わりはないが……少しずつ色づいている。

偏執的で、気に入ったならどこまでも一途な〝妖精〟としての色が。

「そうね、暫くしたらお作法の試験をかねて、どこか良いところへお食事に行きましょうか。そこで立派に淑女として振る舞えたら考えてあげるわ」

八つの幼子であろうと彼女は半妖精である。脳髄に詰まった精神性はヒトではなく妖精のそれであり、目覚め始めたなら成熟は早い。実際、無学であったとは信じられぬほど覚えが良く、僅か一夏で身につけた読文と会話の質を考えたれば、市井においては才子と褒めそやされる位階にある。

妖精とは生ける現象。肉体に引っ張られる所はあろうとも、斯くあらんとする意志さえ現れれば、いずれはその本質によって願いに合わせて自らを引きつける。

　他の妖精(アールヴ)からの干渉を撥(は)ね除(の)け、兄を守れるようになるべく勉強に身を入れた彼女らしいではないか。

　頑張りの全てが兄のためと思えばいじらしいものの、内実を知れば庇護(ひご)の対象とされた兄はなんと思うであろうか。

「それは、何時になりますか」

「そうねぇ……予約を入れるなら、まぁ月を跨(また)ぐことはないわね」

　決意を秘めた顔で己を見つめる弟子を見て、アグリッピナはくすりと笑いを零(こぼ)す。決して試験を出され、初めて立派な場所で食事をすることに緊張している弟子を微笑(ほほえ)ましく見ている大人の笑いではない。

　とてもとても恐ろしい、爆発したらどうなるかも分からぬ爆弾を眺め、それが弾(はじ)ける様を想像しての暗い笑み。

　さて、彼女は一体なんの妖精(アールヴ)からヒトになったものなのか。

　魔法に造詣の深いアグリッピナをすれば確度の高い推論を立てることも能(あた)う。確証を得られるまで、然程(さほど)長い時間は必要になるまい。長命種(メトシェラ)としての時間感覚でもなく、ヒトとしての感覚であっても。

「しかし急ね？　お兄様が凄(すご)い魔法を作ったのが気になる？」

「いいえ……。兄様がこう仰(おっしゃ)ったのです。世の中に悪い人が沢山いるから、兄様はエリザを守るために強くなりたくて戦うのだと。無茶をなさるのだと」

問いに否定し、彼女はぽつぽつと怖い人の話をした。

珍しい話ではない。捜査能力も不十分で、広域の手配も未熟な時代。隣の行政管区に逃げ込めば、多少の犯罪などなかったことになる世で暴力は割のいい商売である。勿論、犯罪者となれば故郷の荘にある聖堂より人別帳の控えを貰う、つまりは出身をつまびらかにし身分を保障して貰うことはできなくなるが、真っ当な仕事さえ望まねば何なりとできるのだ。

それ故、秩序を守るため国家は苛烈な見せしめを行う。盗犯に枷や鉄鎖を括り付け、殺人犯を断頭し、野盗を高く吊し上げる。

だが、数多の首を並べて尚も悪人の種は尽きない。散文詩の大家、ベルンカステルは年貢を狙った盗賊の首を見てこう詠ったほど。

「麦穂に実った粒とて数えあげれば何時かは尽きよう。されど、並ぶ首の数が歴史より先に尽きることはあるまい」

この皮肉というより諦念が滲む一文を地でいく人間という生物の愚かさは永遠に変わるまい。なればこそ、人は権力を求め、手に入れられなかった人間は支配されることを代償に手に入れた人間の庇護を得るのだから。

「だけど私が強くなれば、兄様をこの世の全てから守れるようになれば、もう兄様が危険な所へ行く必要はないでしょう？」

酷く重く、粘り気さえ感じる意志を琥珀の……照明の具合もあって月のような黄金色にも見える目に灯して童女は笑った。

小首を傾げ、下品にならぬよう口の端を上げる楚々とした笑みは礼儀作法に基づいてアグリッピナが仕込んだものである。無垢に、愛らしく見えるよう笑うことも貴種の子の仕事ではあるが、これはそんなに可愛らしいものではない。

「そうすれば、もう兄様はお出かけさえする必要はないと思います。ずっと私の隣にいて、ずっと楽しいことをして、ずっとずっと一緒にいられる……違いますか、お師匠様？」

兄がヒト種らしい愚かさ、一時の興奮と栄達に憧れを抱いているように、妹は妹で実に妖精らしい愚かさに染まりつつあった。

これではまるで、永遠の薄暮の丘にて舞踊に誘う者達と変わらないではないか。

未だ幼く、しかし取り返しがつかないほど成熟している弟子の姿に師は哄笑を上げたくなった。

「そうね、間違ってはいないわね、貴女がお兄様より、世界の何よりも強くなれば間違ってはいないわ」

そして、愚かさはヒトより格段に永く生き、格段に早い思考を操る長命種の中にも息づいている。すなわち、寝た子を叩き起こして泣き喚く様を観察し、悦に入ろうという非合理的な嗜好という名の愚かさ。

彼女ほどの能力と財産があれば能うのだ。この兄妹を穏当な方向に導くことが。妹にヒトに見合った倫理観を身につけさせ、兄の稚気溢れる憧れを一端の理想に仕立てることは実に容易い。

されども、この外道は可能性の全てを擲って、持ち得る金貨を全部「より面白そうな方」へと放り投げる。

神が愚かなる者を見逃さないという箴言が真であれば、今この瞬間に裁きの雷が落ちるか、使徒が差し向けられてしかるべきであろう。

「それを望むなら、早く偉くなりなさいな。教授となり、兄さえ手も足も出ない強さを身につければ、彼もきっと分かるでしょう。貴女の腕の中にいるのが一番安全で、貴女を安心させられるのだと」

「私が……？　兄様より強く？」

「ええ、だってそうでしょう？　エーリヒがエリザより強いから、弱いエリザを守るためお金を稼いで、危ないことをして、強くなるというのなら……その全てが逆になれば、どうなるのかしら？」

「エリザが……エリザが、兄様を……？」

結果はご覧の通りだ。外道は暗く燃える炎に薪をくべて微笑み、半妖精は天恵を得たりと言わんばかりに顔を輝かせる。

ついぞ正しさという概念に巡り合うことのない生き物二匹は、それぞれ重い感情を腹の底に沈めて学業に戻った。

早めの風呂で気分を入れ替えようとした兄は、謎の悪寒に襲われたことだろう。
妹が真剣に、兄が危ないことをしないよう〝自分が完全に守ってやる〟方法を模索し始めたのだから……。

【Tips】半妖精（チェンジリング）はどこまでいってもヒトの殻を得た〝妖精（アールヴ）〟に過ぎない。

少年期
マスターシーン

マスターシーン

GMによって運営されPCが登場せず、またPCによって干渉することができないシーン。PC達が参加することになるセッションの概要を説明したり、シナリオの終わりにPC達の行動が敵や他のNPCにどのような影響をもたらしたかを演出するために設けられる。

帝国という国家についての話をしよう。

正式な国号をライン三重帝国といい、開闢帝リヒャルトが最初期の版図を固めて建国を宣言してから五二四年を数える中央大陸西方の東部域に存在する古豪である。

神代の終わり、かつて中央大陸西方には、今や正式な名さえ忘れられた〝祝福された王国〟という国家があった。彼の国家が神代の終焉に伴って崩壊すると共に大陸は戦乱に見舞われ、特に大陸西部は流血が絶えぬ地域であった。

冷涼なれど温暖な気候は農耕・牧畜共に理想的な環境であり、水資源も平原の合間を縫うように聳える山々によってもたらされる地は、上神代語において楽土とも呼ばれる肥沃な地であった。

斯様に豊かな地であるからこそ、人類は争いをやめることができなかった。大地を得るごとに豊かさを増すのであれば、この世において唯一汲めど尽きぬものを抱えた生物がどうして止まることができようか。

数多の国が成り立ち、滅び、再興する地において発生した帝国もまた流血の絶えぬ歴史を持つ国であった。

その成立の端緒たる開闢帝リヒャルト、彼の立身からして無理からぬ話であった。

帝国を南北に流れ、国号の由来とも成った東方の麗しの乙女、ラインの大河の流域は当時小国家が林立し、一〇年単位、短ければ数年で版図が塗り変わる戦乱の地となっていた。

小国林立時代として伝え残る当時には現在の帝国西方にあるセーヌ王国が建国より数百を

数え、治世の安定期を迎えつつあったことと比すれば大きな違いであろう。

彼の地、林立する小国家の一つ、更にその分家の傍流に生まれた末子は思った。

このまま我らが食み合っていれば、互いの尾を飲んだ蛇でもあるまいにいずれ消え失せてしまうと。何処かに強力な国家が一つ生まれたならば、連携もままならぬ我欲に従って動く烏合の衆が蠢くが、大地の肥沃さ故に破綻していなかった愚昧の地は平らげるに易いパイとなる。

主家と才に乏しき自身の一族を見限った末子は、独自に家を興すべく動き出した。本来であれば歴史の流れに飲まれ、名さえ残らぬ儚き末子こそが他ならぬシュトゥットガルドのリヒャルトであり、後の開闢帝リヒャルト・フォン・バーデン＝シュトゥットガルドである。

彼はまず民を手懐けた。容赦のなき代官を搦め手により除いたかと思えば、自らに従えば年貢を軽減し賦役の機会も減らすという直接的な利益をぶら下げて歓心を買う。その後、個人的に蓄えた金で以て兵を挙げ、暴君として荒れた治世を敷いていたバーデン本家の血脈を根から断って自身が当主となった。

一連の美事とも言える政治的転覆劇の最中、リヒャルトは三つの味方を得ていた。

一つはバーデン家が抱えていた人狼の部族、戦奴として首輪を嵌められていた彼等と友誼を結び、解放と対等な身分での独立を約束して取り込んだ。

二つは林立する小国の中でも強大であった吸血種が率いる国家、その傍流に位置する才ある若き吸血種だ。齢二〇〇〇を超える当主に率いられる家に押しつぶされることを嫌った、吸血種としては非常に若い一〇〇を少し超えたばかりの青年が彼の幕下にあった。

最後は三人の小王。その何れもが一度は覇を唱え大河流域の統合を目指したが、強大な競合国家により動きを制限され自領に引き籠もらざるを得なかった者達。時を逸し、枝に付いたまま腐っていく果実を眺めていた彼等をリヒャルトは焚き付けた。

機と人を手に入れたリヒャルトは一気呵成に支配地を広げる。沿岸流域、帝国における最も肥沃な〝乙女の胸元〟と呼ばれる地域を呑み込む勢いは野火の如くあり、その時その時の最も呑み込むに易く、攻めるに適した国を滅ぼす手腕は時の大歴史家をして「面白みにすら欠ける」と表現せしめた。

熟れた大地、雄大にして神々の庇護により滅多に溢るることなき乙女を手に入れるまで、リヒャルトの渾名は〝小覇王〟とされていた。それは彼の出自を皮肉ると同時に、火車を回すが如く収奪を繰り返して戦線を維持し、崩壊と隣り合わせの拡張を続けたことに由来する。

されど、その非情なまでの勢いは一時留まる。あまりの勢いに彼に対抗するはずの小王達——歴史的な区分であり、当人達がそう名乗っていた訳ではない——が同盟を組んで結託するだけの時間が与えられていなかったのだ。

これは何も偶然、リヒャルトが望外の幸運に見舞われたからではない。彼は征服地を増やす度、得た財貨で以て将来的に滅ぼす敵対国の強豪国へ大量の物資・資源を融通することで動きを制限させていたのだ。

支援を受けた国は受けた恩など返すつもりは更々なくとも勢いあるリヒャルトの背を刺すことは難しいため、自らの欲に従って従来の敵に噛みつく。噛みつかれた力ある国は敵国と戦っている間にリヒャルトへの対策を敷く時間を失っていき、最後には「お前の順番が来たぞ」とばかりに背後から小覇王に食われる。

彼には人と機を見る妙があったのだ。自身に都合が悪い動きはせず、頭の悪い欲に従って当座の欲求を満たしに行く都合の良い愚者を選別する目が。

斯様に血生臭い外交を繰り広げる中で国内では才ある者が見出され、今に続く名家として取り上げられ、詩に名高い五将家や一三騎士家として隆盛を極めたことから彼の能力は明らかであった。

斯くして機と人を自ら生み出し、富を手に入れた彼は生中には攻めきれぬ基盤を得たことで時さえも得た。この時リヒャルトは齢三二、未だ少壮にして壮健、一四の時より始めた反乱の途上にて自らを皇帝と称し、ライン三重帝国の建国を宣言した。

彼はこの時、本来であれば上王を名乗る権利を得たのみに過ぎぬが、それではこの収奪に依って建つ新たな国は、国号さえ旧主家のまま雑に放っておいた見た目ばかりが豪華な荒ら屋は直ぐに朽ちると分かっていた。

結局の所、武威によって強引に打ち立てた国家は、足下を固めねばまた武威によって、もしくは偉大なる一人の王の死によって千々に分かたれるのだから。

それを防ぐべく、たとえ自身が神の膝元に呼ばれ沙汰を受けることとなろうが潰えぬ大樹を育てることに彼は〝時〟という得難い財貨を投機した。

それがライン三重帝国の始まりである。

一人の皇帝は帝国を生むに至った三つの大家より互選にて選び出され、国家を生むにあたって功労ある三人の小王を選帝侯の承認を以て国家を統治する。これは権力の一極化を構造的に防ぐと共に国政に参加するものに「俺が選んだ主君を頂いたのだ」と思わせることで不満を逸らし、ガスを抜くことを企図した構造である。

同時、帝として自ら選んだが故に力ある家であろうが、どのような形にしても反逆を試みれば主家殺しにしかできず、他の諸侯を納得させられる理由を掲げた武力革命を難しくすることも狙われていた。

既存の統治体系からの脱却、そして不可逆の改変を望んでリヒャルトは上級王の冠を蹴飛ばして帝冠を作り、自らの手で頭に載せて〝皇帝〟となったのである。

つまり、この冠を継承して皇帝を正当に名乗りたければ、己が生み出した法典に従えとするもの。彼は新たな冠と共に、彼自身が描いた〝新しい世界〟の成立を宣言したのである。

法典に従っての戴冠でなければ皇帝に非ず、法に従った皇帝の下に非ずんば正当なるライン三重帝国の継承に非ず。現在における不変の法則は、彼が一代にて築き上げた富の継承を条件付けると共に、楽土の主とは斯くあるべしと決定的に定めてしまった。

そして、それが国家の基盤を固めることとなる。

新たな帝室に従う藩屏の貴種達、庇護と独立を確約し時に流浪することさえあった僧会の確立、度量衡の統一及び国内法の制定にリヒャルトが費やした時は一〇と五年。彼が稼いだ時によって富んだ帝国は、彼が初老にいたる頃には最早誰にも止められない巨人となっていた。

後は収穫の季節が訪れる。日和っていた小国は遠慮なく平らげられて忠臣のご恩となり、懸命な強国は膝を屈し臣従と協力を代償として実質的な存続を許される。

開闢帝という名が浸透する頃には、林立していた小国は大河のほとりに一つとして残ることはなかった。

一人の皇帝、三つの皇統家、三人の選帝侯は七人に増え、初期の貴種は総計にて二〇〇と二七家。広範な大地を呑み込んだ多頭の龍は、皇帝を選挙にて選び出す変則的な寡頭制を模した君主国家という異形を取り、領主個々の権力を尊重した連邦制に近い体制にて成立する。

この異形は、ある意味において妥協の集合体とも言える。

一家は国家を担うには脆すぎる。さりとて合議制も寡頭制も失敗を重ねており、民そのものには統治を委ねることなど夢の又夢。何かあれば崩れる歪な楼閣は、砂上に建つを通り越して楼閣そのものが砂に等しい。

その中でも妥協ととりあえずの納得を周囲に強い、重ねて生まれた奇形の帝国は版図を広げながらも五〇〇を超える時を超えて続いたとなれば、成功したと表現して誹る者は少なかろう。

たとえ多くの不備があり、内部にて粛清の嵐が吹き荒れることはあれど、帝国は今も立っているのだから。

そんな帝国の一所。豪奢な装飾と絢爛なる調度品、そして剣や冠などの戦利品が豪壮に飾り立てる部屋に一人の老人が座していた。

広大な部屋であった。落ち着いた壁色はむき出しの石造りではなく化粧板を張り巡らせて精緻な紋様が刻まれた壁紙に依るものであり、床は這い上がる寒さを拒むため毛足が長く踏み心地も穏やかな絨毯が一分の隙もなく敷き詰められる。

壁際に並ぶ飾り棚にて照明を受け神々しく輝く品々は、歴史学者が見ればあまりの豪華さに目を剝くだろう。滅ぼされた王国の王が頂いた王冠、失われたとされる宝剣、中には滅びて久しい祝福された王国の玉座の一部など、かつての王朝が謳歌した栄華の欠片ばかりが収蔵される。

これこそがライン三重帝国の武威であると誇示するが如く。

一歩間違えば奢侈に映り、座る者の格によっては悪趣味にさえ成り果てる部屋の中央に鎮座するは、怖ろしく古い杉から削り出された一枚板を豪勢に用いた執務机。数百という時間の壮麗さを具象化したような佇まいは、存在するだけで主の格を試してさえいる。

だが、沈黙と共に座す老人の威厳は、部屋そのものに圧されるものではない。むしろ、それらで自分を飾り立て威厳を出すのではなく、ただ在るだけで上等な調度から引き立てられているかの如き威容。

灰色の白髪が交じりはじめた黒の長髪は加齢に襲われても艶を失っておらず、柳のような痩身は儚げに痩せているのではなく、鋼線の如く絞り上げられた密度ある細さ。身に纏(まと)うは皇帝にのみ許された禁色である鮮麗なる紫紺の装束。

蜂準長目の剣呑(けんのん)なる顔付き。その中で強靭(きょうじん)なる意志を湛(たた)えて灰色の瞳が爛々(らんらん)と輝いている。また、真一文字に結ばれた唇と、癖になった眉根の皺(しわ)が冷厳なる為政者の風格を醸し、老人から一切の衰えを追い払っていた。

机に負けぬ絶佳たる装飾が施された、装束と同色のクッションが詰め込まれた椅子。心地好(よ)いであろう背もたれに背を預けず座る姿は、最早人というよりも一本の研ぎ澄まされた槍(やり)が飾られているかのよう。

頭頂に帝権の具現とも言える黄金の冠を戴(いただ)く彼(か)の者の名は、アウグスト・ユリウス・ルートヴィヒ・ハインケル・フォン・バーデン＝シュトゥットガルド。

そう、栄えあるライン三重帝国〝三皇統家〟の一角、バーデンの血脈における本流、シュトゥットガルド家の当主にして開闢帝リヒャルトの末裔(まつえい)。

現三重帝国皇帝、アウグストⅣ世その人であった。

竜を駆りて果敢に敵を討ち、戦において臆することなく味方を奮い立てる雄姿より竜騎帝と称される英傑。彼の者の勇名は、存命にもかかわらず黒旗帝と並ぶ数の詩劇が催され、詩人が挙って英雄譚を奏でるほど帝国に響き渡っている。

それほどの威名を帯び、竜の声と形容されるほどの渋く威厳ある声を発する口が重々しく開かれた。そして、至尊の皇帝のみが座するを許される執務室の執務机、帝国の大事を差配する場に招かれた二人に帝国を揺るがす言葉が投げかけられる。

「余、ぶっちゃけもう疲れたのだが」

「てめー、呼びつけたんだからまず労くらい労えや」

聞く人が聞けば顔面からずっこけるか、腰から力が抜けてへたり込みそうな発言に返したのは、初老の人狼であった。堂々たる鬣が飾る雄々しき狼の容には無数の戦傷が縦横に走り、灰色の雄大なる体軀を覆う紫紺の装束には月を咥えた大狼の家紋。同じ犬科の犬鬼とは明白に異なる、亜人種の人狼は同種から見れば絶世のと称して良い精悍な顔つきを情けなく歪めて呻った。

「てか、情けなくねーのか第一声が泣き言って。俺ぁなんのためにはるばる西方でやんちゃしてるアホ共ほったらかして帝都くんだりまでやってきたんだか」

彼の者の名はダーフィト・マクコンラ・フォン・グラウフロック。三重帝国皇統家の一角、グラウフロック家の当主にして帝国中北部から中西部にかけてを鎮守する公爵その人。

かつてリヒャルトと共に彼の主家を討った戦奴隷の後継にして、現在は帝国にて最も尊き血の一人は、何百年経とうと衰えることなき武の威容を以て帝国を引き締める。

彼等もまた皇帝の血に相応しき傑物であり、アウグストⅣ世の隣に立ちて槍を振るうこと幾星霜。七つという早熟な人狼種の中でも飛び抜けて早い時期に初陣を経験した英雄は、一切の老いを見せずして皇帝を補弼する忠臣にして莫逆の友と名高い。

しかし、酒場で管を巻く酔漢の如き砕けた口調で彼は皇帝に声をぶつける。

というのも、二人の間柄は皇帝と臣下にして親戚であるものの、その本質は戦友にして悪友だからである。ダーフィト公の第二妃はアウグストⅣ世の妹であり、そも初代リヒャルトの第二妃がグラウフロック家の息女として強い結びつきを持つが、そんなことが軽く思えるほどの友誼が二人を強く結びつけていた。

「くだらねぇ愚痴聞かせるだけに呼んだっつーなら殴るぞ。序でに秘蔵の酒の一本か二本は詫びに貰ってくからな」

彼自身も被選帝権を持つにしても不遜すぎる物言いなれど、皇帝は何一つ気にすることなく受け入れる。皇帝の忠臣が聞けば顔を真っ赤にして短刀に手を伸ばす発言も、彼にしては至極当然のことなのだ。

戦陣を共にし、同じ地の汚泥に塗れ、同じ鍋から戦場鍋——とりあえずある物をぶち込んで煮た粥とも汁物とも付かぬナニカ——を啜った間柄で何を遠慮することがあろうか。まして、若い頃は揃って馬鹿をやった仲ですらあるのだ。女中の下履きを覗き、色町に肩を組んで繰り出し、呑み代が足りぬと派手に殴られて蹴り出された二人にとっては丁寧に飾った挨拶も同然といえる。

「酷い臣下がいたものだ。ちょっとした頼み事をする度に余の酒蔵から酒をくすねていく

「……忘れておらぬぞ、ちょっと見合いを斡旋させただけで二四四年のアルザスの赤を持っていきおってからに」

「俺があのじゃじゃ馬引っ立ててテメェの又甥の子と妻合わせるのにどれだけ苦労したと思ってやがる……今回だって、ぞろ若衆が暇持て余して不穏な所に難癖付けて殴って遊ぼうとするのを収めるのに大変だったんだぞ」

「それは汝の血脈の酷さのせいでは……？　ともあれ、余はもう今年の秋で五七になってしまったのだ。もっと優しく接しても神々は神罰を下しはすまいよ」

「ちょっと泣き言を言うには早い年齢なのでは？」

人狼の粗野なれど深みのある声と対照的に、爽やかに若い声が老人の泣き言を切って捨てた。

至尊の存在の言葉を軽々に斬って捨てた声の主は、どこまでも不遜なことに皇帝の執務机に尻を載せていた。あまつさえ不敵に足を組み、暇そうに爪を弄る始末。国が国なら断頭台に親族諸共送られ、半年は蠟付けの首を城門に飾られてもおかしくない無礼を働く男は怖ろしいほどに美しかった。

見る者に銀色の色彩を鮮烈に刻み込む彼は、魔導師らしいローブを着込み、小脇に洒落た銀色の短杖を担う。丁寧に長髪を撫でつけ、〝銀色〟の独特な色彩を見せ付ける彼の者の名はマルティン・ウェルナー・フォン・エールストライヒ。

彼もまた、玉座を三つに切り分けた者の一角であった。

頂くは二つに割れた酒杯の家紋。リヒャルトに取り入られると共に利用し、二〇〇〇年を生きた古い吸血種の主家を滅ぼして血筋を乗っ取り、しかしてそれを〝大逆〟と誹らせなかった狡猾なる者の一枝だ。

「まだ二選目の途中であろう？　余裕ではないか。我は三選耐えたのだから、短い期間なのだしもう一選軽く耐えるくらいは言って欲しいものであるな」

銀色の紳士、マルティンが遠慮なく執務机に腰を降ろす理由がそれだった。彼は一選につき一五年満了の任期を三選全うし、四五年の永きにわたって執務机を使ってきたのだ。自分の机と呼んで過言でもないものに尻を降ろすのに何の遠慮がいるのか。

寿命を持たぬ生命のあまりに驕った発言に定命二人は渋い顔をする。

ヒトにとって、そしてヒトより平均寿命で三〇年ほど劣る人狼にとって一五年とはあまりに長い期間なのだから。生まれ落ちて成人として一応は社会に出るまでの期間を短いと称されては、定命としては心穏やかではいられない。

「流石四〇〇歳近いジジイは言うことが違う」

「時間の価値が違うのだから、甘えず四選目を全うしてみては如何か？　それこそ余裕であろうよエールストライヒ公。一五年なんぞ昼寝してるくらいの間に経とうものぞ」

黙っていられなかった口の悪い人狼と、眇に睨んでくる皇帝を前に強大な〝吸血種〟は何処吹く風とばかりに削った爪の滓を吹き飛ばしてみせた。そして、不快そうに〝銀色〟の眼球を煌めかせ、鋭く尖った爪を順々に突きつけて言う。

「だから我のことはマルティン先生、あるいは教授と呼びたまえと何度言わせれば分かるのかね諸兄らは。その無粋な称号は好かぬと口の形が変わるほど言っただろうに。あれか？　学習能力を母親の胎盤に貼り付けたまま出てきたのか？」

慇懃な口調で信じられないほど無礼なことを宣い、次いでの如く「あと、ジジイじゃないし。まだ我若いし」と何の臆面もなく吐き捨てて年若き吸血種の頭領はそっぽを向いた。

まぁ、実際五〇〇歳級の吸血種が跋扈する他国や、一〇〇〇歳に届こうかという古豪が公主位にのさばる国がある事実と比すれば若いと言えば若いのだろう。

なにはともあれ、この三人がライン三重帝国の重鎮である。平素は貴種らしく振る舞い、支配者と臣下の間柄を踏まえて楚々と口を交わし、同時に指導者として辣腕を振るう彼等を知る者が今の光景を見たら、きっとそっくりな人間が繰り広げている悪趣味な演劇だと思うことだろう。

この会話が嘘偽りなく帝城にて繰り広げられているという事実は、どうあっても変わらぬのだが。

「てかよぉ、ガス。疲れたってー割には、おめー騎竜の竜具を俺んとこの職工に新調させてなかったっけか？　しかも典礼用の鎧なんぞじゃなく、山ほど荷袋を括り付けられるような鞍らしいじゃねぇか」

気軽に愛称で皇帝を呼びつけ、人狼は疲れたと言い張って憚らない活力満ちあふれる老人を睨め付けた。白髪は増えれどバーデンの連枝に脈々と続く黒髪の艶は失われず、灰色の瞳は若人に負けぬ潑剌さ。彼が階段を上ろうとした所で、形式以外で手を貸そうとする者は誰もいまい。

「それは贈り物だ。余の私用目的ではない。仮に我が愛騎、デュリンダナに誂えたような寸法であろうと、それは送り主の竜と体形が似ておるだけに過ぎぬ」

なんとも可愛げのないことに目の一つも泳がさず、どもりさえせず皇帝は嘘を吐いた。

竜騎帝、そう異名を受けるのは伊達でも酔狂でもなく、若い頃から亜竜と称される竜の一種を駆り戦場を駆けてきた実績があるからだ。そして、未だ帝城の竜舎にて愛竜を囲う皇帝は、空への憧れと愛着を欠片たりとも諦めていなかった。

元より彼は道楽、空を飛ぶ憧れが高じて騎竜という人が辛うじて飼い慣らせる竜種に惚れ込んで軍属となり、結果的にバーデンの頭首に担ぎ上げられたのだから当然であろう。むしろ、彼にとっては帝位こそがオマケであったのだ。

「我が聞き囓るに艤装が済みつつある三隻目の航空艦……あれだ、ほら、アレキサンドリーネだったか？　アレにも竜を乗せる機構を汝のゴリ押しで採用させたそうではないか？　これで疲れが出たと言われてもな」

魔導院の伝手から相当無茶な設計になったと愚痴を聞かぬ日はないぞ、と教授を自称する吸血種は呟き皇帝の反応を見るも、魑魅魍魎が草の如く蔓延る政界を悠々と三〇年近く泳いだ皇帝は小揺るぎもしない。

「それは航空艦の生残性を高める試験のためでしかない。忘れたとは言うまい、クリームヒルトの悲劇を」

嘯く言葉に揺るぎはなく、前を睨め付ける鋭い瞳は鋼もかくや。誰が信じられようか、これが歳費と帝国の予算を能う限り自分好みに使って憚ることのない男の姿だと。

話題に上がった航空艦とは、三重帝国が誇る魔導技術と造船技術の結晶。五〇年前に基礎理論が完成し、現在は試験的に三隻目の船が完成を控える黎明の翼である。国威高揚と他国に技術力を見せ付け、広い版図に比して大きな外洋港を持たぬ三重帝国が次なる繁栄の〝柱〟として注力する政策の要でもあった。

ライン三重帝国は成立の過程からして陸の国であり、大きな外洋港を持たない。北土は海にこそ面しているものの険しい崖地ばかりが連なり、僅かばかりの穏やかな湾も冬場になれば真面に使えない場所ばかり。漁港として活用することはできても、大型船舶の航行に適した不凍港がないのだ。

国号にも関する麗しの乙女、ラインの大河も南に下れば南内海、翠の内海に通じているものの大型船が航行できるほどの川幅がない場所も多く、川船と外洋船では扱いが大きく異なるため拡張工事をすれば解決する問題でもない。

現在は半ば属国に近い南方の衛星諸国家、南内海沿岸の都市国家群を従えているため、外洋港の不所持は喫緊の問題とはならぬ。

だが、何れは外洋に出る能力を持たぬことが大きな不利に働く時が来ると帝国は分かっていた。故にこそ戦争をせず、同時に既に行政能力を圧迫するほど広い帝国の版図を拡大するでもなく外洋に出る手段を欲していた。

それを解決するのが航空艦である。

魔導炉を中枢に蓄え、抗重力術式と推進術式を疑似術式回路にて行使することで果てなき空の海原を舞う船は未だ問題が多い。出力の不安定さ、一度トラブルが起これば復帰することが極めて難しい空という世界。

そして、航空艦が空を舞う以前より大空の覇権を争ってきた者達の干渉。数多の困難を撥ね除けるべく、小さな翼は革新的な、悪く言えば突飛な思いつきを幾つも試している途中であった。

「ちゅーかお前、前から突っ込みたかったんだけど、嫁の名前を船につけるとかどういう感性してんだよ」

「忘れておらんな？　とか言うなら我も言わせて貰うがな。クリームヒルトが竜にちょっかいかけられて座礁した直後なのにゴリ押しで起工させたこと、我はしっかと覚えておるぞ、この無駄遣い皇帝」

「航空艦は今後の流通と軍事に革命を起こす技術だ！　無駄遣いではない!!　あと船舶名は公募で決めたものだ!!」

「いやいや、だとしても皇帝の力で幾らでも蹴れるだろうが！　万一沈んだらかみさんになんて申し開きするつもりだテメー！」

「ならもっと小規模にやれ！　安定して飛べるものが作れるようになってから大型艦に手

を出さぬか！　ボートも作れぬ船大工にいきなり外洋船を作らせるようなものだぞ！」

「しーずーみーまーせーんー！　アレキサンドリーネの名前を冠した縁起の良い船が沈むわけがあるものか！」

「やっぱりじゃねぇかこの嫁ボケ！」

「自信過剰もたいがいにしておけよ貴様！」

信奉者が目の当たりにしたならば喀血して絶命しかねないやりとりを十数分続けた三重帝国の最高権力者共。減らず口の応酬を強引にぶった切ったのは、やはり最初に声を上げた皇帝その人であった。

「と、も、か、く！　余はそろそろ限界だ！　退位を申請したい!!」

戴いた帝権の具現を乱雑に放り投げ——見る人が見たら卒倒どころか頓死不可避——皇帝は椅子を蹴立てて立ち上がった。

「余はそもそも二選目も辞退したかったのだ！　それを貴様ら寄って集って押し付けおってからに！　どっちでもいいから代われ！」

「無茶をおっしゃるものではございません陛下！　小職はもう三二となってしまいました!!　ヒト種に換算すれば御身と大差なく、過去の戦で受けた古傷が毎夜痛むばかり！　そのような臣に皇帝なる外れく……重責を預けるなどご無体な！」

「我とて荷が重うございます、陛下！　商工同業者組合の会合を牽制し、帝国の健在な経済を守ることで非才の身は手一杯にございます！　我が身が現場から離れ、経済内戦が帝国内にて吹き荒れれば、それこそ黒旗帝が防いだ侵略戦争を上回る惨禍に御身が和子たる臣民が嘆き苦しみましょうぞ!! どうかご再考いただきたい！ 御身なればこそ、今の平穏があると何卒ご理解を!!」

「こんな時にばかり陛下陛下と臣下ぶりおってからに貴様らは！ なら皇帝命令だからさっさと代われというのだ!!」

醜いという言葉でさえ生ぬるいやりとりは、全員の息が上がりきるまで止まることはなかった。つかみ合いをせず、口舌の刃によってのみ戦いあったのは最低限の理性が残っていたからであろうか。

どうにかこうにか彼等が〝大人〟であることを思い出せたのは、水差しから一杯の水を飲んで頭が冷えてからであった。

各々汗を拭ったり〈清払〉の魔法で身を清め、今更手遅れだろうに威厳ある表情を作って再度対峙する。そして、見た目と議題だけを取り上げれば帝国の今後を占う重大事、その実態は死ぬほど下らない椅子取りゲーム――尚、座れなかった方が勝者――が始まった。

「んん……近頃眠りが浅いのだ。朝方は咳も酷く、疲れやすくなり加齢による公務への悪影響が隠せぬ。余としては最早万全に皇帝としての役割を示せなくなりつつあるのだ」

尤もらしい理由を並べ立て、冠を一応被り直したアウグストⅣ世は態とらしく咳をした。籠もった音はきちんと辛そうな咳であるが、魔法に精通するエールストライヒ公爵は〝何らかの身体操作術式〟が起動したことを見逃さなかった。至極下らないことに高度な技術を使うのは、この国のお家芸なのかもしれない。

「こっちのが早いからとか言って、巡幸先に騎竜でカッ飛んで近衛を過労死させかけた男が加齢……？」

「先週あたり嬉々としてアレキサンドリーネの視察に来てた気がするのだが……我の記憶違いかな……」

　ボヤく臣下二人を華麗に無視して皇帝はチラッと人狼に視線をやった。

「戦の気配が強くなった時は、グラウフロック家が帝位に就くのが一番よな。そういえば昨今、大霊峰の巨人達が騒がしいと聞くが」

「いや、今更出てくるかよ。というか俺はマジで無理だって、一五年を健康に生き抜ける自信あんまねぇ。侍医がいい顔してねぇんだよ……かといって倅に家督譲るにゃちと経験不足だし……」

　絶妙に断りづらい理由を挙げられて皇帝は押し黙った。この数えきれぬほど戦野を共に乗り越え、帝城からの脱走を手助けしてくれたが故に三皇統家頭首なのに一時期出禁を喰らうという謎ムーブを魅せた友の寿命が、そう長くないことは事実であったからだ。

　人狼の平均寿命は五〇歳。長寿でも七〇を上回ることは希だ。三二歳は人間ならばボチボチ楽隠居の準備を始める年齢といえよう。

　しからばと視線は吸血種の方へ向く。海千山千の政治家共相手に論戦を繰り広げてきた皇帝にとって、先ほど自分が述べた推薦の論拠をなかったことにする程度、実に容易いものであった。

「さすれば強大なる敵に対するに、最も重要な揺るがぬ国家基盤が必要となろう。ならばエールストライヒ公、貴公の出番と思うのだが」

非定命の吸血種は推薦から逃れるように顔を逸らし、「だから教授……」と零した。だが、寿命を持たぬ種族が政権を担うのは一定の効果があるのだ。初志を貫徹しやすく、定命にありがちな加齢による〝焦り〟がないため無茶をし辛い彼等は、長期の安定した政策を練ることに何より秀でていた。

事実、三重帝国においても安定期――もしくは平穏を装った冷戦中――にはエールストライヒ家が辣腕を振るい財政基盤を躍進させてきた実績がある。彼等は種族柄持ち合わせる命への無頓着さのせいで戦には向かぬが、気が長い投資への耐性は誰よりも強い。国家や経済なんてものは、最低でも五年単位の長期的な視野で成長を見なければならないのだから。

「まぁ、暫く平和だしな。デカい戦は俺らで片付けたし」

「東方征伐は確かに難事であったな。余も貴公も二年戦場から帰れなかった」

我も兵站線だの軍団再編で死にかけたのだが!? という吸血種からの抗議を完膚なきまでに聞き流し、一度大義名分を得た皇帝と、自分にお鉢が回らなければそれでいいわと開き直った人狼の結託は堅かった。

なによりバーデン家とグラウフロック家が組んだ場合、彼等と関係が深い選帝侯家は過半を超える四家に達する。自家が支持する皇帝の退位に彼等は渋るだろうが、次に皇帝になった時の便宜を考えれば強硬に反対はするまい。

むしろ、三重帝国の政治はこの辺りに妙があり、同時に欠陥がある。

流動性があるように見えて、実態は家名こそ異なれど一つの巨大な親戚づきあいによって回されているのだから。

三皇統家の血の繋がりは言うまでもない。開闢帝の正室は他ならぬエールストライヒの姫君であり、皇太子の正室はグラウフロック家の出身。また初代エールストライヒ公にして二代目帝国皇帝であった男は寵姫としてリヒャルトの妹を大事にし、息子の妻としてグラウフロック家の娘を迎え入れている。グラウフロック家にしても変わらず両家の血を取り込んでいることからして、誰が皇帝の椅子に座っていようが結局は親戚がやっている状態なのだ。

それに選帝侯家とて事情は変わらぬ。彼等は侯爵位を預かっているため他国の基準で見れば王家や帝室と結婚できぬ家格なれど、帝国においては制度的に婚姻を結ぶことが可能であり、帝室への嫁入りも婿入りもあれば、降嫁してくることもあるため実質的に全てが血縁だ。

彼等としても自身の血が帝位に昇ることを夢見るならば、婚姻外交によって実利を取る方を選ぶ。そのためには帝国がある程度健全な状態で繁栄することは不可欠であるため、早々に無茶はしない。

なぁなぁな空気が許される安定によって、帝国は他国に見られる血みどろの継承劇を避け続けてきた。その結果に伴う分断が起こらないのは喜ぶべきであろうが、自浄作用に欠けることは誰もが分かりながら目をつぶる事実である。

とはいえ、帝冠は誰が思うよりも重いもの。ただの上昇志向だけを持って生まれた権力欲の固まりが被ったならば、仕事量と重責、そして完璧を求める忠臣面した外戚共に潰されるため蚕食することが敵わぬばかりに、この国は古豪として存続しているのだが。

「……皇太子殿下に譲れば良いのでは？　我は問題なく支援するが？」

三重帝国は世襲制ではないが、緊急時の皇帝代理としての皇太子は存在する。そして、信任厚い太子が皇帝から位を譲り受ける先例は幾つもあった。苦し紛れの提案が引き出したのは、皇帝の深い深い溜息であった。

「あの愚息、何を思ったか皇帝位を押しつけようとしたら嫁の国に婿入りし直すとぬかしおってな……二人に投げる前にもっと簡単な道を余が試さぬ訳がなかろう」

「おいおい、流石に公国が一個増えんのは政治的にめんどーだろ。こんな下らねぇ理由で衛星諸国家事情を荒らされたら敵わねぇよ……」

「それは通るのか？　いや、流石に通るまい？　一度離縁して婿入りし直しとか神々と僧会が……」

アレはそっちとの伝手が深くてな。信心深いし。どこまでも重い感情が込められた呟きが執務室に染み渡り、やがて沈黙へと姿を変える。しばし目を左右にやりながら吸血種は難しく考え込んでいた。

これは勝ったかな、と二人が今後の根回しに意識をやった時、三皇統家の権威や皇帝という権力によってではなく、自らの手で魔導院教授の称号を得た聡明極まる吸血種の頭は一つの解法を導き出した。

「わかった！　ならば我は、娘に家督を譲ろう！」

彼は四〇を過ぎたばかりの愛娘を人身御供……否、自身の血脈に至尊の玉座を継がせるという野望を表明し清々しそうに笑みを作った………。

【Tips】三皇統家。三重帝国皇帝になる権利を持った三つの大家。皇帝位についていない家は三重帝国においては公爵位にあるものとし、皇帝の臣下という体で施政を補弼するが、実態は親戚縁者だらけであるため内々の繋がりは緩い。

少年期

十三歳の初春

PCとの関係

システムによってはNPCだけではなくPC間にも関係性を決めさせる物があり、場合によってはイベントなどでそれが強制的かつ唐突に変更されることもある。好意が恋愛感情に転ずることや友情が憎しみに変わること、果ては相手のことを忘れ去ることまである難しい要素だが、上手く処理できた時に得られる達成感は大きい。

帝都の厳しい冬が去り、穏やかな春が来る頃、煩わしい雪に覆われぬ久しぶりの青々とした大地に馬達は大変喜んでいた。

冬の間は全力の運動も限られる。普通の馬でもストレスであろうに、常に全力で駆けることを望んで脈々と血を重ねた軍馬には酷く窮屈であったのだろう。

「ハイッ！」

腹を蹴り、拍車を入れればカストルは鼻息も荒く首を前に伸ばして身を跳ねさせる。大きく歩幅を取っての雄大な走りは加速度こそ緩やかなれど、最高速に乗った時の持続は素晴らしい。鞍上にて腰を浮かせ、腿を挟んで体を安定させねば一瞬で振り落とされそうなくらいだ。

鍛え抜かれた筋肉の束が黒い毛皮の下で力強くうねり、滝のように間断なく溢れていく汗が彼の喜びを伝えてくれる。握った手綱からは、まだまだ走れる、もっと走れるから緩めてくれるなという強い意志が伝わってきた。

人の都合に合わせて戦争に駆り出されたり、重い荷を牽いて延々走らされたりする姿は可哀想でもあるが、やはり彼等は走ること自体が好きでもあるのだ。そして、時にはこうやって重しにもなる人を乗せて走ることを喜んでくれもする。

いいものだ。用がなくとも思う存分、ただ行きたい方へ走ってみることも。

激しく跳ね回る鞍上にて腰を上下させることで上体は揺らさず、カストルのさせたいようにさせてやっていると後ろからも馬蹄の轟きがする。首を巡らせてみれば、そこにはミカを乗せたポリュデウケスの姿がある。

「あああ！　速い！　速すぎる！　あああ！　ちょっ、ちょちょ、ちょっと、手加減してくれ！　ポリュデウケス!!」

我が友は兄弟馬の弟の背中に張り付いて甲高い悲鳴を上げている。まるで少女のような声ではあるが、その実、普段より少し背が伸びて肩幅が増し、更には髪の癖も強くなったミカは今、男性体となっていた。

冬から数えて数ヶ月、彼の性別のシフトで男性体となるのを見るのは二度目だが、やはり元が良いと男になろうと女になろうと美形だ。生まれの狡さを感じさせられるものの、言っては何だがこうなってはむしろ可愛らしくさえある。

「ミカ！　張り付くな！　かえって体が跳ねて辛いぞ！」

蹄が地面を蹴り上げる轟音に負けぬよう〈声送り〉を彼に届ければ、できたらやっているという悲鳴が反響する。涙目になって振り落とされぬよう必死の彼は、もう随分と乗馬にも慣れたと思ったのだが……兄弟が本気で張り合って走っているのには、まだついてこられないか。

「こっここ、こわい！　これはっ、はやっ、はやすぎ！　こわいっ！　たすっ、たすけてくれ！」

「ビビるなミカ！　落ちても〝手〟で拾ってやる！　その姿勢はかえってしんどいし、危ないぞ！」

「むむっ、無理だっ！　とと、止まってくれ！　手綱は引いてるのに！　お願いだっ、ポリュデウケス!!」

「手綱を引きすぎるな！　ポリュデウケスの流れに任せろ！　気分を害せば下手すると振り落とされる！」

「うぇぇぇぇ!?」

兄が全力で走っているのだから、俺も全力で走りたいんだと追いかけてくるポリュデウケス。軍馬が全力で見せる襲歩の速度と迫力は、遠乗りになれてきたミカにはまだ早かったか。

「酷い……酷いよエーリヒ……止まってくれればよかったのに……」

目的地、森の縁に達して馬を止めれば、ポリュデウケスの鞍の上で潰れた饅頭のようになっているミカから恨めしげな呪詛が飛んで来た。一方で鞍上の重しのせいでカストルから一〇馬身近く後れを取った弟は、不満げに鼻を鳴らしている。

「だから無理するなと言ったのに……。私だってあそこまで興が乗ったカストルを無理には止められんよ。馬というのは難しい生き物なんだから」

今日は雪も去ったことだし、久しぶりに全力で運動させてやるかという話になっていた。御用板の仕事で何時もの帝都郊外の森へ薬草採取に行くから、それくらいの距離は全力で好きに走らせてやりたいと。

なんなら後でゆっくり追いついてもいいと言っておいたのに、むくれて対抗してきたのは他ならぬミカである。その時に「おいおい、馬鹿にしてくれるなよ我が友。僕だって彼等には随分慣れてきたほうさ」と渾身のドヤ顔も決めていたじゃないか。

　私は前もって警告した。本気の襲歩、それも私の尻に乗ってやるのと一人でやるのとでは、重量と重心の違いもあって別世界だぞと。

「ぬぅぅ……」

「ほら、何時までもくたばってないで降りたまえよ。男の時は遠慮無用、と笑ったのは君だろうに」

　激しい遊びにもどんどん誘ってくれという割にへたれるのが早い。故郷の兄達に接するのと近い感じで対応してみると、伏し目がちな流し目をして甘えてくる我が友。おのれ、こやつ自分の顔が良いことを最近はしっかりと理解してきておるな。

　仕方ないなと鞍から引っ張り降ろしてやり、横抱きに抱えて森へ踏み入る。そうすると幾分か機嫌も治ったのか、薬草取りは普段よりも幾らか捗ったくらいである。

「こんなものかね」

「また薬草酒でも作りそうな品目だけど、本当に研究に役立ててくれるのやら」

　手の泥を叩いて弾き、袋に詰めた薬草を一通り確認してお仕事は終わりだ。習慣になった触媒のための薬草集めも慣れたもので、この森で薬草が群生している場所、生え替わるまでの期間もすっかり把握してしまった。他の学生も良く来ているが、喧嘩にならぬほど多様な環境は本当に有り難い。

手を洗って薬草の成分で痛い思いをせぬよう予防した私達は、適当な大樹の根元に腰を下ろす。温んできた空気に微かに滲んだ汗が吹き抜けていく風に冷やされ、広く伸びた枝が日差しを遮ってくれて心地が好い。

動いていると、気になることも忘れられるから良いものだ。

「おや、今日のお昼はパイか。豪勢だね？」

「ん？　ああ、まぁね。昼に遠出すると言ったら家人が用意してくれたのさ」

「……君、下宿暮らしじゃなかったかい？」

細かいことを気になさるなと言い、灰の乙女が持たせてくれたパイを切り分ける。籐で編んだ籠に入れてカストルの鞍袋に収めていたが、崩れぬように〈見えざる手〉を二本使ってずっと守っていたため綺麗なものだ。

普段使いの短刀で切り込みを入れ、一切れ摑み上げると中身が肉のパテであることが分かった。北方離島圏の料理を作ることが多い灰の乙女なので、多分これは臓物のパイだろうか。

「ありがとう。食べ応えがありそうだね？」

「だろう？　保温の術式も併用したからできたてサックサクだぞ」

先に渡してやるとミカはしげしげと出来映えを眺めた後、大きく一口嚙ってから目を見開いた。口に合わないか？　と心配になって聞けば、故郷の方で食べたことがあると言う。

そういえば帝国北方には国主や上級王がコロコロ現れたり代わったりする不安定な世情を

嫌い、安定した生活を欲しがった北方離島圏の移民も多いと聞いたな。

「んぅ、美味しいね、これ。臭みが全くない。作る人によれば酷いもので、切った途端に食べられないと分かる匂いがするけど、これは凄いな」

「確かに美味い。臓物の苦さはあるけど肉っぽくてむしろ美味さを増しているよな。下ごしらえに相当苦心したんじゃないか？」

「僕の母さんも色々な工夫をしてたよ。迷迭香をすり込むんじゃなくて埋め込んでみたり、深夜に一度起きて臭み抜きの塩水を新鮮な物に換えたり……美味しかったなぁ」

　感慨と共にパイを噛み締め、思い出を語っていると大きかったはずの昼食はあっという間に腹に収まって消えた。パイ生地の欠片も指に押しつけて拾い上げて食べきってしまったのは極めてお行儀が悪いけれど、食べ盛りの一〇代前半が二人もいるのだ。ご勘弁願いたい所である。

「ふぅ……美味しいパイのお礼に良いことを教えて進ぜよう」

　お行儀が悪いついでに指に付いた油も惜しむようになめとり終えると、不意にミカがそんなことを言い始めた。何かと思っていると、懐から妙にくしゃくしゃになった紙を一枚取りだして見せつけてくる。

　低品質の植物紙には、帝都天覧御馬揃之下知と仰々しい文字が躍っているではないか。

「天覧御馬揃え……？」

「何年かに一度、社交期の閉幕と共に領邦へ帰る諸侯のガス抜きで軍事行進をやるのさ。

北の出城、白亜の楼閣（ヴァイス・モルガーナ）から出て四大街路を練り歩き、最後に西の血色城郭（ブルーティヒ・シュロス）に戻る。半日くらいずらずらとご立派な格好の騎士や諸侯が帝都を練り歩くから、中々に壮観だよ」

白亜の楼閣（ヴァイス・モルガーナ）は司法機能を集中させた帝城の四方（よも）を守る出城の一つで、その名は蜃気楼（しんきろう）にもじった地下の者が付けた渾名（あだな）だったはず。正式名は知らないが、多分もうちょっと帝国風のお堅い物があるのだろう。

西の焼成煉瓦（れんが）の優しい赤に染まった軍事機能を司（つかさど）る出城も同様で、鴉の巣（クレーエスシャンツェ）なんて面白がって名乗っている我々の方が少数派だ。東の文化振興のため作られた青い装飾板で飾られた出城にいたっては虚飾御殿（シュルスト・パラスト）と煽（あお）り以外の何物でもない渾名が付いているからな。帝都の人間も割と大概な物の見方をする。

しかし、司法の城から出て軍の城に戻るというのは洒落（しゃれ）ているな。法なくば軍上がらず、軍なければ法成り立たずの帝国的な精神がよく表れている。きっと分かる人には分かるよう、こういった催しを企画する部署の人が考えて居るに違いない。

「今年は三皇統家そろい踏みらしいし、随分と豪華になりそうだ。出店も多く出るだろうから、どうかな？　一緒に見に行かないかい？」

「ちょっとしたお祭りみたいなものか。楽しそうだな」

帝都は農業都市でない分、お祭りというのは行政側が企画しなければ中々できないものだ。建国記念の祝賀や皇帝生誕記念などで市民には酒や食事が振る舞われ、一部の邸宅や出城が開放されて臣民を楽しませる企画も催されており、この馬揃も同様の趣向であろう。

　同時に市民の目を楽しませると共に諸侯の承認欲求を満たさせ、帝都に訪れる外交官や大使の肝を冷やす役割もあるだろうからよく考えた物。無駄を嫌う国風からして、少なくとも予算を使うなら一つ二つの成果では絶対に首を縦には振らんぞという、質実剛健たる官僚勢の鋼の意志を感じる。

　よかろう、お国からの心意気を受け取って存分に楽しませて貰おうじゃないか。

「なぁ、ミカ、一つ提案があるんだが」

「ん……？　なにかな」

「妹を連れて行ってもいいだろうか？」

　それに、勉強に根を詰めているエリザの息抜きにもなるし、友人と妹の顔を通すには丁度良い催し物ではないか。

　エリザはハッキリ言ってコミュ障、もとい人見知りの気が強い。ミカも過去のトラウマから新しい親交を広げることには消極的で、声を掛けられても曖昧に片付けて友人を作ることを避けている。

　しかし、私は前々からエリザにミカを紹介したいと思っていたのだ。魔導院における先輩後輩であるし――学閥と学派の違いに目を背けながら――勝手極まりないものの家族に素晴らしい友人を紹介したいとは常々思っていたから。

「妹君か。確か半妖精だったね。特別な事情で此方に来たとかいう」

「ああ。それと本人が人見知りでね、帝都に来てから碌に知人もできていない。少しでも社交の幅を広げてやりたいのさ。ほら、まだ正式な聴講生身分ではないが……」

「将来的には、か」

　彼は木に大きく背を預け、尻を滑らせてゆっくり地面に沈んでいく。煤けたような憂い顔は、ミカ当人も交友関係に思うところがあるからか。

　魔導院は本気で魔導を学ぶ者が集まるところであり、私が知る猶予期間を楽しむための場所という側面を持つ大学とは大きく異なる。魔導を修め世界の深淵を覗くか、官僚として位を上げるか、兎角手前の性能を磨き上げることに余念のない真の学徒が集う場所。舐めた空気がある程度まかり通る大学とは空気が違うことは、私はミカとの付き合いで一度も代返がどうやら、レポートの提出期限がどうのこうのというふざけた愚痴を聞いたことがないので明白である。

　だとしても横の繋がりがある程度必要なのだと肌で分かる。

　参考文献を揃えるにせよ実験で数を熟すにせよ、学友を作って小さいながらも集合知を作ることは重要だ。いつかエリザもそういった力が必要になるかもしれない。打算的と言われればそこまでだが、兄として少しでも妹が苦労しないで済む下地を作ってやりたいと思うのは悪いことではなかろうよ。

　ミカに関しては……まぁ、私が口出しするのはお節介どころか何様だという話なので、勘違いした教師のように「お友達を増やしましょう！」なんて抜かすつもりはない。

　だとしても、トラウマを背負った彼の社交嫌いを何とかする契機になればなと思わないでもないのだ。

彼との友誼において肌で感じた分、そもそもミカは人嫌いではない。むしろ社交性は高いし、人と遊ぶことを本質的に好む傾向にある。大勢と群れて遊ぶというよりは、深い繋がりを持つ数人と連帯して遊ぶことを好む方だとは思うが、どのみち彼は人間が嫌いではないはずだ。

それが故郷での冷遇と帝都に出た後の無神経な――子供相手なので無理もないが――詮索に傷付けられて臆病になっているだけで、彼はもっと人付き合いをしたいのではなかろうかと思う。

横から出てきた私が友人という大義名分を掲げ、無理にトラウマを治療しようとは思わない。若い頃は分からなかったが、一度大人を経験すれば分かるのだ。

瘡蓋を他人が剝がすと碌なことにはならないと。

傷口の感覚は自分でないと分からない。瘡蓋の下にあるのが膿んだままの治らぬ傷なのか、治っていて瘡蓋が剝がれるのを待っている傷なのかは繊細な問題で、本人でさえ把握することが難しい。

そんなものを無理矢理外から剝がしたらどうなるかなんて火を見るより明らかだ。

瘡蓋を引き剝がして傷を曝け出せば、より酷い傷になり、治っても醜く引き攣った古傷を残すこともある。私は友達ぶって無理に彼の瘡蓋を剝がすようなことはしたくない。

せめて少しずつ、傷があることを忘れ、いつか勝手に瘡蓋が剝がれ落ちるように手伝いができればと思うばかりだ。

彼は私を友達と思ってくれている。そんな私の妹であるから、少しは抵抗も薄れるのではなかろうか。そして一段上れたら次が簡単になるように、トラウマが癒えてくれることを期待している。

私の提案に答えは中々返ってこなかった。彼は黙って空を見上げ、揺れる枝葉に合わせて瞳が揺らぐ。深く考えており、体が反射に従って動くだけになっているのだ。

急（せ）かすことはせず、黙って食後のお楽しみとして拾っておいた木イチゴの袋を腹に載せてやった。機械的に伸びた手がゆるゆると袋を漁（あさ）り、熟れて赤く染まった実を摘（つ）まみ、紅も差していないのに負けぬほど血色の良い唇へと運んでいく。

「……そうだね」

二つ三つと実が消えた後、四つ目の代わりに言葉が出てくる。彼は親指で口から零（こぼ）れた汁気を拭うと、腹筋の力で起き上がり座ったまま私に正対した。

「君から話を聞かされて気にはなっていたんだ。是非、世界一可愛（かわい）いと評判の妹君のご尊顔を拝謁させていただこうかな」

精悍（せいかん）な美貌が形作る不格好な笑み。それには期待が半分と、未（いま）だ克服できていないトラウマが滲むと同時、彼の尊い勇気が秘められていた………。

【Tips】馬揃（パレード）。騎馬と従士を揃え街を練り歩き軍事力を見せつける示威活動であるが、見せつける側は晴れ姿で声援を浴びて承認欲求を満たすと共に、見せつけられる側にも自分達を守る者達の屈強さを再確認させて安心を与えることに繋がる。

見栄の街の見栄の城、とはアグリッピナ氏の言葉であるが、人はその見栄にこそ心を震わせるものである。

「おおー……すごいなぁ、エリザ」

「すごい！　すごいです、兄様！」

興奮するエリザをはぐれぬよう肩車して街を歩けば、そこは国からの命令があったとしても見事すぎるほどに飾り立てられていた。

辻という辻に立つ魔導街灯には三首の竜、三つの皇統家を模したライン三重帝国の国章を刺繍した旗が翻り、大通りの家々には横断幕や垂れ幕の飾りがはためき歩いているだけで目を楽しませてくれる。

順路に近い道は衛兵による整理があるため出店はないが、一歩道を外れれば大量の出店や露店、行商人が溢れ帝都という街の商業規模を見せつける。食べ物や水売りの数は数えきれず、異国の装束に装身具、日用品や小間物、少ないながら武具を扱う店も出ており賑やかな限りだ。

「氷菓子！　兄様、あっち氷菓子売ってる！」

「そうだね、エリザ。後で食べようね」

テンションが上がりすぎたのか些か幼さが帰ってきたエリザが、大好きな氷菓子の露店を見つけて足をバタつかせる。よしよし、落ち着こうな、後でちゃんと買ってあげるから。綺麗なおべべを汚したら大変だから大人しくしておくれ。

　エリザは今日、出発の前にライゼニッツ卿の手でこれでもかとばかりにおめかしされていた。用意されたのは絹と天鵞絨が豪勢に使われた布代だけで家が建ちそうな代物であり、形としては将来を先取りすぎでは？　と言いたくなるいわゆるゴシック調の午餐服だ。

　色使いは深い赤を基調として縁を黒や真紅の糸と布で飾り、肩を膨らませ腰を絞る体形を際立たせる意匠はどうにも大人っぽすぎる。

　反面スカートは短く膝丈に整えられ、金具まで使ってぶわりと膨らませているではないか。正当なゴシック調から随分と外れているものの、細かな黒い刺繍を全面に施したタイツからして、またライゼニッツ卿の奇妙な拘りを見せつけるために基本から外れた形に変更されたに違いない。

　あの人は矢鱈と童女に二の腕丈の長手袋をさせたり刺繍過多なタイツを穿かせることに拘るからな。膝頭が見えるのはマストなのです！　と限界さが強い叫びをお針子衆と叫んでいたのは忘れられない。感動でではなく、精神的外傷的な意味で。

　ともあれ、印象的には不思議の国のアリスの2Pカラーめいた印象を受けるが、やっぱり家の妹は世界一なので何を着てもよく似合う。晴れの日だからと――誰のだ――ご用意していただいたが、窮屈だと工房を出るまで不機嫌だったのが一発で吹き飛んでくれてよかった。

エリザは素直な良い子だが、一度臍(へそ)を曲げると長いからなぁ。

私？　私は地味に抑えたよ。動き回ることもありますので、と言えば絹地の上衣(シャツ)に細身の脚絆(きゃはん)、そして二列釦(ダブル)のベストというギリギリお上品で片付けられる装束になった。全て黒色に統一され、銀糸の縁取りが複雑な模様を描いているのは辟易(へきえき)とさせられるが……まぁ、以前の漫画の神様作品に出てくる少女騎士めいた服よりはマシか。

ただ、思ったよりかは群衆の中でも浮いていない。

帝都での希少な祭りの機会を逃すまいとしているのか、群衆の多くが財布の許す限り自身を伊達(だて)に飾っているからだ。

これは絵面が映えるだけではなく、中々に凄(すご)いことである。お洒落というのは何より金が掛かる割に普段の生活を楽にはしてくれないので、常であれば最も後回しにされるものだからだ。

我が故郷、生活が厳しい訳でもない普通の荘(しょう)でもお洒落は二の次だった。ちょっとした工夫で晴れやかにできる物であれば皆喜んでやっていたが――野草からでも紅や化粧品は作れる――金の掛かる上に着ている間ずっと気を遣う晴れ着などは、必要になるまで何があろうと用意しない物であった。

婚姻と成人祝いで晴れ着を用意するくらいのもので、それこそ必要になってから漸(よう)く用意し、次男以降は長男の物を手直しして使うもの。それくらい徹底せねばならぬほど、この時代の衣服は高価なのである。

それがまぁ、よくぞここまで皆着飾るものだ。身分差を守った意匠ばかりであるものの、綺麗な染色された布地を使っているだけで大した物。中には祭りに全力をかけているのか、平民であれば余程倹約せねば手が出ない絹の顔隠しを着用したご婦人までいる。

本当に見栄の都で催される祭りにぴったりの雰囲気だ。

とはいえ、これも帝都に貴種が大勢住んでいるからこそできる華美さなのだろう。貴種にも当然流行り廃りはあり、金の余裕がない貴種向けの古着商が存在する。その古着商が流行遅れに流行遅れを重ね、更には経年劣化も加味して売り物にならぬなと思った物を仕立屋に横流しをする。

古ぼけているが物の良い古着を手に入れた仕立屋は、それらを分解して平民向けの服を作り、買った富裕層や中堅層が平民向けの古着屋に流し、それがまた平民の中で出回って……という一連の流れが延々続けば、最終的には貴種のお古が民に出回るわけだ。

きっとこれも、諸外国の外交官だのを威圧することを考えてやっているのだろうな。本当にご苦労様です。

立派な服を見飽きてしまう喧騒を泳ぎ、待ち合わせの場所へ足を運ぶ。様式美に拘る友が、折角だからと効率を擲って魔導院より離れた広場に待ち合わせ場所を設定したのは、彼もまた祭りの空気に浮かれていたからか。

普段はなんてこともない防火的観点と物流を考えて作られた小さな広場には、平時の落ち着きが嘘のように人が群れていた。寂れた噴水——これも万一の消火用——と数脚の長椅子だけがある広場でも露店が僅かな空間を取り合うように犇めき、馬揃を待つ帝都臣民が珍品とお値打ち品を求めて行き交う。

今日は全く帝都の何処に居ても溺れそうになるほどの混雑だ。こんな寂れた広場まで人があふれかえるとは、大した告知もしてなかろうに近隣都市や荘から観光客も大勢来ておるな、これは。

この有様だと待ち合わせ場所に来ても我が友を見つけ出すのは苦労……しなかった。

噴水に浅く腰掛けて私達を待っていた我が友は、何というか凄く目立っていた。烏の濡れ羽色をしたくせ毛には風呂でも行って髪油を塗ったのか光の輪が輝き、北の白い肌は艶を増して蕩けんばかり。たくましさを増した男性の肉体は、絹地の髪色に合わせた深い青、地下の出にある者が着て不遜にならぬ最上の色で染め上げたローブに飾られている。

愛用の短杖を小脇に挟んだ姿は凄まじく様になっており、憂いを帯びた美貌と相まってご婦人の目をよく惹き付ける。

というより実際惹き付けていた。

我が友の周囲に三人の若いご婦人がいらっしゃり、頻りに話しかけて歓心を買おうとしているのが見えた。精一杯身を飾る衣装の質と立ち振る舞いからして平民には違いないが、教養ある中産階級より上の出と見える。

おそらくは帝都にて最も多い商業従事者、その中でも貴族と関わることがある大店（おおだな）の従業員か子女であるな。

「兄様、あのお方？」

「ああ、そうだよ。どうだい、格好良いだろう？」

「ん――……？」

私の視線からミカに気付いたらしいエリザに問うてみるが、期待とは違ってよく分からないと言いたげな声が降ってくるばかり。まだ幼いし、異性の美醜に対する観念がよく分からないのかもしれなかった。

さて、ご婦人のあしらいになれていなくて大変そうな我が友はとても新鮮であるが、黙って見ているのも可哀想（かわいそう）だし助けてやるとするか。

「ミカ！」

「おお、我が友！」

手を挙げて声をかければ、助かったとばかりに彼は手を振って応えてくれる。小走りに駆けよると、彼は私に肩車されたエリザを見て目を幾度か瞬かせる。

「ご婦人方、すまないがご遠慮願えますか？　今日はご覧の通り、三人で馬揃を見る予定を立てているのです。妹を紹介する大事な日でも御座いますので」

敢（あ）えて上流向けの、貴種との関係を匂わせる宮廷語で語りかければ、ミカの美貌に惹かれてやってきたご婦人方は残念そうに去って行った。二人ばかりは私とミカを見比べて、まだ声を掛けたそうにしていたが、一人が袖を引っ張って連れ去ってくれたのだ。

その時、彼女の口が動く形で分かった。

「御貴族様御用達の服飾店の品よ。無理に関わったらよくないわ」

こういって友達を説得してくれていた彼女は、私の服を見て何か察してくれたようである。窮屈で鬱陶しかったが、今日ばかりはライゼニッツ卿の贈り物が役に立った。

「助かったよエーリヒ……いや、しかし君、本当に妖精を連れてきてしまうとは想いもしなかったよ」

頭上のエリザを見ているミカ、そして我が妹は知らぬ人の視線に晒されることに怯えてか、私の頭をぎゅっと摑んで足を締めてくる。人見知りだから緊張するのは仕方ないが、首を絞めるのは勘弁してくれまいか。

ぽんぽんと膝を叩けば幾分力が緩んだが、やはり力は抜け切らぬ。

「おっと、失礼した……ご家族からの紹介を受けぬのに声を掛けるとは無作法の極みだったね。さ、エーリヒ、僕にその素敵なご婦人を紹介して貰えるかな？」

「ああ。ほら、エリザ、降ろすよ」

「うん……あっ、はい、兄様」

すっかり硬くなってしまった彼女を肩から降ろしてやり、しゃんと立たせてやる。アグリッピナ氏から受けた礼儀作法の教育で居住まいを正すことが習慣になった彼女が被服の乱れを正すのを待って、背に手を添え我が友の前に一歩進ませた。

「北土より来たれり我が友、今日この喜ばしき時に我が血族を紹介できる歓喜は何物にも代えがたい。紹介する、ケーニヒスシュトゥール荘ヨハネスが長女、エリザだ」

すっかり私達の間ではお約束となってしまった戯曲めいた大仰な言葉。しかし、一応は礼儀から外れていない——今では誰もやらない古くさい言い回しだが——調子で最愛の妹を紹介すれば、我が友も大仰にそれを受け取る。

「南より訪ねし我が友、晴れの日に汝(なんじ)の血族に引き合わされし幸福に伏して感謝する。謹んで名乗らせていただく。僕はミカ、寒風の吹く北の果てより参った魔法使い。黎明(れいめい)派ハンナヴァルト学閥の聴講生。麗しの君よ、ご挨拶する無上の栄誉を僕にお与えいただけますでしょうか？」

左手を胸に添え、右手は腰の高さで掌(てのひら)を見せるようにし、右足を引く立礼は高貴な身分の人間に捧(ささ)ぐ魔導師(マギア)式の立礼だ。本来であれば左右が逆になるが、出自を一目で分かるようにするため、魔導師(マギア)は敢えて逆にするそうな。

あるいは別の意味もある。杖(つえ)を握る右手を晒すことで敬意と敵意がないことを示し、薬品を握る左手を胸に添えることで尊敬を示すともいうが、礼儀作法とは時々によって変化するため実態は私も知らない。

最初に誰がナプキンを右側から取ったかと同じような物と思おう。

「わ……私はケーニヒスシュトゥール荘のエリザ。払暁派ライゼニッツ閥、アグリッピナ・デュ・スタール卿の直弟子にございます。ミカ様、ご紹介にあずかり恐悦にございま

す。ご挨拶いただけること、大変喜ばしく存じます」

一度つまりかけたものの、後はすらすらと上品に返答できたエリザに内心で大量の喝采を送った。できることであれば使える〈見えざる手〉全て動員して拍手してやりたい気持ちである。

エリザえらい、とてもえらい！　一度も「えーっと」って言わなかった！　やっぱり家の子は天才だ！

「お許しいただきありがとうございます。ではエリザ殿、今後とも何卒よしなに」

本来であれば平民同士の挨拶だとここまでする必要はないものの、ミカはローブの裾を少し上げて跪く。私は彼の膝が汚れぬよう、咄嗟に〈見えざる手〉を差し込んで地面と膝が直接触れることを防いだ。

魔法に気が付いたらしい彼の目がちらと私を見て、一瞬薄い笑みを作る。阿吽の呼吸とはまた違うが、彼も私がこうすることを分かって迷いなく外で膝を突こうとしたのか。

相手の所作から意図を察したエリザが右手を差し出せば、ミカは長手袋に覆われた手を取って口づけを落とすふりをする。男性から女性へ示す尊敬であり、女性から男性に贈る親しみを示す儀礼は流れるように交わされた。

うーん、世界一可愛い妹と凄まじく格好良い我が友……ライゼニッツ卿ではないが、絵にして取っておきたい光景である。私でさえこうも昂ぶるのだから、絶対に一人だけ人生の芸風が大きく違うあの御仁に引き合わせてはならんな。

いや、あまりの尊さに魂が限界を突破して昇天する可能性もある……が、試すには博打が過ぎるか。今後もうっかり出くわして卿の毒牙に我が友がかからぬよう、細心の注意を払うとしよう。

「いやはや、本当にびっくりした。エーリヒから耳にたこができるほど可愛らしいと聞かされて居たが、本当に何処かの妖精を連れてきたのかと思ってしまった」

「兄様から……？」

「そうだとも。僕と買い物していても彼は君が喜びそう、君に似合いそうとばかり言ってね。一緒に居る僕は後回しさ」

首をすくめて笑う彼に……エリザも笑った！

「でも、兄様も、私にミカ様の話をよくなさいます。勉強に詰まっているとき、貴方がこうしていたとか、こういったコツを教えてくれたと……」

私という共通の話題があるからか、二人は危惧を杞憂に変えて打ち解け始めた。やがてミカが敬称は要らないよといい、エリザもそれに応えてお互いに呼び捨てしあうようになるまで、然程の時間が必要ではなかった。

まぁ、私が話題の種にされ続けるという微妙な時間を味わうことにはなったけれども……うん、妹と我が友が楽しそうなら何よりです………。

【Tips】他家の者と新たな親交を結ぶ時、知己より紹介を受けてから初めて声を掛けるのが礼儀とされる。

壮麗な馬揃は勇壮たる鼓笛の音を供として始まった。

といっても、それは出発地点である北の出城からの話であり、その付近は貴人の観覧席として整えられているため我々一般人には近寄ることさえできぬ。

広い街路に露天の座席を歌舞伎の枡席の如く整えており、貴婦人や幼い子供でも楽しく観覧できるよう準備がされているようで、一定の身分のお歴々がご招待されているような場所で私のような庶民が落ち着けるはずもない。

ライゼニッツ卿から席があるとお誘いは受けたが、人見知りのエリザが泣いてしまうかもと匂わせれば、とても、とても悩み抜いた末に下唇を噛みながらお友達と楽しんでいらしてねと見送ってくれた。

とはいえ、それも紙一重。何か一つ間違っていたらエリザ共々枡席にぶち込まれ、卿が抱える他の〝お気に入り〟に囲まれていたと思うと心胆が底から冷え切るな。

私達が陣取ったのは比較的空いていた、北の大通りから西に向かう順路の一角。貴種や有力者が住まう北方区画で普通の平民なら少し遠慮する所だ。見窄らしい格好をしていると白い目で見られるものの、今の私達は綺麗に身を飾っているため目立つこともない。

そういえば、ミカの新しいローブは師匠からのお下がりだそうだ。若い頃に着ていたものを男性体であれば着られるだろうと下げ渡して貰ったらしく、自分で手直しして体に合わせたそうな。

晴れの日にいつものローブではあんまりだろうと考える師匠の気持ちはよく分かる。アグリッピナ氏はそもそも見に行くという発想がなかったため晴れ着もへったくれもなかろうが、普通はこうするものだよな。

とはいえ、お祭りやお祝いという観念に薄いのはアグリッピナ氏の問題と言うよりも、興味がないことにはとことん関心を持てない長命種全体の問題とも言えるため何も言うまい。遊びに行くといえばエリザに小遣いとして銀貨を握らせる分、我らが師は長命種の中ではマシな方さね。

「お、来るよ」

よく見えるようにエリザを肩車してやりながらぼんやりと待っていると、騎兵が二騎横列を組んでやって来る。彼等は先触れであり、これから行進してくるのが何処の某卿であるかを教えてくれる役割を持っている。

庶民には鎧や標旗だけで個人を特定することはできないし、勉強中のご子息方にも難しいので前もって教えてやらねばならない。然もなくば行進している方も面白くなかろうし、見ている我らも鎧や配下の立派さ位しか分からなくなるからな。

余談だが紋章学は下手をすると魔法よりも覚えることが多く複雑な領分なので、役に立ちそうだと思ったが手を出していない。少なくとも〈基礎〉で覚えるだけで〈戦場刀法〉が〈妙技〉に辿り着く時点で何かが狂っている。

然れども、無理もない話か。皇帝を守る藩屏たる貴種も数百家あり、その中でも本家と分家、更に傍流、また数多ある騎士家を数え上げればキリがなく、かつて滅んだ家々も含めれば総数は凄まじい数に至る。歴史あるカードゲームのカードプールを暗記するより覚えることが多いなら、熟練度が青天井に増えていくのも無理はないか。

「これより行進されたるは五将家筆頭！　月食み大狼のグラウフロック家に連なるグラウベルグ家のご一門！　先頭を行かれるは御嫡男のアーダルベルト卿にございます！　後に続かれますは……」

先導するのは何処かの騎士家の方であろうか。首に声を拡張する魔導具を巻いており、大勢が群れる中でもかき消されずに良く通る声で、やって来られる方の名と来歴を叫んでいる。多分、この日に合わせて声と見栄えが良い人間を先導役として方々からかき集めてきたのだろう。

「また初っぱなから名門だね」

「ああ、三皇統家の分家筋だな。エリザも分かるかい？」

「はい、兄様、お師匠様の授業で習いました」

頭の上で五将家、軍属の家でも特に有力な家の名前を挙げていくエリザ。あれだろうなぁ、この行進する順番でも裏で悲喜交々、金と血が渦巻く薄ら暗ーい政治的暗闘劇があったに違いない。なんで俺があの家の後なんだよとか、家中でさえ順番でああだこうだと喧しかったろう。

それを何も苦労せず暢気（のんき）に眺めていられる立場の気楽さよ。いやはや、貴種なんてなるもんじゃないな。

堂々たる体軀（たいく）の軍用馬に跨（また）がり、魔法の加護や神々の奇跡も篤（あつ）い装備で身を飾った騎士の群れが先触れから遅れること数分、ゆっくりとした歩調でやってきた。先頭を行く軍馬に跨がる騎士は、若い人狼（ヴァラヴォルフ）で兜（かぶと）は脱いで小脇に抱えている。

豊かな灰色の体毛は丁寧に切りそろえられており、短く刈り込んだ部分で三日月の模様を作っているなど実に伊達（だて）ではないか。身に纏（まと）う板金鎧の豪華さも戦う身分としてはうらやましさ以外の感情が湧いてこないほど。

そんなのが後から後からやって来るのだ。元より高揚しつつあった気分は青天井に高まって、遂（つい）には子供じみた歓声ばかりが口から出てくる。ミカも男の子として擽（くすぐ）られることがあるようで、由来の分からぬ初めての興奮に困惑しつつ身を委ねている。

一方で女の子であるエリザは鎧の格好良さがよく分からぬようで、純粋な疑問を問いかけてくる。お靴の踵（かかと）に付いてるギザギザは何なのかとか、あんなに長い槍（やり）を持ってどうするのかと子供らしい疑問が尽きないようだった。

「ご静聴あれ帝都の臣民よ！　次なるは皇帝陛下よりの請願により特に参列してくださった帝都聖堂連合会の聖堂騎士団に御座います！　先頭を行かれるは武練神の信徒、ボニファーツ大聖堂隷下ディードリヒ僧都率いられまする……」

果てなく続く軍列には聖堂騎士団、剣と馬蹄（ばてい）にて信仰を語る過激派も交ざっていた。僧会は帝国の政治に大きく口を差し挟むことはないが、必要とあらば聖戦を宣言して異教徒や異端と殴り合いを繰り広げることもある。

基本的に異教徒が多い他国の大使や限定的な許しを得て平和的な布教に来た異国の信徒向けの示威行為であろう。三重帝国の神群は基本的に穏やかな方であるが、必要とあれば異端を根切りにするまで戦う苛烈さも持ち合わせている。

冗談や単なる煽(あお)りで家の武に連なる神々が〝蛮族神〟とか言われている訳ではないのだ。

「さてご注目あれ！　これより通りを行かれるは至尊の玉座に着かれしバーデンの頭首にし、絶対不可侵たる我らが帝国の皇帝陛下！　蛮族蔓延(はびこ)る東土に秩序を回復なさり、奪い去られた権益を取り戻す大偉業を成し遂げられたアウグストⅣ世のおなりです！」

わぁっ、と一際高い歓迎の声がさざ波のように馬揃の順路から波及してくる。

本日一番の大目玉、我らが陛下がご降臨なさるとあれば無理もないか。

「おおっ……おい、ミカ、見ろあれ！　凄(すご)いぞ！」

「わぁ！　騎竜だ！　こんなに低く飛んでるのは初めてだぞ！」

髪を舞い散らし幾つかの帽子が高々と天を舞う。しかし誰一人文句を付けることはなく、帝都の空を低く切り裂く影に拳を突き上げるばかり。

騎竜だ。亜竜種の中でも知性が高く人に慣れ、群れでの狩りを得手とする習性を活(い)かして長らく最強の軍用生物として君臨する兵科。

赤みがかった甲殻は火に親しむ高山種の証(あかし)であり、生理的な魔法によって飛ぶ彼等は同じく本能で振るう魔法にて鋼を溶かす炎を吐く。恐ろしいのは油を触媒としつつも、亜音速で飛びながら炎がしっかり前に飛ぶことだ。

これが一度炎をまき散らしながら上空より戦列を横薙ぎにしていけば、全ての戦術と戦略が飴細工の如く蕩けて行く。一時は抱える竜の数こそ国の強さと言われるほどに軍事の歴史を支えてきた生物の威容を見れば、それに守られている側としては安心感は凄まじい。

今でこそ魔法の発展、降下してくる竜であれば痛打となり得る攻城兵器の登場により絶対性は薄れたものの、依然として戦場を左右する戦力には違いない。単騎にて騎兵隊一つの働きをすると言われる軍用騎竜がひの、ふの、みの……六騎編隊が三つ!?

悠々と帝都の空を行く騎竜に見惚れていると、ずんと腹を揺らす足音に目線が地面に引き戻される。

見ると、通りの向こうから騎竜が街路を歩いてくるではないか。

先頭に立つは一際巨大な平原種の騎竜だ。青みがかった甲殻を持つ騎竜は高山種と比べると大きな翼が特徴で、炎を吐くことはないが翼に纏う颶風は山肌を深く斬り込む鋭さを持つ。二本の足を動かし、翼腕の先端で体を支えて歩く姿は恐ろしくも頼もしい。

そして、その騎竜に跨がるのが我らが皇帝と仰ぐお方、竜騎帝ことアウグストⅣ世だ。煌びやかな白銀の甲冑にて身を飾り、御年五〇幾つであるとは信じられぬほどの逞しさを誇る今上陛下はじぃっと前を睨み付け、愛想とは無縁の頑とした態度で我らに臨む。

一方で鞍上に相乗りなされた可愛らしい老婦人……溢るる覇気でただでさえ高い上背が

れる。

より増して見える陛下と比べれば矮人種と勘違いされかねないお方は皇后陛下であらせら

無愛想な夫の代わりと言うべきか、上品にお年を召された豊かな総白の髪を持つ皇后陛下は左右の臣民へ平等に手を振っておられた。

かなりの間を空けて後に続く馬車に乗っておられる少壮の男性は、アウグストⅣ世の面影があるため皇太子殿下であろうか。騎竜が飛んで来た興奮で先触れの紹介を良く聞いていなかった。

「あれ……？」

「どうした、我が友」

「いや、なんというか……」

殿下を見た友が首を傾げ、以前師匠の荷物持ちで帝城に上った時に一度拝謁したことがあるけれど、その時に比べると随分と雰囲気が違うなぁと感想を溢した。

「なんというか、険が取れたというか、楽になったというか……」

「なんだそれ」

「いや、僕にもよく分からないんだけど、前はもっと張り詰めたような顔をなさるお方だったんだよね。それこそ陛下と同じくらい眉根に皺が寄った……」

傾げられた首の角度が強まる彼に従って目線をやるも、ほんわかした笑みで皇太子妃らしい人狼種と並んで手を振る御仁の顔からは、彼が言うような色は全く見えない。憂いも悩みもなく、穏やかで人当たりの良さそうなおじ様といった風情なのだが。

「うーん……だよねぇ？」

言いつつも納得がいかないらしい友人であるものの、次の列が来たら疑念も直ぐに飛んでいった。

それから先、夕刻まで続いた馬揃を見終えた後、熱気冷めらやぬ街に繰り出して三人で食事をとる。その頃にはもう二人ともかなりの自然体で接するようになり、最後には私がエリザの右手を握り、ミカが左手を取って三人で歩くほどになった。

良い一日だった。エリザは社交への一歩を小さくも確実に踏み出し、ミカも少しは他人への恐怖が薄れてくれたのではなかろうか。

ああ、後は私自身が抱える悩みさえ解決すれば。

まだ心に小さなトゲは刺さったままであるが、素晴らしい一日は幸福な疲れを伴ってゆっくりと更けていった……。

【Tips】皇太子は制度的に皇帝が不測の事態により倒れた時の予備的な側面を持つが、その実済し崩し的に即位することもあるため帝位を望まぬ者にとっては貧乏くじの一つでもある。

少年期
十三歳の春

PCの合流

不慮の事故によって既存のPCが死亡したり、少人数で行っていた卓に新しく参加者が加わることなどで新たなPCが参加することがある。その場合、新しいPCとの出会いを独立したシーンで処理することもあれば、セッション一つ使って贅沢に仲間になる過程を遊ぶこともある。

新たな仲間が加わることもまた、一つの冒険だ。

手に持つ重さは何の重さか。鋼の、木の、剣の、あるいは誰かの命か、家族の将来か、はたまた自分そのものか。

難しい命題を投げつけられると深く考えこんでしまうのは、もう私の癖になっていた。もとよりGM（ゲームマスター）から投げつけられる無理難題を物理で——無論理系の力ではない——ねじ伏せるか、小狡（こずる）く裏手から刺し殺してきた人種だ。目の前の難事に思索を巡らせ、どれだけ効率よく、ないしはGM（ゲームマスター）が「えぇ……」と困惑して暫（しばら）くルールブックとにらめっこするような手を探し出すことを至上の喜びとしてきたのだから、最早（もはや）習性といってもいいかもしれない。

だとしても私が冒険者を志し、戦いに身を投じることは善なのか悪なのか、分からなくなってしまった。

エリザは問うた。進んで危ないことをする意味は何なのか。

私は答えられなかった。ただ前世よりの憧憬により冒険者を志し、殺すか殺されるかの場所に身を投じることの意義を。

そりゃそうだ。一体どうして真剣に私の身を案じ、安全な方法で生きようと提案する妹に言えようか。お前の兄貴は好き好んで危険な冒険に身を投じようとしているんだよ、なんて。

本当に難しい問題だった。

エリザの言うことは間違っていない。私は彼女が誰に憚（はばか）ることなく普通に生きていけるようにしてやりたいが、それは何も命を賭けて無理をしないでも手に入る物といえる。

同時に私の憧れが間違っているかと問われれば、流石にこれには迷わず首を横に振ろう。子供みたいな憧れであり、割とどうしようもない動機だとは思うが、冒険に出てみたい、かつて私のうつし身を与えて楽しんだ彼等と同じ道筋を辿りたい夢は心からの願望だ。

しかし、どれだけ頭を捻ろうが、この二つの願いが両立しないことが私を悩ませる。

穏やかな日常と冒険の日々、水と油よりも混淆することは難しい二つが並ぶのだ。これをスパッと解決できる人間など、この世にはいまい。

分かっているとも、こうなればもう、エリザの願いを優先するか、私の願いを優先するかの話になってくることは。

だとしても、どれだけエリザに願われようと戦う力は必要だと思うのだ。特にこの界隈、冒険者にならずともアグリッピナ氏に仕えるということは〝碌でもない〟運命から手を握られ、薬指に指輪を通されるのに等しい。

先のお遣いのように最初だけは普通の仕事であっても、結果的に難易度が高すぎるクエストに発展することは今後も尽きぬであろう。成人するまでに既に大きな修羅場を三つも経験し、三度死の淵をつま先で擦った私には分かるのだ。

どう足掻いても今後、私は和に暮らし続けることは能わぬと。

未来仏や権能云々というより、そういう星の下に生まれているという確信がある。そりゃあ別にお月様に向かって七難八苦を願ったことはないが、向こうから好かれてしまってはどうしようもない。こちらに合わせて言うならば、試錬神に一目惚れされたとも考えられる。

魔剣の迷宮で嫌という程分かったが、この卓のGMは良きにつけ悪しきにつけ平等だ。敵側がガッツリ前準備を積んでいれば、PL側の都合など知るかとばかり解決不能な問題を調理せずにお出ししてくる。

普通のGMと違って、解決できることを前提に話を組んではくれないのである。

ならば全くの不運に見舞われ、力不足故に泥を噛んで死ぬような可能性は極力減らしたいもの。

まして、私の主人は〝あの〟アグリッピナ氏だ。今でこそ社交界に顔を出さず大人しくしているが、この帝都に滞在している以上はその内、かなり高い確率でなにがしかの厄介事に巻き込まれる公算が高い。

それがアグリッピナ氏が自発的に何かを企むにせよ、誰かがあのお方の有用性を見出して自分の利益に繋げるにせよだ。今でこそ私は華やかな面と機能的にして素晴らしい都市しか目にしていないが……大国の政治中枢である首都が、そんな平和な場所であるはずがないだろうに。

私とエリザの願い、私自身がどちらに重きを置くかは、その問題を解決した後だ。

兄貴としては世界で一番可愛い妹に何でもしてやりたい。しかし、私自身の憧れは、最早私だけの問題ではなくなっている。

微かな音を立てて揺れる桜貝の耳飾り。その音が「悔いるべき選択をするな」と窘めているように感じられた。

まっこと難しい話だ。どうして人はこんな解決不能な葛藤や命題を頭蓋の内側に蓄えて産まれてしまうのか。誰だっただろうか、地獄というものは、とどのつまりぺらい骨の内側に詰まっているのだと言ったのは。

この問題を解決できるのは、正しく神だけなのだろう。それこそ万能のパラドックスなんていう、ヒト如きが考えつく矮小な言葉遊びさえ踏破する神だけが。そう、絶対に持ち上げられない石を、持ち上げられないという前提を覆さぬまま持ち上げられるような、〝この世界の内側〟に居る神様より高次元の神格ならば、あるいは……。

何やらぞわりとする感覚に一瞬襲われた。マルギットの視線のような、ある種の心地よさを孕むものではない。

理解できぬ何か。それに覗き込まれ、目が合った時のような。嫌な感じでサイコロが転がる時のような……。

形容し難い怖気は一瞬で失せ、精神の乱れも一瞬で済んだ。

故に落とせば取り返しの付かない物を溢さずに済み、己の力量に感嘆できる。〈妙技〉を越え〈達人〉に至った〈戦場刀法〉、そして上には残すところ〈寵児〉のみとなった〈最良〉の〈器用〉が〈艶麗繊巧〉と噛み合えば、たとえ上の空であろうと剣の上で水を入れた酒杯を踊らせることができるのだから。

「ふう……」

温んだ朝の空気を吐き出して、私は〝送り狼〟を跳ね上げ、剣先に載せていた木製の酒杯を弾き飛ばした。そして、正確に手元へ飛ばす軌道のそれを受け取り、半ばまで満たしていた水で喉を潤す。

　できるかと思ったら本当にできてしまったなぁ。刃の面にカップを載せたお手玉。

　最早記憶が薄れつつある漫画か何かで読んだのは確かだが、当時は「いやねーよ」と半ば笑っていたものなのに。

　自分の夢と誰かの夢を並べてどちらかを斬るのは難しいが、ただ物を斬るなら簡単だ。

　そして、物を上手に斬れるなら、斬らないことだってできる。

　というのも、剣が物を斬るメカニズムを語ると長いから省略するが、きちんと刃筋を立てないと物は斬れないからだ。ひいては敢えて刃筋を立てぬことで、刃でぶん殴っても物を斬らないことだってできる。

　うむ、我が剣、秘奥の一端を見たり……ってところか。

　薄いが絶えることのない鬱陶しい雪の絨毯が去り、温んだ空気が豊穣神の祝福に乗って届く春が来た。今頃はどの荘でも冬が明けた言祝ぎと農繁期の訪れに駆けずり回り、街道では血流のごとく盛んに隊商が行き来していることであろう。荘が秋に次いで活気づく、楽しい春祭りの時期だ。

　ああ、私とエリザが麗しのケーニヒスシュトゥール荘を離れ、もう一年が経とうとしているのか。時間とはまこと早いものであるなぁ。

されど、春の嬉しさとは裏腹に、私は未だに決められずにいる。優柔不断と笑わば笑え。この苦悩に対し、同じ立場にならねば選ぶ苦しさなど分かるまいよ。

居直って開き直れたら、どれ程楽であったか。

エリザは私に「どうして怖いことを進んでするの？」と問うた。武器を持つ意味のみならず、危ないことをやめて隣にいて欲しいとお願いされてしまった。

遠回しに武器を置いて欲しいという願いに対し、回答を見いだせたのは一部だけ。

一冬考えに考え抜いて、結局決められたのは戦う技術も魔法も捨てることはできないなということだけだ。

今までを振り返るなら、私に殴りかかってきた連中に言葉が通じた試しはなかった。そして、剣の腕がなければ、私はこうやって贅沢な悩みをこねくり回すこともできず、とっくに土に還っていた。

この時代は安全保障だの基本的人権なんていう二〇世紀的な肌触りの良い観念も制度も存在せず、倫理観だって「見られなきゃええやろ」のふわっとしたもの。神の実在により幾分マシだが、どうあったってマッポーでヴァイオレンスな空気は拭いがたい。

ならば、某協会の台詞に肖るなら「武装した悪人に対抗できるのは、武装した善人だけなのだ」という理屈は一つの真理となる。

二一世紀的価値観でいえば、改めて酷い話だな。ＴＲＰＧにおいて、冒険者の一党が存在する基本原理ともいえるのだが。

エリザは無垢だ。良くも悪くも世の中の悪意を知らない。彼女に襲いかかる悪意は全て私達家族がカットしてきたのだから。今年で九つになる幼子なのだから、至極当然の話だろう？　九つの頃には軍隊や暴力が存在する意義なんて、誰も深く考えはするまいて。彼女は童女として至極当然の思考をしたまでに過ぎない。

だからエリザは、人間が本当に救われるに値する生物だったなら成り立つ論法で私に問うたのだ。そして、私は大人として――もう直こっちでも成人だし――人間が救いがたい生物であるという論法で備え、待ってやらねばならない。

彼女が大人になり、人間の悪い意味での多様性と、護ることの意味を知るまで。

それまで私は彼女を護る優しい壁になるため、色々悩んだ結果、戦うことを捨てずに魔宮に挑んで溜まった熟練度を〈戦場刀法〉と〈器用〉を一段階ずつ上げることに費やした。

なぁに大丈夫だ。別に劇的なイベントなんてなくったって人は成長する。殴り合いなんて前世では一度も経験していない私でさえ、殴りかかって来る奴を現場で止めるには殴り返すか蹴り倒すしかないという理屈は分かっていたのだから。

そんな命を賭けた、それこそキャンペーンが組めるようなイベントがなければ個人が成長できないのなら、とっくに人類なんて滅んでいるとも。

だから大丈夫だ。きっと大丈夫。

まだ答えは出せないが、私もエリザも納得する回答を出せる日が来る。

私は朝のお勤め前、日課となっている運動の汗を拭った。あれ、もしかして要らんフラグ立てたかな、とかふんわり考えつつ。

不意に魔力の波長が届いた。何事かと目線をやれば、虚空が解れて穴が空く。見慣れてしまったアグリッピナ氏の空間遷移術式だ。飛び出してきたのは折り紙の蝶。

はて、帝都内なら中継用の護符もあるので思念が届くはずだが、態々朝から手紙とはなんだろうか。

「……今朝のお勤めはなし。魔導院に近づかないように？」

ただ一文だけの走り書き。インクは乾ききっておらず、筆致は流麗さよりも最低限読めれば良いといった代物。相当焦って書いたことが窺える。

「え？　ちょっと回収早すぎない……？」

……なんか本当に要らんフラグを踏んだのだろうか。数分前にアグリッピナ氏が陰謀に云々とか考えたけども………。

【Tips】フラグ。あるいはお約束。

状況に付随した台詞を口にすれば、極めて高確率で決まった現象が発生する定型句。戦場で子供が生まれるだの帰ったら結婚すると嘯いたら高確率で矢玉は心臓を射貫き、「回避しないと死ぬ！　期待値なんだから頼む！」と祈りを籠めて振った2D6は五か六を叩き出す。

アグリッピナ・デュ・スタール男爵令嬢は一五〇年に渡る生において、大凡順風な旅路を歩んできた。

計上しきれぬ富と数多の荘園を従え押しも押されもせぬ立場を持つ父に恵まれ、全盛から老いることのない長命種という生まれながらの強者として生まれ落ち、その身に膨大な魔力と同種の中でも秀でた〝瞳〟を授けられた。

正に神から依怙贔屓されたとしか思えない出自、そして〝手前が楽をする〟ためなら手間を厭わぬ気質が与えられた二物、三物を倍にもそれ以上にもしてみせた。

長命種は生きた年数を誇って相手の上を取ることのない珍しい種だ。一種の指標として年月を語ることはあれ、決して彼等は「我は〇〇年生きたのだ」と自慢げに語ることはない。精々自らの経験則を語り、定命に説得力を持たせるために持ち出す程度か。

それもこれも、全盛より衰えぬ肉体があっさりと限界を示してしまうからだ。

秀でた者は若い頃から秀で、種の強大さを勘案してなお凡愚は凡愚であった。たしかに積み上がる経験は大きかろうが、最終的に長命種同士で命を取り合う場合は思考の演算速度によって決着が付くことが殆どなのだから。

如何に運転の技巧に秀でた技術と経験を持っていようとも、軽自動車に乗ってスポーツカーに勝てるはずもなし。本当に頭が良い者は、経験なんぞ積まずとも予測と想像で難事をねじ伏せる。

故に一五〇年を生きた彼女は自分の年月を殊更に誇ることはないが——丁稚（でっち）を煽（あお）るために使うことこそあれ——失敗した経験に乏しく、窮地に立たされた機会も少ない。精々、二〇年前にライゼニッツ卿（きょう）を本気で怒らせて、フィールドワークに出るか〝遠慮無用〟の決闘をするか選ばされた時くらいであろう。

あの時は聡明（そうめい）な彼女の頭をして最後まで迷ったものだ。期限未設定のフィールドワークなど、どれだけ工夫しようが苦労が避けられぬのは明白。何よりも彼女が愛する物語を大量に収蔵した書庫より離れる他なく、手慰みの研究がかえって滞ることもある。さりとて決闘を受けるのは下策も下策だ。勝とうが負けようがアグリッピナに何一つ得がない。

負ければ当然、閥の主宰者であるマグダレーネ・フォン・ライゼニッツの仕儀に全て従わねばならず、それは今までの対応と此度（こたび）の激怒を勘案すれば凄（すさ）まじく苛烈なものとなろう。

だが、勝ったら勝ったで今度は只（ただ）でさえ風当たりが強いライゼニッツ閥全てが本格的に敵に回ることとなる。これはさしものアグリッピナであっても処理能力を超えてしまい、如何に父の威光があれど海外の有力貴族に過ぎないため限界もある。

敵対派閥に逃げても受け入れられるとは思えぬため、結局彼女は最悪か、より最悪かの選択肢において将来的な復権を期待できる、まだマシな最悪を選び取った。

その最悪も今は過ぎ去り、愛（いと）おしき怠惰な時間が帰ってきた。この一年、長命種（メトシエラ）にとって須臾に等しき時間なれど、二〇年の放浪を思えば宝石の煌めきに勝る一瞬である。

最悪より最良を取り戻した彼女は、これからもこの最良を維持するべく油断はしていなかった。油断して大事な物を掌から落としてしまうことほど、つまらないこともないから。

彼女は今まで上手くやってきたし、失敗を経験して油断を捨てた今、これからも上手くやっていくだろう。

だが……アグリッピナ・デュ・スタールの順風な道行きは、全て〝自分の行為〟が〝自分に影響〟を及ぼす状況下にあったに過ぎないことを一人になれすぎている本人は気付かずにいた。

今の彼女は一人ではない。情緒不安定な弟子とほっといたら何をしでかすか分からない不確定要素の塊みたいな丁稚を擁している。そして、彼女は〝きっとその方が面白い〟という短絡的な理由で色々とぶん投げてきた。

正にこの瞬間、楽しんだ分だけのツケを支払わされようとしている。人は支払った以上の物を受け取ってはならぬ、世界がそう叫ぶかのように。

「ああ、よく参った。なに、そう硬くなることはなかろう？　我は単なる閥に属さぬ一教授故にな」

アグリッピナは目の前に座す一個の強大な存在を前にして、一体どうしてこうなったのかと本日何度目かの思考を空回りさせた。この期に及んで理由を知った所で、大した益もないというのに。

目の前に座す存在、その重みは計り知れない。政治という盤上遊戯を嗜みながら、経済という盤そのものの手入れを担う吸血種。かつて〝無血帝〟との称号を帯び、今は教授を自称するマルティン・ウェルナー・フォン・エールストライヒ公爵との邂逅は彼女にとって全く慮外の出来事であった。

「さぁ、座りたまえ。一応、この場においては我が主賓ということになるし、卿は研究者故に身分的には我が遇するものとなる」

「えー、この催しは一体……」

「まずはかけたまえよ、卿。葡萄酒でもどうかね？　我が領地の良い物を仕入れてある。マウザーの赤は好みに合うだろうか？」

アッハイ、と平素からは想像もできぬ硬さの返事をし、アグリッピナは上質なソファーへ腰を下ろした。ただ柔らかいだけではなく座った時のバランスと心地よさを偏執的なまでに計算された座面は、常ならば素晴らしい座り心地を提供してくれるのだろうが、この時ばかりは鋼の鋲が無数に埋まった拷問椅子とどっこいの心地だ。

なんだって魔導院の中でも有数の不可触……皇帝直々に「学閥だけで一杯一杯なのに、その中に政治闘争までねじ込まないでくれ」と死にそうな顔で頼まれる核地雷から声をかけられねばならぬのか。

エールストライヒ公は魔法の研究者として熱心に論文を認めるのみならず、論壇に高い関心を持ち気に入った学者には〝心付け〟を与える篤志家としても名高い。だが、学閥か

らは距離を置いて研究と発展そのものを愛する御仁であった。

何故に普通に気持ちよく始まるはずだった一日で、そんな珍奇な人物をぶつけられねばならぬのだろうか。数多の理不尽と好き勝手を振りまいてきた令嬢は、ほとんど初めて理不尽にぶん殴られる側に回ろうとしていた。

「まぁ本題に入る間に軽く話そうではないか。卿のことを知ってから幾つか論文を読んでみたのだが、実に素晴らしい内容揃いだ。これが論壇で議題に上がらぬのが何かの冗談ではないかと記憶を疑ったものだ」

「えーと、それは……」

当たり前である。最低限の義務として書いてきただけで、積極的に議論の場に放り出したり、意見を求めたりしたことなどなかったのだから。自身の本意は深く深く溜めて、ここぞと言う所で発表する予定の彼女は、評価はされるが話題には上らない内容を慎重に考えて表に出してきた。

故に今回のことは全くの予想外。この当たり障りのない研究論文の筆致より実力を見出してくる存在など、想定の内側には居なかった。むしろ居たとしても、それを察知できるほどの傑物であれば「面白くない」と感じるのが普通なのだ。

魔導院は才能ある魔導師の塒であり、時に思い込みが重要ともなる魔導を操る彼等には自信家が多い。彼等からすれば、こんな論文はいやみったらしい謙遜にしか感じられまいと意図して書いていたのだ。

よもやよもや、故に評価してくる者が現れるなど彼女の聡明な頭脳をしても考えつかなかった。気に食わぬと排斥しにかかってくる者こそ想定しても、逆となると即座の対応は難しい。

「とりあえず、これなのだが」

用意された論文の写しを見て、これは長期戦になるなとアグリッピナは覚悟した。非定命が拘ることに挑む時、寝食を忘れ相手の事情を放り投げてのめり込むことくらい、長命種の彼女には分かりきったことなのだから。

そして、曲がりなりに王制国家に生まれた淑女のポケットには、皇帝であった人間の語りに口を挟む勇気なんてものは収まっていなかった……。

【Tips】ごく希にだが閥に属さず、閥を持たない教授も存在する。一人で研究するのが性根に合っている者、没落して誰も寄りつかなくなった者、気難しさから人が寄りつかぬ者など理由は数多ある。また、存在そのものが特異過ぎて、閥と関わること自体が権力構造を崩すことに繋がる者も存在する。

自由な時間を得ても、敢えて労働に勤しむ変わり者が世にはいるらしい。

「王手」

「ぬ」

ま、これを労働と言うかは微妙なところだが。

私は自分で作った歩卒の駒を進め、皇帝への進路を阻んでいた近衛（このえ）の駒を蹴っ飛ばさせた。皇帝を真後ろのマスに背負う限り〝他の駒に取られない〟という特性があるのに、大駒を見て欲をかいて飛び出してきた阿呆（あほう）な近衛であった。

「ぬぬ、ちと、ちと待った」

私の対面に座る坑道種（ドヴェルク）の老翁――いや、まだ若いのか？　揃（そろ）いも揃ってひげもじゃのせいで、彼等の年齢はヒト種（メンシュ）には分かりづらい――は豊かな髭（ひげ）を捻（ひね）りながら呻（うめ）いた。

「待ったはなし。ただし」

とんとん、と机の上に置いた看板を指し示せば、老翁は暫（しば）し悩んだ後に大判銅貨（クォーター）数枚を此方（こちら）に寄越（よこ）した。

「まいど」

慇懃（いんぎん）に頭を下げ、ぐぬぬとの呻きを心地好（よ）く耳で楽しみつつ蹴っ飛ばされた近衛を元の位置に戻し、歩兵にも仕事を取り消させる。

さてはて、どうしたものやら。

エリザの世話以外の仕事から解放されて暇になった私は、空いた時間を使って一つの商売をしていた。

熟練度稼ぎがてら、今もちまちまと作っていた兵演棋の駒を売りに出たのである。木製の駒に安い塗料で筆塗りしただけの簡素な品を並べるだけの、今までと比べれば平和極まる小遣い稼ぎ。

熟練度稼ぎの内職は最早私の習慣に組み込まれてしまっているため、当て所なく増えていく駒を有効に使える良い一時仕事ではなかろうか。

帝都は商売をするにはよい所であった。青空市なる区画が下町の商業区画に設けられ、二五アスで割り札を一日借りれば机一つ分の広さでで商売ができるのだ。荘みたいに代官の許可も要らず、同業者組合からアガリをとられない気楽な商売は小遣い稼ぎにこの上なく適している。いくらエリザの学費に払いの算段がついたとはいえ、手前の口を糊する金は幾らあってもいいからな。

私はそんな青空市で兵演棋の駒を一五アスから一リブラで売りに出した。将棋の歩の如く前にしか進めない歩卒――ただし三つ横並びになっている時は、駒を飛び越えて行ける駒でも飛び越えられなくなる――のような小駒はお安く、凝った造形の騎士――正面からは幾つかの手段以外にとられない――やら必携となる皇帝や皇太子のような大駒はお高く設定した、これといって捻りのない商売。

ただ、ちょっとだけ遊び心を設けている。店主に勝ったらお好きな駒を一個ご進呈するという腕試しだ。

やっていることは私が金貨五枚で謀られた祭と一緒だが、こっちは公明正大にお好きな駒と明記しているのだから良心的だろう？

ただし、挑戦料は駒二個の購入としてある。そんでもって、待った一回を通すなら駒一個というおまけ付きだ。この老翁はさっきから軍団を一個組めそうなくらい駒を買いまくってくれてるからいいカ……お客さんだね。

私は暫し策を巡らし、本陣で暇を託っていた勅使――他の駒をとれないが、これをとった駒もとられてしまう――を前に出す。とりあえず遅滞戦術をとり、相手のミスを誘うとしよう。

これでいて私は結構な指し手だと自負している。故郷では私に勝てる者の方が少なく、最後には古都で鳴らしたことがあると自慢していた地主相手に四駒落ち――総コマ数を四枚減らす手加減――でノしてやったこともあるのだ。

〈兵演棋知識〉は〈熟達〉まで伸ばし、元々ボドゲも嗜んでいたこともあって造詣は深い方だ。大事なのは〈兵演棋〉そのものの熟練度ではなく、兵演棋の知識を高めているところ。

だって、流石に遊びまで権能で上手くなったら、それはそれでつまらないだろう?

ボドゲは良い物だ。TRPGとは違った交流の形であり、指し手の人間性がよく分かる。一手一手から人間性が滲むようで、同時に相手にも自分のことを知って貰える奥深い知的遊戯である。

趣味は人生を豊かにしてくれる。かつての私がTRPGで充足したように、兵演棋に耽溺するのも人生の中で必要な時間という訳だ。

趣味が実益となり小金も稼げるとくれば、何をか言わんやであるね。

地頭を回して駒を操り、二度の待ったを引き出した後、私はお情けで投了し自分の皇帝を指で突っついて倒した。三度はひっくり返せる場面があったが、流石にここで勝ったら大人げないからな。

それに、この旦那はゴリ押しの手が多いことから負けず嫌いであることは明白。勝ちすぎるのも商売人としてもどうかと思うし、連戦可にしてるせいで、ムキになってもう一回やられたら困る。

次の客も待っているし、カモにしていると噂されても困るからな。

大駒一個無料でくれてやってもおつりが出るくらいカ……ご贔屓にしてもらったんだから、サービスだって必要さ。

「ふむぅ……まぁ、今日はこのへんにしとくか」

「毎度どうも。お持ちになる駒はお決まりで？」

イマイチ納得しかねているらしい坑道種は、数秒悩んでから結構気合いを入れて彫った騎士の駒を取り、椅子——普通の椅子が彼等にとっては脚立みたいな尺度だ——から飛び降りて帰っていった。

あの方向ってことは、多分どっかの職工が息抜きに来たって所かな？　これからも良いお客になってくれるやもしれん。次はもうちょっと手加減してしんぜよう。

「よっしゃ、次は俺だな」

「はい毎度、駒二つは何を？」

次に椅子に座ったのは腕まくりした巨鬼の男性だった。銅色の肌と赤銅の髪が特徴的な彼は、ここよりもっと南方の部族なのだろう。短刀の鞘を腰帯にぶら下げている――無論、帝都なので本体は収まっていない――ところからして、戦士階級のお付きが暇を潰しに来たと見える。

「んー……この女皇いろっぺぇなぁ。値が張るがこいつと、あとそこン竜騎をくれ。なぁ兄ちゃん、巨鬼を象った戦士と従士を今度作ってくれよ。俺ぁあと四日はいるからよぉ、きっとだぜ？」

こうやって安駒を買わずに気に入った駒を買い、賞品は気に入った物があればくらいに思って挑戦してくれる客もいるので面白い。単に得しようと思わず、欲しい駒の要望まで出してくれると作った甲斐があるもんだね。

「じゃあ、明後日には作っておきますよ」

最近、暇なんでねと内心で呟いて駒を並べにかかった。今回は凝ったルールではなく、互いに一個ずつ駒を置いて陣形を作る基本の即興陣の遊び方。他には前もって用意した陣形図を使う遊びもあるが、コレの方が頭を使うから面白いんだよな。

「じゃあ先攻後攻はサイコロで」

「おうよ。おっ、幸先がいいな」

六面のサイコロを二つ転がして貰えば、覗くのは二つの六。形式的に振った私は二と三……うん、期待値だな！

「おおし、やるぞ！　しかしこれ、全部手製かい兄ちゃん？　好きなの集めるのもいいが、統一感があるのもいいよなぁ」

「ははは、じゃあ先手をどうぞ」

将棋の例に漏れず兵演棋も先手有利と言われて久しいが、後手不利というほどの絶対性でもないので構わん構わん。先手の有利さとは自分が得手とする陣形に持ち込みやすく、攻撃的な陣を作って速戦の一手得が響きやすいと言うだけの話。

要は腕よ腕。だから私はこれが好きなんだ。

かつんこつんと間を空けず駒を置く音の応酬。即興陣では一〇数えるまでに駒を置かねばならない。

さて、それにしてもアグリッピナ氏に何があったのやら。

エリザの世話だけは私がやっているが、エリザも自習ばかりで「お師匠、お部屋に戻っていらっしゃらないの」と言っていた。あの怠惰を極め、殆ど工房から出ない雇用主が長期外出するとは何があったのやら。

まぁ、そのおかげでお勤めが緩くなり、こうやって小遣い稼ぎに精を出したり、エリザと帝都観光を楽しんだりできているのだが。

ただ、かれこれ三日目となると、あのぶっ壊れ性能の長命種だとしても些か心配にはなるが。

どんなＰＣだろうと、デザイナーの正気を疑うようなエネミーだろうと死ぬ時は死ぬからなぁ。

なにはともあれ、今度は勝った。

重厚な陣を敷く割には衝撃力を重視した用兵をする巨鬼は、一回も待ったをかけず潔く皇帝を倒し帰っていった。いろっぺぇ戦士を期待してるぜ、と参考にした肖像画より七割増しで巨乳に作った女皇を嬉しそうに持って。

ふむ、やっぱり春画とエロフィギュアの需要は何時の時代でもあるんだな。真面目腐った顔で並ぶ裸婦像だって、あれはあれで……。

邪念が過ったが、露骨なエロをやると怒られるのはこの世界でも変わらないから自重自重。薄布の再現に狂気レベルで拘るのも正気度が下がりそうだし止めておこう。そもそもあの領域に行こうと思えば、殆ど〈器用〉頼りの私じゃ大分足りないからな。小銭稼ぎで熟練度をアドオンに注いでも本末転倒であるし、こちらでも自重せねば。

のんびり兵演棋で稼ぎつつ駒を捌いていると、あっと言う間に夕刻になった。

沈む夕日が都市の各所で聳える尖塔に重なってきたし、ぼちぼち終い支度をしてからひとっ風呂浴びて、エリザと夕飯でも食べに飯場街へ繰り出すかな。リッチな暮らしに慣れつつあっても、やっぱり庶民出の我が妹は市井の飯屋の方が落ち着くようだし。

首をこきりと鳴らし、店じまいしようかと思っているとテーブルの前に一人の客がやってきた。

「もし、もう店じまいでしょうか？」

涼やかで平坦な声は喧噪の中でもよく響いた。うだるような夏の日、ふと吹き抜けて行く風を形にしたような声だった。

丁寧に問いかけてきた彼女は深々とフードを被った僧だった。質素な亜麻を黒に染めた僧衣、銀盤に紐を通した飾りをぶら下げた姿は〝夜陰神〟の信徒の証。

月の神格を司る女神が担うのは、安寧、癒やし、そして警戒であったか。夜闇に休む者を癒やし安らかな眠りを与え、自らに紛れて不義を為す不埒者を正す神とし、豊穣神ほどではないが三重帝国において信仰を集めている女神だ。

信徒は主として夜警に立つことが多い衛兵や兵士、騎士にもやや多く、夜間労働や夜行性種族にも信仰されていたはずだ。私の知り合いだと熱心ではないものの、自警団のランベルト氏が主神として仰いでいたと記憶している。

慈母の神をあのおっかない顔で？　と荘の者は首を傾げるが、形式だった会戦が廃れて久しい世界では夜襲も朝駆けも上等なのだ。自ら夜に戦うこともあれば、襲われることもある傭兵にとっては武練神と同じくらい有り難い神様と言えるだろう。

再度夕日を確認すれば、後一局くらいは構わないかという高さでもある。兵演棋は使う駒の数の多さから長期戦になる時は日を跨ぐこともあるが、とんとんと進めば四半刻で終わることも珍しくない。

折角来てくれたのだし、彼女で店じまいとしようじゃないか。

「構いませんよ。駒を買われますか？　それとも一局？」

フードのせいで表情はあまり窺えないが——夕暮れというのもあるが、内側が不自然に暗いのは顔を隠す加護か何かがかかっているのだろう——彼女は何も言わずに席に着いた。そして、銀貨を一枚取りだし、最初から目を付けていたと思しき夜警と旗手の駒を手に取った。

夜警は最初に置いたマスから動かない限り取られない癖の強い駒で、不寝番として椅子に座り槍を抱きかかえた老年の兵士をモチーフに作った。旗手は一ゲームで一度だけ両隣の駒を引き連れて前進できるこれまた癖の強い駒であり、ここぞという場面で輝かせればゲームを決める威力があるため巧者に使われると恐い駒だ。

渋いところを突いて来るな。どっちも上手い指し手と下手な指し手の指標とも呼ばれるほど扱いに難しい駒。私も慣れない内は扱いに苦慮し、敵に居れば処理に困ったものだ。後一歩の詰めを夜警に阻まれたり、上手く組んだ陣形を旗手に叩きつぶされたりして悶えたことが何度あったか。田舎は暇潰しの手段が少ないから、集会場には玄人ばかりに錬磨時間を費やした達人がぼちぼちいるのだ。

陣形を整え、互いに様子を見ながら組んだのは、どうにもぼやけた形の見えない戦陣。私は最初から陣形を決めて戦う決め打ち型ではないので、彼女の展開をみながら序盤の構築で何とでもできる形に組んだが、どうやら向こうも柔軟に戦法を変える気質らしい。

ただし、私が皇帝と皇太子を分散させた——皇太子は皇帝が一手使って自ら盤上より退くことで皇帝となれる——受け身の構成であるが、彼女は女皇——皇帝に騎士と同じ移動能力と特性を持たせる難物――の支援を受けた皇帝が前方でデンと構え、後方でひっそり皇太子が控える押せ押せ型の構築。

うーん、なんだろう、一六世紀VS八世紀くらいって感じがする。個体スペックでゴリ押しする、寿命を持たない連中が支配者としてのさばっていた頃の戦争みたいな構図であるなぁ。

サイコロ二つを振って手番を決めれば――今度は幸先がわるいことにピンゾロだった――ほぼ時を挟まずに歩卒が前進する。えらく手が早いな。

かつこつ、かつこつ、テンポ良く謡うように駒が盤を叩く音が夕焼けに染まった青空市に響き渡る。店じまいを済ませた商人、雑踏に響く小気味良い音に引かれた通行人、たまたま通りかかった兵演棋フリーク、暇な面々が盤面を囲って行く。

凄(すさ)まじい早指し。序盤から何の迷いもなく数秒で返って来る手。〈多重併存思考〉の全てを演算に差し向け、手の先を読む私でもやっとの速度に舌を巻かされる。

早指(ブリッツ)ルールでもないので勝手にやってろと無視することもできるが、敢(あ)えて付き合うのは単なる意地だ。

そらぁ一〇人近くに囲まれてやってるのだし、ここでイモ引いたらかっこ悪いこと極まりなかろう。いつ悪手やらかすか不安でしょうがないが、もうこうなったらとことん行くしかないわな。

ただこの感じ、生理的に多重思考を操る種族の指し手ではないな。時折、手慰みに駒をつまむアグリッピナ氏の相手をさせられるのだが、それと比べると幾分か手が荒い。明確な悪手こそないものの、後に響きそうな手が二～三見受けられた。

本物の長命種は凄いものだ。八種落ち――駒の〝種類〟を縛る手加減――でも完膚なきまでに叩き潰される思考の正確性が持つ切れ味は、少なくとも私程度がこんな駆け足で打てば五分と持たず陣形が穴だらけになる域にある。

これは普通に早指しの方が得意な指し手だな。たまにいるのだ、深く考えるとかえって思考がこんがらがるから、感覚的に指してくる人も。

そして、その手の指し手は大半が弱いが、時折どうしようもない傑物がいることもまた事実である。

最後の攻勢、旗手に導かれた両脇の騎兵と皇帝が栄光の中を突っ込んでゆき、私が並べた歩卒の壁が貫かれる。後に残るは近衛と皇帝、厚く作った陣が抜かれる様は戦の終わりを想起させるが……残念、早指しの弊害が出てきた。

敗着となる前に皇帝の駒を倒して譲位、返しで皇太子を狙って突き進む皇帝が役割を仕果たせず棒立ちになった近衛を獲るも、皇太子の間には勅使が控えている。が、残念ながら皇帝は勅使を殺しても殺られないルールがあるから一見無意味。

でも一手遅らせれば結構十分だったりもする。皇太子の逃げ道がまだ生きているので、後ろに下げれば皇帝は追わざるを得ず、一緒に突っ込んで来た騎士や他の供回りから孤立する。後は残った自陣の駒で押し包めばおしまい。

「あっ」

涼やかな声で驚きが溢れた。今まで触らずにいた、数手先に皇太子が辿り着く逃げ道でひっそり待っていた城塞――触れあった皇帝と位置を入れ替えられる。勿論、譲位した皇太子とも――に気付いたのだろう。序盤は皇帝の横に佇んでいたが、戦況の推移に合わせて放置された駒なので注意があまりいっていなかったように思える。

これで皇太子が一手長く生き延び、他の駒を間に差し込む隙ができ、皇帝を殺される訳にもいかないので追走を止めざるを得ない。無論、この一手が直接王手をかける訳ではないのだが……。

「……敗着、ですね」

まぁそんなもんだと思う。追走を諦めて譲位しても、攻め手によって崩れた陣形の再構築は手間だし、そもそも悠長なことはさせない。譲位せず無理押ししようにも無視して皇太子を追ったせいで残った駒が諸所で利いているので、最後はこれまた一手足らずで取れる形なので詰みだ。

皇帝と皇太子の存在はゲームを妙に長引かせるように思えるが、結局苦し紛れの譲位は敗着を認めるようなものなので、案外そうでもないのが〝妙〟と言えるだろう。後継者の存在に胡座を掻くな、と指し手を戒めているかのようでもあった。

「いい一局でした」

繊細な指先が皇帝の頭を押し、逃げ惑う皇太子と自らを的にした皇帝の奸計に嵌まった勇士として地に臥せさせた。ま、英雄英傑の最期なんてぇのは、得てしてこういうものか。

　周りの観客は幕切れに疎らな拍手を送りながら、早速趣味人らしく各々勝手に感想戦をはじめていた。横から伸びてきた手が勝手に駒をつまみ上げ、一七手前の盤面を再現しつつ「これはここで気付いた」だの「いやぁもっと前から読める」などと勝手なことを宣い始めた。

「いつもここで？」

が、そんな観衆に頓着することなく、彼女は盤面にあった購入済みの駒をつまみ上げて、問い掛けながら立ち上がる。感想戦をやっている観客の駒が足んなくなる！　という抗議を飄々と全て聞き流された。

「まぁ、暇な時は。明日もいるとは限りませんが、暫くはやっているかと」

「そうですか。では、またいずれ再戦を」

　感想戦のために代わりの駒を置いて観客を宥め、去って行く彼女の道を空けさせた。

……しかし、疲れたな。流石に一手に五秒もかけない早指しは神経が削れる。たまに長考を挟む――その度に致死の一撃が飛んでくるのだが――アグリッピナ氏との対局の方がまだ疲れないぞ。

あ、いや、まてよ。私は思い立って権能を起こし、ステータスを確認する。

わぉ、結構熟練度溜まったな。軽い特性一個取れるくらい。

多義的に利率がいいバイトになってしまった事実に内心で小躍りしながら、私は感想戦が何時終わるのだろうかと目の前で忙しなく行き交う手をぼんやりとながめるのであった…………。

【Tips】兵演棋の人気。簡易な駒が用意できれば誰でも遊べるため、現代と比べて娯楽に乏しい時代なので愛好家は大変多く、三重帝国の臣民であれば過半以上が遊べる人気遊戯。ケチれば導入費用が大変安く、維持費用もかからないため時間つぶしには最適である。また、趣味が高じて人生を蕩尽する非定命の種族もままあり、そんな道楽者が強者を求めて報奨金をぶら下げて対戦相手を募ることがあり、時にその報奨金で生計を立てる〝プロ〟も存在する。中には専属の相手として囲われ、多額の契約金を得る者も……。

死なれていて当然困るし、生きていたら生きていたで無茶振りが飛んでくるから、身を案じるのも微妙な気分になる相手に雇用されている我が身の辛さである。

なんと驚くべきことにあれから半月が過ぎた。エリザに読書や書取、朗読の指示が蝶の手紙で届いているので生きているようだが、アグリッピナ氏が工房に戻ってくることはなかった。

何とも不思議なことであると兄妹揃って首を傾げてみるものの、此方からは連絡が取れないのでどうしようもないのだ。書簡を送ろうにも宛先が分からず、私から送る〈声送り〉は目印となるピンを工房に置いて行かれたのでどうしようもない。

そして、昨日は定例行事でライゼニッツ卿に兄妹揃って仕立屋に連行されたのだが、勇気を出して聞いてみても返ってきたのは曖昧な笑みと「よい薬を服用しているだけでしょう」との歌うような言葉だけであった。

恐すぎる。瞬間的に「あっ、主犯は貴女か」と悟ってしまうくらい恐かった。昨日終始良い笑顔を浮かべておいでだったのは、私達二人に思うがままのコスプレをさせていたからだけではあるまい。

因みにこれ以上のことは思い出したくない。

何を思ったか、あの狂人は私に女装をさせようとしやがったのだ。しかも「男の子と一目で分かるようになってしまった感じの女装がいいのです！」とか意味不明なことをヌカしながら。死霊になると生者への恨みで人格が歪むことがあると聞いたが、代わりに性癖拗らせるとか何があったんだあの人。

流石に断固としてお断りさせていただいたがね。もう殆ど在庫が尽きるくらいプライドは売り払ってきたが、幾ら自分の益になるとはいえ、最後の一線くらいは護らせてくれ。コレまで売り払ったら、後はもう尻を売るくらいしか下がなくなってしまうではないか。可及的速やかに記憶から消したくも向こう何十年か私を苛んでくれそうな心的外傷寸前の糞イベントはさておき、今日も今日とて青空市である。

割り符の二五アスを支払っても銀貨が四～五枚は余裕で稼げるようになったが、プライドと並んで駒の在庫も払底してきた。熟練度稼ぎがてら〈見えざる手〉の練習で同時に四個加工するという荒行を夜にやっているのだが、それでも気合いを入れた大駒なら二時間は取られるし、仕上げと塗装で一時間ほどかかるので生産が追っつかなくなってきてしまった。

ぼちぼち作り溜める期間に入り、仕事の比重を御用板に移そうかと悩んでいると今日も彼女がやってきた。ローブを深く被った夜陰神の僧は、決まって月と日が短い逢瀬を重ねる時間に姿を現す。

「今日はいらっしゃいましたね。では、一局」

「ええ、どうぞ」

そして、盤を挟んで対峙し、お約束になった早指しの一局に取り組む。

今のところは四勝二敗で勝ち越しているが、楽な勝ちが一つもなかった程度の力量差なのでぼちぼち勝率は横ばいになるだろう。この遊び、相手を知れば知るほどやりづらくなり、勝敗は五分五分に近づいていくのだ。

かつんこつんとタイミング良く駒を叩き付け合い、その度に陣形が変わり、駒が落ちていく。棄てるべき駒、拾うべき駒、獲るべき駒を五秒足らずで判断するのは難しい。一つのミスが大きく響くやりとりだが、ストレスは感じずどこか心地好い緊張が脳味噌を洗うかのよう。

それにしても、この僧はどういう人なのか。祈りと奉仕の合間に兵演棋を愛好する僧は多いと聞くが、この時間にふらっと現れるあたり色々と謎だな。夜陰神を祀る行事や、奉仕の多くは日暮れから始まるというのに。

ほぼ毎日のようにやってきて、私が来ていない日も一応顔をだしてやっていないか確認している辺り、常に忙しい下っ端ではないようだが……。

まぁ、盤上で擬似的な殺意を以て会話するだけの間柄。身分を問うのはむしろ無粋か。

生まれの貴賤で歩卒が騎士に打ち勝つようになる訳でもなし。

ん、尼僧――駒は取れないが隣接した駒の身代わりとなることができる――の位置が嫌らしいな。今日は私も彼女の意表を突いてやろうと皇帝を前に押し出し、入玉覚悟の力押しをしているのだが、妨害や防御に秀でる駒を上手く使われて戦況が芳しくない。

近衛を随伴させているが尼僧と交換では割に合わないし、かといって供回りの駒が丁度良い位置に居ない。

せめてこの冒険者がもう一コマ前に居ればな。一度倒されても自陣に再補充できる――尚、移動力は歩卒と同じため攻勢時には役に立たない――特性があるので、捨てても惜しくないのだが。

ぐぅー、更に奥からやって来る魔導師がえげつない位置に着いてしまった。移動せず一マス先の駒を取れる大駒に陣取られては、自軍の移動可能範囲を大幅に制限されて攻勢が、攻勢が……。

結局出端を崩された攻勢は一手足りず、詰みに持って行けなかったため私が皇帝を倒すこととなった。ううむ、中盤に隙を見せた皇太子を獲るのに拘りすぎて大駒を些か損耗し過ぎたか。せめて騎士か竜騎――一つしか置けないが、縦横斜めに駒を一つだけ飛び越え好きに動ける強駒。大抵全員使う――の何(いず)れかが生き延びていたら、譲位してからの戦線再編で勝ち目も残ったのに。

「加減、なさいましたね？」

賞品として女性の吸血種(ヴァンピーレ)をモチーフとした女皇の駒を取り上げた彼女は、感想戦の最中に珍しく不機嫌そうに言った。加減する余裕などありませんでしたが、と告げると彼女は手際よく駒を並び替え、五〇手ほど前の盤面を再現してみせる。そして、忙しなく手を動かして何手か進め、結果とは違う盤面を作った。

「ここで歩卒で寄せれば、皇帝に手が届いたのでは？」

「まぁ、そうですが歩卒で皇帝を獲るのは……」

歩卒が皇帝を獲るのは流石に不遜、ということで避けるのが南方でのローカルルールだった。王手をかけるのはいいのだが、王者の最期は相応の者の手で決めるのが当然であり美しいとされるから、王手詰み(チェックメイト)の手を歩卒で決めるのは品位がないと笑われる。

こっちではそうじゃないらしいのだが、どうにも私は郷里での癖が抜けずにやめてしまう。殺せればいいだろ、とガンギマリで嘯(うそぶ)くTRPGプレイヤーとしての本能と、様式美くらい護れというロマン主義者の自分がせめぎ合った結果、兵演棋に関しては浪漫(ロマン)が勝った形であった。

「……拘りだというなら致し方ありますまい。ですが、死に貴賤はありませんよ」

言葉とは裏腹に納得いかぬように呟き、聖職者らしからぬ言葉を残して彼女は席を立った。

いや、むしろ極限まで聖職者らしい言葉といえるのか？

どうあれ淑やかな言葉使いと所作に似合わぬバーリトゥード思考には恐れ入る。そりゃあ貴人が扱おうが賤民が持とうが短刀は短刀だし、そいつを背中にブチ込まれれば大抵の生き物は死ぬしかないとしても。

やはり庶民としてはアレなのだよ、貴種には相応に気高くあってほしいんだよな、その死に様も含めて。自分たちの将来を差配する存在が卑小な死を迎えて喜ぶはずもないだろう？

「それでは、今日はお暇します……あと、これは勝敗に含まないように」

四勝三敗かと数えていると、勝ち筋があったにもかかわらず見逃されたことに相当立腹だったのか、一方的に宣言して彼女は帰っていった。普通にプレミとして扱い、白星に計上してもいいと思うのだが……。

ああ、いや、それよりも意外なのはアレだな。足繁く通ってくれている割には勝敗を気にしていないように振る舞っていたが、心の裡ではしっかり帳面に勝敗をつけていたとは。可愛らしいというかなんというか、淑女然とした振る舞いの割に子供っぽいところがあるのだなぁ、などと失礼なことを考えながら、私は彼女の背中を見送った……。

【Tips】歩卒詰み。南方のローカルルール。開闢(かいびゃく)帝リヒャルト生誕の地が近いこともあり、三重帝国南方では歩卒を寄せて王手にかけるのはよしとしても、王手詰みの一手を歩卒で為(な)すことは〝品がない〟として好まれない。民草にまで浸透した皇帝人気が遊戯にまで干渉した例として、政治学者の間で三重帝国の国民性を語るため引用されることも。

定命と非定命の価値観には、どこまでも深い溝がある。

それは〝生〟に対する所が最も深い。単に気が長いとか悠長とかではなく、時間の使い方、そして生きる心構えそのものが全く違うのだ。

ヒトは時に寝食を忘れて遊興に耽(ふけ)ることが間々あるが、それでもメシは食わねばならぬし排泄(はいせつ)も欠かせず、ある程度は寝なければ趣味を目一杯楽しむこともできない。

極論、人は生くるべくして生きる生物であり、他の活動は付属品に過ぎない。生きているという前提を欠けば、付属品は成立しないのだから。

しかし、寿命を持たぬ者達は違う。

長命種(メトシエラ)は飲食が不可欠ではないし、吸血種(ヴァンピーレ)とて唯一の糧である血液を呑(の)まずとも衰えこそすれ滅びることはない。そして、地の性能が高く、目的に狂気染みた偏執を持つにいたれば、彼等(ら)にとって〝生きる〟とは娯楽の付属品と化してゆく。

最も身近な例を取りだしたならば、兵演棋の愛好家が良い例だろう。

一つのことに熱中した非定命は、往々にして執着したことに人生の全てを傾ける傾向にある。そして、この世に存在する大抵の趣味は一人だと完結しない。

本質的には一人で取り組む絵や詩作であっても、編集する者や公表する前に感想を述べて助言する者が必ず現れる。

では、そんな趣味を共有できる、或いは助けてくれる者が現れればどうなるか。

巻き込もうとするのだ。限りある時間の全てを己と同じ趣味に蕩尽させんとして。

ここに生きるべくして生きる命と、生きることが付属物に過ぎない種の溝が顕在化する。

非定命は気に入った定命を抱き込み、自身の趣味に付き合わせようとする。兵演棋の愛好家は気に入った指し手を囲い込んで離さない。趣味に専心させるため高い給金を払い、自身の邸宅にて生活させるほど。

これは悲劇だ。生きているために生きている生命は、生を艶やかに飾るため趣味を持ち、一部の極まった個体を除いて趣味に全てを捧げることはしない。結婚し、子を産み、また別のもっと重要な物を生み出して死んでいく。

この〝当たり前〟が非定命には理解ができない。

それほどに生命としての質が、相が、本質が違うのだ。

「それでだな卿、空間を開き別の場所に物を移せるのであれば、選別して移すことも可能であるのは当然の推論であろう？　そもそも空間遷移において生体のみを遷移させる理論は半ば異質技術と化しているが存在しているのだからな。それ故、管状に結界を張って……」

終始ご機嫌で早口な美男を前にして、外道は「何日経ったっけ？」と時間の狂いを感じながらも聡明な頭を鈍らせることなく回した。ここ暫くは、目を離せば死んでしまう定命と暮らしていたこともあり、彼女の中に一日単位を重視する価値観が存在してきていたのだ。

もしも彼女がかつてと変わらない時間感覚を持っていたならば、この話は更に留まることを知らなかったであろう。

「端の一方に空間遷移術式を構築し、限定移送で大気を絞り出すと？」

「おお！　流石聡明であるな卿！　そうだ！　そして、抗重力術式でもって船を〝横に落とせば〟推力も要らず、そして大気との衝突も心配要らぬのではないか？　どうよ、我天才じゃね⁉　これで定期航路を作れば航空艦は世界最速の移動手段となるぞ！」

「なるほど、素晴らしい発想ですね、公。現時点では私と公が一〇〇〇人集まったって魔力が足りないという点に目を瞑れば」

無駄に高度で無駄に理想が高く無駄に複雑で無駄に現実性がない魔導理論の話を無駄にハイテンションに続けてどれほど経っただろうか。如何に理屈の上では永劫を生きることが能う長命種であっても、寝食忘れて絶えることなく理論を語り、術式を試しに練ったりしていると時間の流れが狂っていく。

興味がないとも刺激が足りぬとも言わぬが、アグリッピナにとってキツイ時間であることは変わらなかった。その気になれば自分を社会的に殺し、物理的にも普通に殺しうる存在と対面し続けるのは、彼女の気質からしてあまり良い気はしないものである。

その上、下手に興味を擽らないでもない話題を引っ張ってきて、こちらの発言を引き出してくる話術の巧みさが恨めしい。高貴なる相手を前に沈黙を貫く訳にもいかず、さりとて「で、本題には何時入るんです？」と水を差すのも勇気が要るものだ。

幾つもの魔導理論を語り合い、時間と感覚が縺れる論戦の末、吸血種は機嫌良さそうに腿を打ち満面に若々しい笑顔を作った。

「いやいや、実に意義ある時間であった。やはり我としても、問題のある物を前にぶら下げられては黙っておられぬ性質でな」

主として議題に持ち上がっていたのは航空艦の欠点についてであった。

五〇年前に基幹理論が完成し、一番艦ヤドヴィガが初めて空を飛び、若い竜に絡まれて酷い目に遭ってから僅か三〇年の若い技術である。二番艦クリームヒルトが低空域の安定航行実験中に竜と鷲幻馬の群れに相次いで襲われて座礁し、ただのんびり空を飛ぶことの難しさを世に知らしめた悲劇も記憶に新しい。

必要なのは安定して空を飛ぶ術。外敵から身を守り、単独であっても目的地に辿り着けるだけの能力が航空艦には必須であった。乗り物とは行ったきりではなく、きちんと還ってきて初めて価値を持つのだから。

だが、命題を満たすのがあまりに難しい。どうあれ人類は地べたに這いつくばって生きていくようできている。本来の姿からかけ離れた無茶をするには、相応の無理が付いて回るもの。

　その〝無理〟として公は最初、空間遷移を用いた障壁、あるいは短距離の離脱を考えていたらしく、本題の序(つい)でに「専門家であると紹介されたから、ちょっと意見を貰(もら)おう」くらいの軽い気持ちでやってきた。

　短時間で話題を切り上げ――非定命にとっての――本題に踏み込もうと思っていたのだが、予想よりも興が乗った吸血種(ヴァンピーレ)の頭からは本題も時間の経過も全てが吹っ飛んでいた。部屋の前では自身の配下が、良い加減に出てきてくれよと比喩表現でもなく〝待てど暮らせど〟の状態で控えているというのに。

「ええ……教授に一時の興を提供できたというのなら、浅学の身が認(したた)めた論文にも価値があったというものですわ」

「なに、卑下することはないぞ卿(きょう)。しかし、ここまでの才を持ちながらにして世に埋もれていたのは実に不思議だ」

　やっと終わりが見えてきたなと安堵(あんど)するアグリッピナの安堵を裏切るように、公は手元の論文をかき集め、見る者さえうっとりと陶酔させる美貌で表題をなぞった。

「魔導効果に基づく熱量の散逸と増大の相関関係、空間系術式において発生しうる第五公理の矛盾と非公理的概念の提唱、空間縮退仮説と膨張仮説の魔導理論上における非矛盾併存性……すべて論壇で数多(あまた)の学徒が人生を賭して研究するに値するテーマ。これが小論止まりだというのがあまりに、あまりに惜しい」

熱の入った吐息は最早性的興奮すら生ぬるくなるほど吸血種の頭を茹だらせていた。空気の変化に外道は「あっ、これあかんやつや」と直感し、反射的に空間遷移術式を練って離脱を試みる。

しかし、それは数秒ばかし遅かったようだ。

「これも何かの縁、我の名前で貴公をしっかり教授会に推しておくから安心するが良い！　外国貴族の息女ということで苦労したに違いないが、もう心配はいらぬ！　三皇統家の一角、エールストライヒが卿を支援するのだから。この無粋な肩書きも、こんな時ばかりは役に立つものだ！」

外道は何かがガラガラと音を立てて崩れるような幻聴を聞いた。

それもこれも、研究者という身分には外道が意図して留まっているからだ。

教授のような面倒な講義の義務を負わず、誰かについていれば閥を作ることも近づくこととも無関係で、さりとて聴講生と異なり十分な研究や実験を執り行う権利もあれば、書庫の閲覧申請も通りやすいとくれば、研究者とは実家の資金力さえあるなら一番よい塩梅で研究に没頭できる身分なのだ。

名誉は要らない。金は今更。栄達なんて以ての外。そんな外道だったからこそ、普通ならば論壇に引っ立てられて相応の位に押し込められねばならぬ力量でありながら、生命礼賛主義者をのらりくらりと躱してのんびりしていたというのに……。

「いや、これだけの実力者を狭い論壇に押し込めておくのは惜しいな……どうせなら我が娘の補佐……新たに宮中伯の位を創設するか……」

物騒極まる、一体何台の横車を無理押しするのか想像も付かない発想を聞き、外道の脳裏に更なる物騒な発想が一瞬浮かんだ。

コイツを殺して逐電したら、全部なかったことにならないだろうかと。

ならないだろうなぁ、なるまいなぁ……と細やかな理性が諦念に呻（うめ）き、アグリッピナは生命礼賛主義を拗（こじ）らせた死霊（レイス）の嘲笑を幻視した………。

【Tips】研究者は論壇で話題性に富む研究題材をぶち上げ、誰しもが興味を持って読み解こうと躍起になる論文を書くことを夢見るが、それは注目されねば教授会への推挙もあり得ないからである。逆を返せば、研究成果を隠し続ければ地位に留まり続けることもできた訳だが……。

少年期

十三歳の晩春

クエストの受注

GMから明確にクエストが依頼されるだけではなく、何らかのイベントを介してPC達の意志によってクエストに参加するかしないか、参加するにしてもどの勢力に味方して始めるかを選ぶことがある。しかし、往々にして危険に敏感になりすぎて及び腰になったなら、物語は始まらないどころか知らぬ所でつまらない幕引きを迎える。

三重帝国の良い所は数あるが、私の中で一位二位を争うのがウザったい梅雨の不在だ。カラッとした気持ちいい夏を目前とした今、私はもう雇用主の心配を殆ど止めていた。

便りはあるのだ。エリザに自習課題を伝える伝書術式は絶えず、生活費や必要経費もきちんと机の上に用意されるので生きてはいるのだろう。

生きてはね。

どうなっているかは未だ不明のままだが。ただなんつったって、あのライゼニッツ卿がご機嫌に良い空気を吸ってらっしゃる、それはもうハチャメチャに大変な目を見ていることだろう。

私の中で勝手に想像したアグリッピナ氏の現状と、実現可能性を加味して勝手に開催しているダービーは次の通り。

i．何か偉い人に捕まって奔放過ぎる振る舞いの説教を喰らっている。一・一二倍。

ii．お国から親族がやってきてお家騒動（結婚とか）に巻き込まれている。一・七五倍。

iii．国家的なプロジェクトの打診を受けて缶詰にされている。三・六倍。

iv．どこのぞ御曹司に見初められて追いかけ回されている。一二・四倍

とまぁこんな所だが、私の押しはiiかivだな。是非ともあの厄介な生物に結婚という首輪を嵌めて、誰かに大人しくさせてもらいたいところである。

ほら、苦虫をグロス単位で噛み潰した顔で婚姻装束着せられてる姿は、絶対に記憶から褪せない笑いと脅しのネタになると思うから。

まぁ、アレを御せる旦那ってのがこの世に居るか大変微妙な所だが。

頭の悪い冗談はさておき、駒の在庫が尽きたので暫く御用板の仕事ばかりしていたが、やっとこ駒の在庫が復活してきたので久方ぶりの開店と相成った。

「いやぁ、絶好の商売日和じゃないか」

「そうだね、ミカ」

普段と違う所があるとすれば、我が友が同席していることであろう。

御用板の仕事の最中、彼は細かな金属装飾を作る課題に苦慮していると私に愚痴をこぼした。建物には装飾が不可欠であり、急ぎの際に飾り気のない実用一辺倒の物を作るのは仕方がないとして、ちゃんとした物には人の目を楽しませる装飾や護符となる紋様、不寝番代わりに置く石像などが欠かせない。

造成魔導師を志す以上、実技である程度は見栄えする装飾を作らなければならないらしいのだが、その課題に我が友は苦慮していた。

都市計画の絵図や建物の外観を作ることができる彼は優れた絵心を持っており、手慰みに書き損じの紙の裏に絵を描いていた作品で腕前は分かっている。これが中々上手で、ちゃんとした紙に描いて路上で売れば小遣い稼ぎになるのではと思ったものだ。

しかし、彼は平面の絵は良くても建物以外の〝立体〟が苦手だと発覚する。

屋根の四方を護(まも)り雨樋(あまどい)ともなる樋嘴(アウスグス)を作ろうとした所、どうにも見本と比べるとへちゃむくれで不格好な物ばかりができてしまったようだ。私も一度見せて貰ったが、掌(てのひら)大の練習用に買ってきた粘土は……まぁ、邪神像とまではいわないが、子供向け雑誌のオマケかな？　くらいの出来映えに姿を変えた。

何を作っているかは分かるのだ。だが造形の端々が甘く、鋭さと柔らかさの緩急が足りないフェルト人形めいた仕上がりとなってしまう。

それを克服せんとした我が友に、私は自分で削った木の兵演棋駒を提供したのだ。見本を横に置いて立体を作れば、どこがどう違うかを学ぶことはできるだろうし、金屑を買ってきて木造表面を覆わせて感覚的に立体を捉えることができれば腕も上がるだろうと考えて。

結果は中々上手くいった。失敗作が数十単位で量産され、乾いた粘土を二人して〈転変〉の魔法でまた柔らかくする作業に追われるなど中々に大変であったが、苦労の甲斐あってミカの作る像はちゃんと格好の良い物となっている。

練習の最中、私は考えた。折角の練習なのだから実益にも転じさせねば魔力と時間が勿体ないなと。

そうして生まれたのが私とミカ合作の〝金属駒〟である。全金属ではなく基礎の木造を私が作り、外を金属で覆って見栄えの良い兵演棋駒を量産する。色もしっかり塗っているため、私が安い塗料で塗った木の駒よりずっと格好良くなった。

苦学生である彼の助けになればと思って、これも売ろうとしたところ、私だけに店番をさせるのも悪いだろうとミカは同行を申し出てくれた。

斯くして二人連れで駒売り露店の開業と相成った訳だ。

ミカは私とも普通に指せる熟練の兵演棋棋士なので、捌ける客が二倍になったと思えばありがたい。彼曰く、根深い雪に閉ざされる北方は家に引き籠もる期間が長いばかりに、兵演棋の達人がごまんといるそうだ。

彼も両親兄弟と駒がすり減るほど指し続けたため、経験はかなりの物となっている。控えめな彼が「これでいてちょっとは指せるのさ」というのも頷ける技量であった。

「しかし、本当に売れるかな……随分と強気な値段設定にしてしまった」

借りてきた机を二つ並べ――二人で商売するため、割符も二枚要った――売り物の駒を並べていると、不安そうな声が駒を並べる金属音に続いた。

「心配は要らないさ、我が友、こんなに素晴らしい見栄えなのだから」

言って手に取った駒は、ひやりとした金属の光沢も相まって本物の騎士が掌大になったような程に勇ましい。総身を板金鎧で覆い、馬までも鎧で守った重装の騎士はルールさえも書き換えて歩卒ではとても取れそうにない立ち姿。材料費もあって一つ五リブラと中々の値段設定にはなったが、これは確実に売れるとも。

兵演棋を好む人間は半分以上の確率で収集癖も持っているのだ。お気に入りの駒を並べて軍勢を編成し、時に感想戦と供に駒の来歴を語ることも楽しみの一つであるのだから。

「だから売れるよ。私ならこれで全部一揃い欲しいからね」

安心させてやろうと駒に唇を落としてから微笑めば、しかし返ってきたのは予想に反してじっとりとした半目であった。

あ、あれ？　私なんか外した？　格好付けすぎた？

「先に完売されそうなものを並べてから言われると……ね」

沈んだ声、伏せられた目が注ぐのは私が個人的に作ってきた駒……お色気軍団シリーズと銘打って作った少女と美女を模して作った駒の数々だ。

「あっ、いやっ、これは！　って、君も乗り気だったじゃないか！」

「男の時だからね！　でも冷静になれば破廉恥だよ！　こんなに足を出して！」

面と向かって言われると、ぐぅと唸ることしかできなかった。

この駒は巨鬼の戦士を依頼してきた巨鬼に売ってやった時、それを目撃した他の客が是非自分も欲しいと言ったために作ったものだ。男は何時の時代だってエロから逃れられず、色っぽいお姉ちゃんの立像を買ってしまうものだと気付いた私は、ついうっかり魔が差して色々作ってしまった。

胸と腰しか守らず、下乳や腹や手足を惜しげもなく曝け出した女騎士、巨大な竜の首に足を絡めて跨がる竜騎や、溢れんばかりにたわわな乳房に勅書を挟んだ勅使など、安直に思いつく色っぽい駒を試作した所、まだ中性体に変異する前のミカには大受けだったのだ。

それから彼の案もあって、男二人で頭の悪い話をするという久しぶりの喜びに頭が茹だった私は量産してしまったのだ。

ぶかぶかの鎧を着て足を曝け出した歩卒。扇情的な薄着で玉座に座しこれ見よがしに足を組む女皇、果ては何を思ったか弓弦を胸に押し当ててこれでもかと強調した弓兵など、一目で作り手の性癖が分かるような代物をずらずらと……。

友の冷めた目は言いわけをしても温もりを取り戻すことはなく、商売は失意の儘に始まった。くそう、君だって共犯だろうに、性別が変わったからって知らない顔をして。

私の気落ちとは裏腹に商売は順調に進んだ。金属の駒は売れ行きがよく、他人から一目置かれたい目立ちたがり屋の指し手がたまの贅沢にと買っていき良く捌けた。

まぁ、我が友の予言が当たってお色気軍団シリーズが一瞬で完売した挙げ句、この種族で作ってくれという要望が山のように来たので「野郎というヤツはドイツもコイツも……」という女性陣からの視線がちょっとばかし痛かったが。

具体的にはＤ４を踏んづけたぐらいには。

精神ダメージ、若しくは社会判定攻撃による被弾はともかくとして商売は好調そのもの。彼の都合や予算もあって毎日は開店できないものの、これで月収にして五〇リブラほど稼げると思えば芸は身を助くという格言の正しさを思い知るね。前世でも学歴が重荷になることなんてないんだから勉強だけはしなさい、と耳にたこができるほど父から言われたのを思い出す。

駒を売り、合間合間に対極をこなして脳味噌が疲れてきた夕方。うんと伸びをして固まった筋を伸ばしていたが、店じまいを目前としても彼女はやってこなかった。駒目的というより、一局指しにきていた彼女は。

別に個人的な親交があったわけでもなし、暫く店をやっていなかったこともあるから来なくなって当然ではあるのだが、あの歯ごたえのある指し筋を少し期待していた私がいるのも事実。ミカもそんなに強い指し手なら一度は会ってみたいと言っていたから、実に残念だ。

成果は上々だったが――お色気軍団だけで五リブラ近く稼いだからな――心残りとなる一日であった。

やはり帝都とはいえ昼間に動く種族の方が多いため、日が傾くと三々五々に散っていく露天市の商人達に倣って私も店じまいとした。簡単な机と椅子、あとは兵演棋一式を詰めた箱しか持ってないので簡単なものだ。

さて、とりあえず稼ぎと道具を家に置いたら、少しお高めの風呂に行っても良いな。エリザも誘って三人で公衆浴場にでも行くか。今日は良い稼ぎがあったから、少しお高めの風呂に行っても良いな。

エリザは工房の香油を垂らした一人用の浴槽に慣れているから大きな風呂には不慣れだが、一緒に連れて行ってやれば喜ぶだろう。まだ小さいから男湯で一緒に入れるから、迷子になることもなかろう。

「風呂か、いいね」

「だろう？　どこの恩賜浴場にするかな。少し奮発してもいいし」

「僕はそれより夕飯をちょっと贅沢にしたいかなぁ」

小銭の心地好い重さを呑んだ懐に気分を良くし、予定を話しながら近道となる小道を歩いていると耳慣れぬ音が耳朶を打つ。雑踏から離れた通りは静まりかえっており、音源はここから離れた……上の方であった。

がしゃがしゃと騒がしく擦れあい、時に割れる音が混じるのは屋根に葺かれた瓦が踏みにじられる音か。

　言うまでもないが帝都で屋根を歩くのは一般的ではない。身軽な鼠人や生まれ持った魔法で空を飛ぶ有翼人が不精して屋根を歩くことはあれど、余所様の家の瓦を傷つけることもあるので基本は衛兵から降りろと怒られる。

　確かに背が高い住宅が密集していることもあってフードの暗殺者めいた危険な近道を使いたくなるのは分かるが、実に迷惑な話なのでよい子のみんなは真似をしてはいけない。屋根瓦というものは意外と高価で、高所作業の特別費とかで修繕費用も高く付くから財布がリンチされてしまうぞ。

　ただ、慌てて屋根の上を行く者なんて厄介の種しか抱えていないので、絶対にお近づきになってはならない部類。チンピラの抗争にせよ密偵同士の殺し合いにせよ、関わり合いになって得なんて一欠片もないだろうからさっさと離れるか。

　幸い音は一ブロックほど先で聞こえている、この距離であれば息を潜めていればさっさと過ぎ去ってしまうはず。

　どちらからともなく顔を見合わせると、殆ど間もなく頷いた。君子危うきに近寄らずの観念は、魔宮の迷宮を踏破した私達二人の間で強力に共有されているのだから。

揃って道端に積まれていた木箱の陰に隠れ、足音が去って行くのを待つことにした。念のため顔だけ出して様子を窺っていると……ぬ、足音が近づいてきた。我ながら運がないというか……。

こっちに来るなという祈りは中途半端に通じ、斜向かいの建物から足音がまっすぐに響いている。この調子だと私達が居る路地を飛び越え、向かいの建物に飛び移るつもりなのだろう。いいぞいいぞ、どうあろうと知ったこっちゃないから、このまま行ってくれれば……。

その時、瓦が割れる破滅的な音が響いた。帝都の建物は景観を気にして公費でマメに手入れされているのだが、表通りに面していない建物の屋根は予算の都合上放置されがちで、経年劣化で脆くなっている所も一定数存在する。

屋根を行く誰かは、私以上に運が悪かったのだろう。飛び越えるため一番大事な踏み切り、その一歩が捉えた瓦が劣化で割れかかっていたなんて。

砕ける瓦、飛び散る破片、そして薄暗い路地に差し込む夕日をバックに墜落する影。

あっ、あの体勢は死ぬやつだな。

真っ逆さまに落ちて行く――ヒトは頭の方に比重が寄っているので、意図せねば頭から落ちる――影を見て、私は反射的に〈見えざる手〉を練っていた。目測距離は三〇メートルかそこら、十分に射程距離圏内。使える手を総動員し、体を痛めぬよう肩、膝、腰を支えて受け止め、一気に減速させるのではなく地面につくまでに減速しきれるよう心がける。

擬似的な触覚から伝わってきたのは、柔らかく蠱惑的な手触り。気を抜けば指先によからぬ動きをさせたがる欲求が湧く感触は、正しく成熟しつつある女性のそれであった。

仕方ないだろ！　肉体年齢は中学二年生だぞ！

いや、雑念雑念、それより何をやっているんだ私。確かに墜落死体なんて清々しい仕事上がりに拝みたい代物ではないが、明らかな厄介ごとに手ぇ出すこたないだろうよ。良い加減自分が手を出したら些細なイベントも碌なことにならないというのは、魔宮の一件で嫌と言うほど思い知っただろうに。

「え……なんで……」

地面に優しく降ろされた影は、自分の体を探って無事であることに戸惑っている。

そして、私もまた驚きと戸惑いを得た。

聞き覚えのある声、見知った装束、きらりと輝く月の飾り。

空から落ちてきたのは、常連である夜陰神の僧だったのだ。

「な、何をしておいでで……？」

「ちょっ、エーリヒ？」

友が袖を引くのも無視し、私は思わず物陰から姿を現して彼女に声をかけていた。

「貴方は駒屋の……こんな所でなにを」

「それは此方の台詞ですよ。何だって屋根の上なんぞを。危うく墜死するところだったではないですか」

「それは……それより、助けて、ええ、助けてくださったのは貴方なのですか？」

少し引っかかりながらも彼女は私の姿を観察していぶかしげに問うた。

確かに私の外見は離れた場所から落ちる人を助けられるようには見えない。実家から持ってきている麻布の上衣と脚絆（きゃはん）という簡素な平民の装いで、一見魔法の発動体となるものを持っていないのだから。

もしもミカが姿を現していたら、そちらに意識が行ったかもしれない。彼はちゃんと短杖（ステッキ）を持ち歩いているし、今日も魔法使いらしい格好をしていたから。

「ああ、もう、どうなっているのさ……」

箱の陰で頭を抱えて唸っている我が友だけど、私も全く同じ気持ちだよ。何をどうすれば小銭稼ぎで知り合った人物が、見るからに厄介そうなことに巻き込まれている場面に出くわせるのだ。天文学的な確率だぞ。

しかし、想像している時間も説明している余裕もなさそうだ。遅れて瓦を踏む音がやってくる。彼女を追ってきていた何者かが追い付いてきたようだ。

さて、ここで私がとれる選択肢は三つある。

一つ、全てなかったことにしてミカの手を引き全速力で逃げる。きっと彼女との縁は切れるし、もしかしたらミカから失望されるだろうが、一番波風がなく穏当ではある。

二つ、追っ手に彼女を差し出して小銭を稼ぐ。縁が切れるどころではなく、ミカからの信頼を大きく損ねかねないものの命の危険は一番目についで低いだろう。目撃者は生かしておけん系だったらえらいことだが。

三つは……ああ、もう！　ロマン云々抜きにこれしかないだろ！　追われている女の子を助けないで何が男か！

「ちょっ、なっ」

私は彼女の手を取り、手近な扉に取り付いて〈見えざる手〉の術式を起こす。

多数噛ませた〝手〟のアドオンで〈三本目の手〉なる、普通は触覚を持たない〈見えざる手〉に触覚を与えるアドオンは、個人的な感想ではエラッタかけた方が良いのではと思うくらい便利だ。

なんといっても、手探りで扉の向こうの閂程度なら外すことができるのだから。

「はやく、入って。ミカ、彼女を頼む」

「え、ええ……」

「はぁ……君と居れば退屈しないよ、エーリヒ。さぁ、こちらに、これから一切口は開かないで」

急に開いたドア、説明してもいないのに妙に物わかりの良い駒売りと諦め半分で話に乗る魔法使い。そして原因不明に助かった我が身に困惑しながら僧は人気のない暗がりに入り込む。私は念のためドアの前に陣取り、追っ手がどこへ行ったかを見届けよう。

彼女と比べると随分と軽やかな足取りと、瓦が擦れる小さな音は追っ手が素人ではないことを報せていた。屋根の上を走るプロ……ではなく、不整地を安定して走る訓練を積んだ人間なのだからカタギではないよな。

「割れた瓦の跡がある！　こっちだ！」

「姿が見えないぞ！　路地に降りたかもしれん、丁寧に捜せ!!」

「くそっ、広がれ！　分担して囲い込むぞ!!」

　追っ手は複数、耳を澄ませば足音が五つは聞こえる。手練れが五人とか一体何をやったのだろう。いや、彼女が何かをやったのではなく、彼等が望む何かを握っている可能性もあるが。

　足音の一つが割れて脱落した瓦を頼りに此方へやって来て、屋根の縁から追っ手が軽やかに飛び降りた。追っ手は見事なことに壁の出っ張りや装飾、庇などを経由して殆ど無音で小路に降り立つ。

　翻るしなやかな長身、質素ながら仕立ての良い装束、帯刀厳禁の帝都にもかかわらず腰帯に備えた簡素な短刀。身に纏う全てが彼女の身分を表している。

　貴人の側仕えに相違ない。それも給仕から護衛まで幅広くこなせる上級の使用人だ。うるさくない程度に焚きしめた香を漂わせながら、追っ手はドアの前でぼんやりするフリをした私に近づいてきた。栗毛を短く整えた彼女は何の変哲もないヒト種のようで、飾れば光るだろう鋭い顔付きを更に険しくしていた。気が弱い子供なら泣くぞ。

「そこの君、少しいいかな」

「えっと……なに？」

突然空から降ってきた女性に困惑する通行人の演技は完璧だ。私がロールプレイヤーだったから云々ではなく、実態としては偽りようがなく通行人Aだからだ。宮廷語を崩して話せば、演技するまでもなく真意を隠すことができる。言いくるめではなく、説得で判定してもGMから補正を貰えただろうな。

「誰か通りかからなかったか。教えてくれたなら、少しだけどお礼ができるのだが……」

平民に対する典型的な交渉術だな。ちらりと銀貨を見せるあたり相当慣れている。自分の財布に見合った金額をちらつかされた時、人は一番素直になる。小銭過ぎればやる気をなくし、大金過ぎれば焦って要らないことまで言おうとする。急いでいる時には一番いい手といえよう。

「今、お姉さんみたいに誰かが上を飛んでったんだ、凄くびっくりしたよ。ぼく、青空市で露店出した帰りだったんだけど、近くに瓦が落ちて来て死ぬかと思った」

嘘と真実の割合は半々に。実際、折りたためる机と椅子を小脇に抱え、駒一式を収めた箱を抱える姿は完全な通りすがりだ。たとえその通りすがりが「親方！　空から女の子が！」という展開に憧れを持つTRPGプレイヤーだとしても気付くまい。

「そうか、助かったよ。これはお礼だ、何か美味い物でも食べるといい」

彼女は私が抱えていた駒の箱に銀貨を置くと、降りてきた時と同じ軽やかさで木箱や庇を踏み台に屋根へと戻っていった。

……すごいな、魔力の発散が一切ない。単純な体術だけでやっていたのか。あれ、私にもできるようにならんかな、シティーアドベンチャーパートで凄く便利そうなんだが。ちょっとゲーム脳も大概にしとかないと拙いか。実際に屋根の上なんて走ったら、特権身分の遣いでもなきゃ衛兵案件不可避だし。

私は気配が十分に遠ざかるのを待ち、先ほど二人を隠した建物へこっそりとお邪魔した。

小さな明かり取りの窓しかない、〈猫の目〉をして薄暗い部屋は何かの倉庫だったらしい。沢山の袋が積み上げられた空間で、かくまった僧が心配そうに佇んでいた。

「追っ手は……」

「行きましたよ。別の小路に飛び込んだと勘違いさせました。暫くは安全でしょう」

では、お話を聞かせて貰おう。貴人の従者が追っ手として差し向けられるなんて、彼女は普通の僧であるはずがない。

しかし、TRPGにかかわらず古くから決まった〝おやくそく〟は存在する。

追われている女性は助けろ、と…………。

【Tips】帝都の屋根事情。三重帝国帝都は外交用の都市でもあり、見栄えを気にして整備されているため屋根の高さが区画毎均一になるよう整えられているので、ちょっと脚力のある面子には便利な通路扱いされることもある。ただし景観維持法なる法律に触れるため、捕まったら一ヶ月の無償奉仕活動か二五リブラの罰金刑に処されるため軽々に屋根へ登ってはならない。

「ここは……物資保管庫か」

ぼんやりと光る魔法の光源を作り出したミカが言うとおり、私達が逃げ込んだのは帝都の各所に作られた物資保管庫であるようだ。

帝都は外交用の都市であるが、大きな市壁を持つことから分かるように籠城を視野に入れた都市でもある。帝城こそ政務と行政能力に重きを置いているものの、広大な湖にも等しい堀や帝城で相互に連結された四つの出城もあって極めて堅牢であり、更には広大な都市という縦深もあるため守備はどこまでも堅い。

そして斯様な都市でもあるため、万一に備えて都市の各所に物資を保管する倉庫が設けられているのだ。小路の出入り口はあくまで搬出用なのか、最初から二重の門だけで施錠されており魔法が使えなければ解錠判定すらできなかっただろう。

いやはや、運が悪いと思っていたが、運が良い所もある。人気がなく、普通なら開けられない場所ならば追っ手も暫くは調べに来るまい。これが普通の家であれば、家人と鉢合わせして悲鳴を上げられることもあったな。

「さて……で、エーリヒ、説明して欲しいんだけど」

腰に手を当てて眉を顰める我が友と、そんな彼と私を見比べてオロオロする尼僧。

しかし、改めて説明しろと言われると難しい所があるな。

逃げる少女、多数の追っ手。手垢がつく物には皆が手に取るだけの理由がある。

それと同じで、追われている女の子は女の子に非がないものと相場が決まっている。まぁ、たまに盗人だったとかで事件に巻き込まれるような展開も珍しくはないが、それはそれで面白いシナリオに発展するのでよしとしよう。

冗談はさておくとして、彼女は私の顔見知りなのだ。それをどうして事情も知らずに見捨てられよう。

「ああ、彼女が……」

説明を聞いた彼は額に手をやって嘆息し、なら仕方ないよなぁと呟いた。

「ここで見捨てたらあまりにもあまりだ」

「だろう？　それにほら、冒険譚の始まりの多くは逃げる婦女を匿うことから始まるし」

「君は英雄になる素質があると思っていたけど、ここまでとはね」

やれやれと笑う友が納得してくれてなにより。

さて、では話を先に進めるとしよう。

「あの……助けて下さったのは本当に有り難いのですが、何故……」

「我が友にも説明した通り、よく知る顔が追われていれば助けるのは道理でしょう」

目深に被ったフードで陰になった顔が、それでも驚きに染まるのが分かった。不安を追い出すためにか強く握っていた聖印を取る手が更に強まり、白い手が更に白く染まる。

「たったそれだけで、助けて下さったのですか？　名前を知らないこの身を？」

彼女にとって俄には信じがたいことであるらしい。

常識で考えればそうだろうな。屋根の上という危険だらけの場所を死ぬ危険性も賭して走り抜け、五人もの追っ手が、しかも身分賤しからざる人物が指揮官として追いかける人物を匿う者は居るまいよ。

私だってそうする。だがそれは、身も知らずの相手であればだ。

「十分雄弁に語り合ったと思いますが。指し筋から人となりは結構分かるものですよ」

臭い台詞ではあるが真実ではなかろうか。遊戯には思っているより人間性が出るものだ。遊んでいれば如実に「らしい」姿勢だなと思い知らされる場面が何度もある。

その点、彼女は私の経験則からして十分信頼に足る人間だった。追われている理由を聞き、ここから先も手助けするかどうかを考えるために一度助けてもよいくらいには。

すると、彼女はきょとんとしてから、口元を隠して貴人らしいひそやかな笑みを零した。

「だとしたら、貴方は相当信用ならない殿方、ということになりますよ」

「はは、これは一本取られたねエーリヒ」

「……そうだね、これで黒星が一つ加算されたよ」

言われちゃったかー。確かにさんざ迂回戦術だの囮だの釣り野伏せだので大駒を潰してきた私には、何の反論もできない。皇帝を押し出す実直で正統派な戦法を好む彼女とは真逆だからな、私の好きなやり口は。

「信用ならざる男としても……小銭と兵演棋友達の軽重くらいの判断はつきます」

暫し笑い合ってから受け取った銀貨を取り出して見せた。すると彼女は一瞬口を噤み、何か言いづらそうな顔をした。

ん？　ランペル大僧正記念銀貨……だっけ。禿頭のランペルというあだ名で有名な僧が何か偉大な論説を打ったのを記念して改鋳されたものだが、銀貨としての質は高い方なので大体一・二リブラくらいの価値はあったはず。

さて、彼女は何故銀貨を見て顔を曇らせたのか。目星でサイコロを振ってみたい所だが、まぁ難しい問題ではないか。

恐らく追っ手は彼女と縁深い者、間違いなく家中の誰ぞか。貴人の振るまいが身についた僧、そして貴族の護衛が追っ手とあらば展開は自ずと知れてくる。多分、節操も慎みもない捜し方をしていることに気分を害したのだろう。

ここで、自分の情報を得るのにこんな安い値段を付けて！　と頭にくる香ばしい人だったら、ある意味もっと雑に扱えるから楽なのだけれども。

「それで、なんで追われているのですか？」

「えっ？　あー……その……」

唐突に切り出された本題に彼女は当惑し、暫く私と床の間で目線を行き来させる。しまった、ちょっと急に踏み込みすぎたか。浅い関係性で話題を急いてもいいことはないしな。

「……言いたくないなら構いませんよ。私はただ盤を挟んだ友人を助けてあげたかっただけですから」

反応を見て押すか引くかを測るのは難しいが、ここで手を抜いたら会話は一瞬で終わってしまう。言いにくそうにしているのなら、無理に語らせない方が得策だな。見る限り、聞いて貰う前振りで言いにくそうにしている訳ではなさそうだし。

「しかし、お名前くらいは伺っても宜しいでしょうか？　私はケーニヒスシュトゥールのエーリヒと申します。しがない魔導師の丁稚をやっております」

「僕は黎明派ハンナヴァルト学閥のミカ、魔導院の末席を汚す学徒です」

揃って礼を取ってみれば、尼僧は聖印を握ったまま暫く考え込んだ。そして、踏ん切りがついたのかフードに手を掛け、覆いを取り去りながら名乗った。

「私はツェツィーリア……夜陰神潔斎派、月望丘の聖堂にて神に付し、祈りを捧げるだけの尼僧でございます」

顔を隠していたフードが取り払われる様は、朧に覆われた月が爽やかな風に拭われて姿を現したかのように鮮烈で……美しかった。

健康的で血色が良いのに透明感ある肌は生気に満ちて瑞々しく、染み一つない白の中で見頃を迎えた桜も恥じ入る色合いの唇を映えさせる。そして高貴なる意志とは斯くあるものだ、と強く認識させる石榴石にも似た濃い褐色にて煌めく切れ長の瞳が、艶のある栗色の直毛と見事な対比を描きながら剣の如き鼻梁を飾る。

顔の造りは美しさの中に子供らしい丸い陰影を残すものの、意志を反映して輝く瞳が幼さを拭い去り妖しいまでの美を醸す。これが生まれながらの形と言われても納得し難い、崇高なまでに研ぎ澄まされた美。

一目で分かった。恐ろしく整った美貌、洗練された所作、淀みのない上流階級の婦女が用いる宮廷語。

彼女は貴種である。それも、何らかの理由があって出家させられた。

なるほど、追われている理由を話したくないのも頷ける。そして、きっとそれは彼女が理不尽に見舞われ、なんとか逃げだそうとした結果のことなのだろう。

また友と合図も必要とせず顔を見合わせる。そして、先ほどと同じ光景を繰り返すように二人で頷いた。

助けてやろうと。

「では、追われていた理由は深く問いますまい、ツェツィーリア嬢」

「ええ、早くここから離れた方がいいですし、話したくないなら深くは聞きませんよ。我が友の友であるというなら、僕の友人も同然ですし」

嬉しいことを言ってくれる。私は友情を確認すべく拳を差し出せば、彼も迷わず打ち合わせてくれた。

「しかし、離れると言ってもどこへ。上は見張りがいるでしょうし、通りも直に……」

明らかに話の推移に追い付いていない彼女は、きっと漫画なら分厚いローブの上から湯気が上っているような描写でもされていることだろう。あれ程の早指しであっても、珍妙な事態への耐性は高くないか。

だろうね、うん。いきなり現れた、ちょっと知ってる位の駒屋のガキが小器用に自分を助けた挙げ句、更なる助力を何の対価もナシに申し出てくるのだから。困惑するのは分かるよ。私だったら「あ、こいつ後半の致命的な所で裏切る仕込み要員だな」と疑ってかかるもの。

普通ありえないからな、ここまでお膳立てされたような人に会えることなんて。

だが、それは私からも言えることだが。

「何も華の帝都は地上だけが見事なのではありませんよ」

私は少し悪戯(いたずら)小僧になった気分で、倉庫の床にひっそりと隠されていた扉を指さした。

さぁ、シティ物の始まりだ………。

【Tips】シティ物。TRPGのシナリオ傾向の一つ。迷宮や廃城、原野などと対照的に都市を徘徊(はいかい)し、多くの人間と関わりながら複雑な謎を解き明かすことをセッションの目的とする。

追っ手は衝動的に放たれた物ではなかった。

目標が館から侍女の助けを得て逃げたと知って一刻ばかり、押っ取り刀ではあるものの先を考えて放たれた者である。

その中で責任者たる女は、自身が指揮を執りながら精鋭を用いて追う中、万一を考えて遣いの者を各方面に走らせていた。

何をおいても確保する必要があるため、可能性は薄くとも見失った時の次善策は欠かせない。特に用心深さで地下より取り立てられ、この国においても有数の尊き血に抱えられた彼女には、最初から自分だけでカタを付けるという発想はなかった。

世の中に完璧はない。万全に万全を期し、どれだけ厚い警戒を敷こうがこぼれ落ちていく物は必ず存在する。故に彼女は自信の面子(メンツ)や評判など全てを擲(なげう)ち、何が起ころうと幅広く対応できる方法を選んだ。

名などどうでも良い物だ。小娘一人に大仰なと都市警備の責任者から鼻で笑われようと、これで俺達を動かすのかと近衛府(このえふ)の者達から疎まれようと。

全ては自身が仕える主君のためであれば、名声など路傍の石ほどの価値もないのだから。しかし、彼女は些(いささ)か甘く見ていた節もある。勤勉実直を重んじる三重帝国の貴種なれど、その全てが勤労を尊い物と思っているとは限らないことを。

そして、同時に他人の失点で小銭と評価を稼ごうとする者が居ることも。

仕方なしに衛兵を管理する部署の者は〝ちょっとした人捜し〟のために幾人かを動かし、衛兵隊を動員させたが、その責任者の一人が良からぬことを考えた。

自分が直接、目的の子供を捕らえて誰も間に挟まず差し出せば、どれだけの利益を上げられるだろうかと。

何処(どこ)にでも居るものだ、手前の利益、掌(てのひら)に転がり込む僅かばかりの金貨のためであれば忠誠も品性も売り払える人間は。帝国がどれだけ風紀を引き締めようとも、制度を厳格に引き締めようとも。

追っ手の指揮官たる女のように自分の全てより尊いと思える物を抱いて働く者がいるように、この世には手前より尊い物などないと確信し我欲に従って動く者も居る。この二面性により世界は成り立つ。

しかし、小ずるい男はやはり小ずるい手段しかとれない。直ぐに動かせる駒を考えた後、彼は部下の衛兵を働かせながら、普段小銭を取って目こぼししている連中に声を掛けた。広大な帝都、その闇を塒とし、非合法スレスレの、時には平然と御法に触れるようなこともする者達を。

彼等は帝都の広大な地下を活動拠点としていた。〝とある理由〟により恒久的な拠点を地下に作ることはできないが、小回りを以て立ち回ることは可能なのだ。その点、偏執的なまでの合理性によって構築された帝都地下インフラストラクチャは、使いようによっては実に犯罪に向いたものであった。

そんな者達を小悪党は使おうとした。

無論、急なことであっても悪党は金さえ積まれればなんでもする。人をかき集め、情報を探り、足を使って見つけ出す。

彼等の多くは地下道を使って帝都各所に散り、上で人を捜すつもりでいた。地下とは薄ら暗い者達の塒であり、それ以外ではインフラを守る官僚達の領域でしかなく、普通の人間、それも狩りの対象とするような者が通る場所ではないからだ。

奇縁、正しくそう呼ぶ他のない事実が運命を闘争へ転がそうとしていた………。

【Tips】帝都地下水道。単に下水道とも呼ばれる帝都の浄水・下水インフラの要。無数の配管により浄水と下水が行き来し、整備拡張のため人が入り込める配管も多い。原則として整備の職工や魔導院関係者以外の立ち入りは禁止されているものの、そのあまりの広大さに帝都行政府でさえ全てを完璧には保てていない。

中幕

　一つのセッションが長くなった場合、一度幕を引いて解散するための区切りとなる大きめのミドル戦闘を挟むことがある。扱いとしてはミドル戦闘であるが、GMによってはセッション中に成長したという演出に使うため経験点や報酬を配布することもある。

「足下にこんな場所が……」

　三重帝国のインフラは私が本で読んだ中世のそれよりかなり進んだ、というよりもローマ的な色合いが残った優れものだ。その中でも最たる物が、地下に張り巡らされた広大な上下水道である。

「迷うと合流は難しいですから、離れないように」

　私が逃走経路に選んだのは、倉庫に設けられた点検口から侵入できる下水道だ。逃げ込んだ倉庫は商店の倉庫ではなく、都市が管理する物資保管庫であり――だから路地の扉が閂（かんぬき）だけでガッチリ留まっていたのだろう――この手の建物にはインフラの点検設備が付きものだ。

　まさか普通のお宅に点検口を作らせた上、都度都度上がり込んで騒がしく出入りする訳にもいくまいし、道々の点検口以外にもこういった点検口が都市各地に設けられている。作ったら作りっぱなしではなくメンテのことも繊細に考慮されているあたり、ミカが目指す進路は本当に有能でなくば進めない狭き門なのだなと改めて思い知らされた。

「さて、ミカ、ここはどの辺かな」

「えーと、ちょっと待ってくれ、今日は地図がないからな……東側の大点検路が遠くない筈（はず）なんだ。どこかで表示板が見られれば分かると思う」

　三人で間を空けず慎重に細い小路を通る。足下は雨水を流すための細い溝が切られており、ちょろちょろと水が流れている。雨が降る気配はなかったため、何処かの家から出てきた排水だろう。

隊列はミカを先頭としツェツィーリア嬢を真ん中、殿に私がついている。明かりとなる魔法を二人がかりで出しているため、暗くて道がおぼつかぬと言うこともない。

少し歩いた後、広い通路に出た。円形に掘り抜かれた長い長い道は左右に足場があり、深く掘り下げられた中央を蕩々と水が流れている。煉瓦造りの壁に、床も石畳のそこは明かりさえあれば不気味というよりも、人の技術力を感じさせるある種の神々しささえ帯びた空間であった。

「これは……下水道、ですか。その割には……」

「臭くない？」

「ええ、流れている水も綺麗ですし……虫もいませんね」

僧は臆することもなく珍しそうに水路を覗き込み、煉瓦で組まれた壁や床を興味深そうに観察している。〝見慣れて〟いれば大勢の人間が関わった建築物特有の荘厳さを感じることもできるが、不慣れであれば萎縮するか、下水道という聞くからにして汚らしい所に嫌悪を露わにするものだと思うのだが、全くそんな様子は見られなかった。

初めて訪れた場所を興味深そうに見回す姿は、むしろ楽しくて仕方がないとはしゃいでいるようではないか。

「壁にも綺麗な装飾が沢山。あら、何でしょうかこれ、何か刻んでありますね……古い文法ですけど。えーと、現場監督のアホ……？　賃金あげろ……？」

目に付く知らない物全部に突っ込んで行く姿は……なんというかアレだ、遠足に来た小学生みたいな風情である。見た目は私と同い年——肉体年齢的な意味で——くらいなのだが、メンタルとの乖離が若干あるのはお嬢様育ちのせいだろうか。

「ああ、ここなら分かるよ。ほら、エーリヒ、前に来た所だ、先月の中頃の」

しかし、壁の紋様はお嬢様の目を楽しませるためのものではない。独得の識別記号であり、内情を知っている者にだけ分かるよう作られた道標なのだ。ミカが読み上げ教えてくれたことから、私も大体の位置情報を知ることができた。

「ここは上水との分配管に繋がっている場所ですね。流れてきた水が飲用浄水槽に流れていって、もう一度上水管に戻っていくので、既に何度か濾過された水が流れているから綺麗なんです」

「そうなのですか？　強制労働の刑罰で下水道の清掃送りがあると聞いたので、それはそれは怖ろしい所なのだとばかり……」

産業革命期のイギリスの下水並みだったなら、そらーもう怖ろしいだろうさ。だけども、この世には不思議も魔法も存在し、ついでもって斯様な世界に作られた見栄の都だ。洒落たマンホールからであろうと、饐えた臭いが立ち上っては格好がつくまいし、インフラ構築の完成度は最早執念に近い何かを感じるほど高度だ。

歩き方さえ分かっていれば、そう怖ろしい場所でもない。歩き方さえ分かっていれば。

「鼠やらはでるので、病気が恐いので安全な仕事ではないですけどね。ですが、帝都の下水はきちんと整備が行き届いている方ですから、ご心配なく」

「それにしても、随分とお詳しいのですね。あら、あの紋様はなんでしょうか」

おっと、本当に子供みたいに気になったもの全部に突っ込んで行くな。即死することはないけれど……。

「ちょっと失敬」

「きゃあっ!?」

私は水滴模様のレリーフが入り口に彫られた通路へ足を向ける彼女の腕を引っ摑(つか)んで、その好奇心に素直すぎる歩みを止めさせた。口からこぼれ落ちた悲鳴は、私が雑に引っ張ったからではない。

足を踏み込もうとした僧に反応し、半透明の物体が通路からはみ出してきたからだ。

はいはい、住処(すみか)へお帰りっと。私は〈見えざる手〉でプルプルと柔らかそうな半固体を通路へ押し込める。ぬるっとした手触りは、御用板の仕事で何度も触れた物。

「い……いまのは……」

「下水の主ですよ。私達が出した汚れを食(は)み、綺麗な水に戻す地下の主宰というところでしょうか」

魔導院謹製の人造魔導生命、汚物を分解し、抽出した水分を濾過する粘液体(スライム)だ。

三重帝国の下水で飼われている勤勉にして無害な生命体であり、汚物を浄化し、穢(けが)れに惹(ひ)かれる病の媒介者を喰(く)らうためだけに生み出された錬金術師の傑作である。

粘液体(スライム)、と聞いた諸兄らが期待するような機能は持ち合わせていないので座って結構だ。別に服や金属だけ器用に溶かすこともないし、繁殖のために生物を襲うこともない。落ちて来たものを食べるという反射に従い、手を出してきただけに過ぎない。

R元服的ゲームとは違う意味で大活躍する彼等のおかげで、三重帝国の上下水インフラは極めて質が高い。どれだけ気を遣っても溜(た)まるヘドロや泥、埃(ほこり)を食って消化することで浄化し、更には伝染病の媒介者となる鼠と害虫も追い回して食料とする。

だからこそ、浄水が流れる配管であることを加味してもここまで綺麗な環境があるのだ。

諸外国において〝三重帝国では生水が飲める〟と――無論、帝都などの大都市に限る――冗談の如(ごと)く囁(ささや)かれる話題を真実にした立役者は、今日も勤勉に地下を這(は)い回っている。

「魔導院が管理していて、専用の〝餌〟を蒔(ま)いてやる仕事がありましてね。そのおかげで少しばかり詳しいのですよ」

私が下水に関する知識を持っていたのは、そんな彼等に関わる仕事が魔導院の御用板にて不人気な仕事としてよく余っている都合からだった。

というのも粘液体(スライム)の主食は汚物と汚水であり、それを体内で発酵、分解して熱量を得ているのだが、消化活動には魔力を使っている。故に魔力を浸透させた石を餌として与えると長持ちするということで、整備のため月に何度か餌やりの依頼が張り出されるのだ。

半日下水を彷徨(うろつ)いて一リブラというバイトは言うまでもなく不人気で、食い詰めた聴講生でも不気味だからといって好まない。最後まで掲示板に余りがちな依頼を、居候の如くそっと選んでいる私であっても遠慮せず取れるから数をこなしただけのこと。ミカも道に詳しいのは、私に付き合ってくれていることもあるが、造成魔導師志願は講義の実習で歩き回ることがあるからだそうだ。

裏を返せばそれほどに人がやって来ることがなく、貴人であれば発想さえ抱かないということで追っ手を撒きやすい逃げ道だ。道は殆ど覚えているので、服や髪が多少湿気るのにさえ目を瞑れば、市街の何処へでも邪魔されず到達できる便利な通路だな。

ただ、ちょっと踏み込む場所には注意が必要だけども。さしもの錬金術師共も、あの原始的な生物に〝喰っていいもの〟と〝だめなもの〟の判別をさせられるオツムは授けられなかったのだし。

斯様な彼等の働きもあって地面はぬかるみや滑りと無縁であり、道も知っているため楽な道のり……の筈であった。

「はぁっ……はぁっ……だからっ……わたし……たちがっ……許可しないほうに行くなとあれほど……」

「えっと、その、すみません。つい楽しそうで……」

暫くないくらい疲れた。放置して固まった薬味のチューブから捻り出すようにしか息ができず、怒鳴りそうになるのを抑えて吐き出す言葉には、粘膜が乾いたせいで血のような味が滲んでいた。

粘液体に襲われかかったにもかかわらず、小学生ムーブを止める気がない彼女を助けること数度、魔導区画に辿り着くのにどれ程の時間を浪費したか。あっちの通路へちょろちょろ、こっちの通路は何かしらとふらっと足を向けるのはやめていただきたい。追われているという自覚がおありなのだろうか。

しかし、これが掛けることの三〇……前世の教職の辛さが偲ばれる。少なくとも私には無理だな。

「ほんっとうに……かってに……すすまないでください……あぶない……ですから」

「ええ、すみません、エーリヒ……ただ、危険だというなら尚更この身が」

「いいですから、もう……ほんと、前にでないで……ください……じゃあ、行きますから……」

「えほっ……ちょっと、まって……エーリヒ……みずを、水を飲ませて……」

私以上に消耗したらしいミカのために一旦立ち止まって小休止することにした。とはいえ、生憎普通に商売をした帰りなので何時もと違って旅の準備はない。食料と水も青空市場という立地もあって直ぐに手に入ったので持ち歩いてはおらず、倉庫に置いてきた商売道具を除けば殆ど空手で歩いてきた。

革袋どころかカップ一つないのは不便極まりないが、流石にこうも突発的だと準備はできないからな。私が街中でも全財産を持ち歩いている系の冒険者なら対応もできたが、普通にここで暮らしているとどうしようもない。

仕方がないので大気中から精製した水を〈見えざる手〉に汲んで分け合うことにした。

「おぉ、水が浮いています……これも魔法ですか？」

傍目からすると水が空中に浮いているようにしか見えないのか、ツェツィーリア嬢は興味深そうに飲むでもなく浮いている水を突っついている。力場の手があるため側面から突いても水には触れられないのに、揺れに合わせて波打つのが奇妙で面白いのだろう。

彼女は僧だ。奇跡を請願し神に付す立場だけあって魔法への理解がない。しかし、多くの神職が持つ魔法への嫌悪感もないという不思議な人だな。

魔法とは神が作りたもうた世界の構造を歪める技術だけあって、いい顔をしない人も多いものだが。

「魔法というのは色々なことができるのですね……あの人が入れ込むのも少し分かる気がします」

あの人？　とは思ったが、深くは聞かないと言った手前、今聞くべきではないかと思ってやめた。話もできただろう道中に深い話をしなかった以上、彼女もまだ説明すべきではないと判断しているのだろうし、無理に聞き出そうとして機嫌を害するのは悪手だ。

それよりも、自然と隠していることでも口を衝いて出てしまうくらい信用して貰えたことを喜ぼう。

「もうちょっとで魔導区画だね。どうしようか？」

「そうだな、一旦私の下宿で様子を見よう。あそこなら魔導探査もそうそう届かないさ。誰よりも優しくておっかない人が家を守っている」

私の下宿を守っている親愛なる灰色の乙女は幾人もの家人、魔法使いと思われる者達を何人も追いだしている傑物だ。人の居場所を探る魔法が飛んで来ても、そんな無粋な物を家に干渉させはすまい。

妖精は生ける現象とも呼ばれるほど生理的に高度な魔法を扱う。魔法で彼女達に勝てるような存在はそうそういないのだから、今最も現実的で安全な場所といえよう。

「なら、相当警戒しなきゃね」

「ああ……何ならどっちかが手でも握った方がいいかもしれない」

ただ、安全な場所が近づく反面、魔導区画の地下はガチで危険なので、最悪ふん縛ってでも大人しくしてもらわねばなるまい。魔法使い達が屯する区画では、何度注意されても不精して下水に試薬だの試作品だのを捨てる阿呆が絶えないのだから。

言うまでもなく、都市区画整備に大量の予算を投じ、整備もこまめにしている我が故国が排出物の制限をしないという片手落ちを犯すことはない。罰則付きの法が整備されており、下水に流してはならないものの制限はかなりキツい方だ。

だとしても無精をしでかすヤツは居るし、余程念入りに精査しなければ誰が流したかなど分かりようもないため、別に俺は困らねぇしと色々な物を捨てていく慮外者が絶えることもない。

それほどここは都合の良い場所なのだ。何を捨てても直ぐには分からず、放っておけば粘液体が始末してくれて、その上で〝罪をおっかぶせるには丁度良い〟存在も居る。

不法に下水を彷徨く連中には、ゴミの始末をしている業者も含まれるのだ。

私も何度か見たことがあるが、金を出して処理しなければならない危険な物品の始末を請け負っておきながら、手間と金を惜しんで節約とばかりに捨てていく業者も僅かながら存在するのだ。目撃したのは小箱に放り込まれた見るからに宜（よろ）しくない液体を詰めた素焼き瓶の山であったが、きっと処理費を惜しんで置いていったのだろう。

そういうこともあり、魔導区画付近の下水道は本当に危険だ。毒性が強いヘドロだろうが何だろうが食んで生きる粘液体（スライム）が発狂死する薬品が垂れ流されることもあり、ちょっと気を抜くと生命抵抗でサイコロを振るような目に遭いかねない地獄を歩くのに警戒してし足りないことはない。

本人にそれと気付かれることなく〈見えざる手〉で襟でも摘（つ）まんでおくかと思った所、私の感覚に触れる物がある。〈聞き耳〉判定だなと内心で思いつつ、唇に指を添えて静かにしてくれと頼み、意識を耳に傾ける。ついでに掲げていた明かりを消せば、ミカも心得たとばかりに消してくれた。

光に慣れきった目から明かりが奪われ、側溝の僅かな隙間から差し込む薄い夕焼けだけが照らす世界は酷（ひど）く頼りない。少しでも早く闇に慣れるよう目を閉じ、代わりに耳に全ての意識を集中させる。

すると、流れる水の音に交じって下水を反響する音がある。殺した足音だ。ちょっとした音でも大きく反響する環境で、足音を鳴らさぬよう気を遣ったのか普通の足音ではない。

布で石畳を掃くような音……靴に布を巻いているな。

私の聴力では数まで上手く判別できないものの、複数であることは間違いない。

噂をすれば影という言葉もあるにはあるが、これはちょっと唐突過ぎないか？

こんな場所で足音を殺し目立たぬよう行動する人間など、無法者以外の何物でもない。

不法投棄に来た違法業者にせよ、地下を使ってよからぬ商売をしている者にせよ、足音で位置を察知されたくないだろうからな。普通の用事で来た人間なら、ここまで気を使う必要はどこにもない。

足音は近づいてきている。仕方ない、ここは何処か目立たぬ小路に引き返してやり過ごすか。鉢合わせしただけでどうこうされるとは思わないが、好き好んで顔を合わせたいとは思えない……。

「あの、どうかなさいましたか？　明かりも消してしまって……」

ファッ!?　なんでこの段で声を……あっ、しまった、「静かに」の仕草が周りを見るのに忙しくて見えてなかったか!?

早まる足音、近づいてくる音、いやいや、なんで接近してくるんだ!?

思考を纏めるまでもなく、突き当たりから顔を出した男と目が合った。

「つっ!?」

同時、強い光に目が眩んだ。彼等は前方のみを照らすよう四方を塗りつぶしたカンテラを持っていたのだ。光の出口を絞り、更に反射して遠くまで照らすような工夫がしてあるのか、かなりの間合いがあっても伸びてきた光に目をやられてしまった。

クソッ、暗闇に慣らそうと閉じていた目を咄嗟に開いてしまったから、目が真っ白に感光して何も見えん！

「あぁ!? 僧衣のガキ!?」

「おいおい、なんでこんな所に！」

「どうでもいい、攫っちまえ！」

うわんうわんと響く大声に耳も馬鹿になりそうだ。聞こえる声は三つ……よく分からないが、足音が二つ駆け寄ってくる。

何が起こっているか全く分からず、頭は混乱の極みにあったものの体だけは素直に動いた。本能と言ってよい領域にまで染みついた武が反射的に体を動かす。

ああ、魔宮の迷宮にて沢山入った熟練度で取った特性〈常在戦場〉のご加護だ。元から警戒していなくとも反射で戦うことはできたが、これのおかげで更に反応が鋭くなった。何千何万と繰り返した動きが深い思考を介さず、半ば生理的反射として出るようになったのは大変な強みだ。

TRPGに準えるなら、リアクション不可の攻撃にもリアクションを挟むことができるようになり、更に不意打ちへの抵抗判定に大きな補正といった所か。

見えぬ目であっても敵の場所が大まかにでも分かれば、私は何とでもできる。素早く練った簡単な術式、〈見えざる手〉を多重発動し都合六発分の拳が前方の空間を薙ぎ払うように打ち据える。

「ぐっ……!?」

「ごっ!?」

「おい!?　どうした!?」

仮想の拳に伝わる感覚は硬い物が四つと鈍い物が二つ。六発の拳が打ち据えたのは二人だけか。恐らく明かりを持った一人が後ろに残り、二人を支援していたからだと思われる。硬い感覚は着込みを殴ったからか。見えたのは一瞬のことだったのでよく分からなかったが、襤褸(ぼろ)の下に何か着ていやがる。胸甲や帷子(かたびら)など、致命傷になりやすい胴をちゃんと守っているな。

一方で鈍い感覚は、あまり覚えがないが肉を殴りつけ、骨に反発されたものか。格闘も〈戦場刀法〉の内で練習はしているが、実は拳で人を殴ったことは殆どないのだ。その必要性がなかったからというのもあるが、一番は骨を痛めやすいから避けてきたのだけれど、世辞にも心地好(よ)いとは言えないな。

くぐもった声に続いて倒れる音が一つだけ。拳の感覚だけでは何処に当たったかまでは分からないが、一人だけ生身の部分を殴った時、良い所に入ったか。

これで少しだけ余裕ができると思った瞬間、鼓膜を不快なまでに甲高い音色が切り刻んだ。

短い間隔で吹き鳴らされる笛だ。畜生、やられた!

急いで〈遠見〉を練って頭上に視界を確保。本来は遠くを見るための術式だが、自前の目の代わりをすることもできる。

普段より頭一つ分高い視界に苦労はするが、三人称俯瞰視点(TPS)のゲームだと思えばなんとかなる。再び〝手〟を練り上げて、今度こそ完全に無力化するため敵に伸ばす。

今度は殴打ではない、見えているならもっと効率の良い方法がある。

男達の服、襤褸布にも近い汚れた服の襟を後ろから掴(つか)んで絞め上げる。相手は丁度三人、二本ずつ割り当てて、柔道で言う〝送り襟〟をかけてやった。倒れているのも気絶はしていないから、ダメ押しだ。

〝手〟はどんな角度からでも伸ばすことができ、私が正面に居ても後ろを取ることは容易(たやす)い。そうすれば背後から相手の襟を利用し、力強く頸動脈(けいどうみゃく)を絞め上げる技が簡単に極まる。

「ぐっ……ごっ……」

「なんっ……はずっ……」

力場の手には触れることができるため、筋力で抵抗し撥(は)ね除(の)けることもできるが襟も使って技をしっかり極めていれば並の腕力では外せない。頸動脈を圧迫して脳に行くべき酸素を断ってやれば、やがて体から力が抜けて抵抗も弱まっていく。

余裕を見てたっぷり絞め上げ、体がぴくりとも動かなくなった頃には、眩んだ目も元に戻っていた。

「……大丈夫か、ミカ」

「ああ……まだちょっと視界が白すぎるけどね……ツェツィーリア様は？」

「わ、私はまだ目が……うう、頭がくらくらします」

動けるくらいには視界も戻ってきたが、のんびりはしていられないな。あの破落戸共、ツェツィーリア嬢を見て〝攫っちまえ〟と口にした。つまり犯罪現場の近くに居た私達をどうこうしようとしたのではなく、人を捜して地下にいやがったのだ。

単に運が悪かったのか、それとも私が知らぬ内にポカをして地下に居ることが露見したのかは分からないが、これは宜しくない。

笛の音は地下であれば恐ろしく遠くまで響く。しかも暗号としての意味がありそうな鳴らされ方をしてしまった。

ほら、また足音がする。連中だけではなかったのだ、地下を蠢いているのは。

ええい、なんだこれ！　運が腐っている所の話じゃないぞ！　全てが急な上、得物も鎧もなしに接敵とかGMに容赦がなさ過ぎるんじゃないか!?

せめて装備が万全で、かつ戦えないお嬢様を背負っていなければ真正面から蹴散らしてやる所なのだが……彼女に何かあったらコトだし、敵の数も強さも分からない以上は無茶できんか。

「クソッタレ、こんなに早く追っ手が来るなんて……ミカ、とりあえず逃げるぞ！　先導を頼む！」

「ええ!?　あー、どこから来てる!?　えーと、とりあえず一旦戻ろう！　大きく迂回して、別の配管から目的地に行く！」

抗戦を避けて逃げ回るなら、これが一番か。ああ、だめだ、私程度の聞き耳だと音が反響しすぎて敵の来る正確な方向が分からん。鼠みたいに逃げ回って敵を撒くしかないが、難しかろうなぁ。

私達も下水には慣れているが、敵の土地勘はそれ以上と見るべきだ。日雇いでたまに来るだけの私達とは経験値に天と地の開きがあるはず。不必要に汚れるような道でさえ、遠慮せずに通ってくるだろうからな。

そのために連中は態々襤褸を着ているのだ。綺麗な服は袋に入れて守り、外に出る際に着替えて目を惹かぬようにする。悪事を働く時と市井に潜む時で相応の武器を持つあたり、かなり統制のとれた集団だ。

「ちっ、もう近い、急ごう」

足音が近づいて来ている。消音の靴でここまで聞こえるなら、想定よりも近いかな。何か武器を持っていないか漁りたかったのに、のんびりしていられなくなった。

「も、もう大丈夫です！」

「はい？」

しかし、走り出そうとした所で肝心のお嬢様が足を止めてしまった。振り返れば続きを言おうとしているが……。

「お体に触れる無礼をお許しあれ！」

「私のことで貴方達まで危険にさら……きゃぁ!?」

聞いている時間も説得している時間もない。責任を感じて置いて行けと言いたいのは分かるけれど、事ここに至っては手遅れである。そもそも、ちょっと敵が出てきた程度で諦めるなら、私達は下水道には居らず、二人で小銭を握って浴場に浮かんでいただろうよ。

私は私でそうだが、ミカもまた冒険譚に出てくる英雄に憧れを持っている。ここで危険を嫌って彼女を放るようなら、命を賭けた冒険の後に親交が続く訳もなし。

何だかんだ言って、私達は似た者同士なのである。

問答無用でツェツィーリア嬢を抱き上げ――片手は空けておきたいので、申し訳ないが肩に担いだ――走り出す。足音から遠ざかるために走り出せば、舌を噛むと思ったのか黙ってくれてよかった。

いや、彼女は兵演棋の腕で分かるが聡明だし、この行動で分かってくれたみたいだ。反抗して騒ぐだけの意味がないことも。

下水を走り、できるだけ人が来ないような道を選んで進み続けるが、遠くから響く足音と時折こちらにまで届く笛の音が止むことはない。敵の数は正確に捕捉できないまでも、完全に包囲できる数が居ることは有り得ないのに、なんだこの逃げられない感は。

足跡は定期的に〝手〟で擦って消しているが、流石に〈清払〉までかけて完全に消すほどの手間はかけられず、況してや残り香まではどうしようもない。敵方に優秀な斥候がいると言うより、初期位置から逃走路を察知されている？

下水道は広く道も多いが、その全てが常時人の通行に適した状態にはない。中には数日前に川上で降った雨が今になって川を通じて流れ込むことで水没する通路もあれば、大規模補修のため壁を作って完全に封鎖されている区画だってある。

「うわっ、やばいやばい、引き返してエーリヒ！　粘液体(スライム)だ！」

「はぁ!?　またか!?」

そして、ミカが一歩踏み込もうとして慌てて引き返したように、下水の主たる粘液体(スライム)に占拠されている通りもあるのだ。

だとしても、ちょっと頻度が異常じゃないか？　さっきからもう三度も鉢合わせしている。粘液体(スライム)が配管を占拠すると水が流れなくなるため、普通はここまで同じ区画でぬめぬめしていないのだ。

地下の配水インフラは冗長性があるため配管が一区画や二区画不通になった所で、余所(よそ)から幾らでも遠回りしてやってくるとはいえ、これは明らかにおかしい。

もしかして連中、何らかの手段で粘液体(スライム)を操作できるのか？

「光が見える！　あっちだ！」

「近いぞ！　囲み込め！」

足音もないのに声がした。代わりに鳴り響く水を掻(か)く音。ああ、糞(くそ)、もしかして連中あれか、カヤックみたいな一人乗りの小舟まで持ち込んでやがるのか!?　そりゃ機動力では勝てんわ！

長柄なし、長剣なし、触媒なし、飛び道具なし……ミカのおかげで絶望的とはいわんが敵の本拠地で戦うには条件が悪すぎる。

送り狼(シュツツヴォルフ)、送り狼(シュツツヴォルフ)さえあれば、並の悪漢の二〇や三〇、訳もなく切り開けるものを。

きぃんと頭の片隅で声がした。形にならぬ感情の波が伝えてくるのは期待。

だが大人しくしておけ、お前を振る気はないんだ。斬りたがりの殺したがりを無遠慮に振り回せるかよ。殺しすぎて犯罪組織に目ぇ付けられたら洒落(しゃれ)にならん。

「チッ……ミカ、速度上げるぞ、いけるか」

「問題ないよ、お風呂に入りたくてたまらないってこと以外はね」

なら、さっさと終わらせて風呂に入るとしよう……………。

【Tips】整備の都合で蓋がされ、何年も開放されていない下水区画も存在する。

人間が存在する場所から一切の犯罪を一掃できぬ例に漏れず、どれだけ厳しく引き締めようと帝都にも犯罪組織と呼ばれる物が存在する。

それらは全て他の都市にて幅を利かせている物と比べれば矮小(わいしょう)と呼ぶほかない規模ではあったが、鋼の忠誠心を持つ騎士、職務に忠実な衛兵、従順な臣民が溢(あふ)れる街で滅ぼされずに商売を続けられる精鋭揃(ぞろ)いであった。

彼等(ら)は人民の海に紛れ、普段は善良な民を装いながらも頭を使って商売を成り立たせる。

そんな者達の中に多頭竜（ヒユドラ）と他称される組織があった。

主な仕事は密入市の手引きから脱出、また禁制品の輸出入など需要が多く同時に高収入を得られる物から、地下という機密性の高い空間を活（い）かした拉致・拷問など非合法の極み。そこらの泡沫（ほうまつ）の如（ごと）き密輸人と違い、広大な地下道を掌握する彼等は、誰にも知られず〝騎竜〟でさえ都市に持ち込めると噂（うわさ）される手練（てだ）れ揃いであった。

彼等には本来名乗るべき名はない。名など付ければあっという間にボロが出て、組織が芋づる式に潰されることとなるため、結束の基礎となる名を敢（あ）えて名乗らなかったのだ。

組織は数人の分隊を基本とし、それを纏（まと）める班長、そして更に班長を纏め上げる幹部によって構成される。幹部達の連絡会によって運営される名もなき組織は、地下を秘密裏に行動する技術を長い活動により培っており、それを利用した素早い展開能力も売りの一つであった。

なればこそ、拙い功名心を出した小物の依頼を受け、人攫（ひとさら）いの一環として地下に繰り出す。

彼等にとっては容易いものだったからだ。世間知らずのご令嬢、それも他と一目で区別が付く僧衣を着た相手を追い詰めるなど。

そして予期せず地下で鉢合わせたのは、彼等にとって福音でさえあった。長きに渡る活動で経験を蓄積し、行政府の整備計画まで体感で摑み――さしもの彼等も官僚に鼻薬を嗅がせることはできなかった――恐ろしき粘液体（スライム）の習性まで把握した組織にとって、予定していた地上での狩りよりもずっとずっと好都合であるから。

彼等にとっての誤算は、オマケが二人付いていたことと、それが普通の子供では有り得ないくらい下水に精通していたことである。三人があっという間に気絶させられ、道を知らねば瞬く間に行き場を失うような迷路で袋小路に嵌まらず逃げ続けられるのは、普通の子供ではない。

だとしても焦ることはなかった。彼等には地の利があり、絶対に逃げ出せないよう敵を誘導する術があったから。

さて、下水を塒とする魔導院が作り出した粘液体には多くの習性があるが、その内の一つに上水道が極端に汚染された場合即座に浄化に向かうというものがある。

普通に徘徊している者は知らぬ事実だが、粘液体は目に見えないほど薄い個体を全域に張り巡らせており、敏感に水質の管理も担っているのだ。

彼等がそれを知ったのは、単なる偶然に過ぎない。何代も前の構成員が地下にて用を足した所、急に普段の巡回では有り得ない位置に粘液体が派遣されてくることに気付いた。そこから何度となく実験を繰り返し、確証を得るに至って一つの戦術へと至る。

粘液体が通る場所は通行が遮断されるため、上水道に糞尿や獣の腐った臓物をばらまくことで意図的に道を遮断することができるのだ。

これは本来、行政側から差し向けられる追っ手を連携して寸断するための方策であったが、無論逃げ道を塞ぐことで敵を誘導することにも使える。衛兵相手には殺しすぎて本腰を入れられる訳にもいかぬため——一時期は地下に恒久的な衛兵詰め所が作られる寸前までいった——不適切なれど、抗争相手には絶大な威力を発揮したものだ。

油断と言う言葉を最初から持たぬ彼等は、目標が地下に居ると分かった時から道を絞りに掛かっていた。

何も小銭が欲しいのではないし、小悪党に過ぎぬ男に尻尾を振るためでもない。

帝国の懐は深すぎる。代理さえ立てれば、犯罪組織が捕まえようと報酬を払ってしまうくらいには。

頭の悪い小物が考えつくことくらいは秀でた組織であれば思いつく。そして、それを逆用して小口の雇用主を斬り捨て、より大きな利益を上げる方法も。

小物の一人二人怒らせた所で、彼等にはどうとでもなった。最低限の接触、情報も仕事と報酬を受け取る窓口一人に絞り、それすら偽名と変装をした人間。一度接触を断ってしまえば、彼には最早（もはや）名前を知らない組織を追うことすら能（あた）わない。

故にこそ多頭竜（ヒュドラ）、全ての頭を同時に断たねば滅ぼすことのできぬ竜種の名を冠するのである。

迅速な囲い込みは終わりつつあった。行ける道は逃げる獲物が知らぬ間に閉ざされ、行き止まりとなる玄室へと続く。雨水を受け止めるために作られた部屋の一つは狭く、逃げられる広さの配管は飛び上がっても届かぬ高み。

全ては平素と変わらず淡々と計画通りに進む。

ただ、彼等は知らなかった。

窮地に追い込んでいる物が鼠などではなく、特大の牙を持った化け物であることを…………。


【Tips】多頭竜。同名の竜種を異名に持つ犯罪組織。密輸入と密輸出を主な財源とするが、地下の広大さを活かしあらゆる犯罪に手を染める組織。行政府側としても疎んじており幾度も壊滅するべく裏で手を回しているが、今日に至るまで活動を止めることさえかなわずにいる。


人生には幾つも袋小路と呼べる場所がある。

どうあっても、どれだけ犠牲を払おうと打開できぬことが、全ての人間に訪れる。

私にとって初めて直面したそれはエリザを帝都に送らねばならぬ時だった。

そこから這いだしてきた帝都で、同じ気持ちを味わうことになろうとは。

「……畜生」

「ああ、参った……」

私の口からは悪態が、友の口からは諦念がこぼれ落ちる。

逃げて逃げて行き着いた先、遂には日が沈み、排水溝からも明かりがやってこないほどの逃走劇の末がこれとは。

膝下まで水に浸かる嫌な道を通ってきたが、行き着いた先は袋小路だ。雨水などが合流し、上水に近い配管まで流すための玄室が終着点である。何度も不自然な足止めをくらい、必死こいて逃げ続けた先がこれとは。

完全にしてやられた。

「最悪だ、ああ最悪だ」

「いや、まったくね……勝手知ったる、と思っていたけど、相手の方が上手なんて」

外からは水を掻き分ける音がする。幾本もの足がじゃぶりじゃぶりと、最早遠慮もしないで歩いているのだ。音でもって追い込まれた私達を諦めさせようとして。

数はもう数えるのが馬鹿らしいほどになってきている。最低でも一〇を下ることはなかろう。後から合流してくる者もいるだろうし、中々に絶望的じゃないか。

「……降ろして頂けますか？」

小一時間以上担いだままであった、しかしその間ずっと私達の迷惑にならぬよう口を噤んでいたツェツィーリア嬢が口を開く。本当に降ろして欲しそうに身動ぎするので、ゆっくり降ろしてやれば、彼女は綺麗な僧衣が汚れることも厭わずに歩み……何を思ったか、私達二人をまとめて抱きしめた。

「エーリヒ、ミカ、本当にありがとうございます。こんなになるまで、私なんかのために頑張ってくれて……でも、もう良いんです。このままではきっと、二人とも危険な目に遭ってしまいます。もしかしたら死んでしまうこともあり得るでしょう」

私達の肩に挟まれる形の頭は、身長差もあって埋もれており顔を見ることはできなかった。されど、彼女がどんな表情をしているかは、肩に滲(にじ)む温かい水気から分かった。

「でも、もういいのです。本当に、本当にありがとうございます。ここまでしてくれて、私は幸せです」

声は震えを帯び、体を抱く手の力は、そんな細身のどこから出ているのかと不思議になるほど強まってきた。彼女がここまで感極まっている理由は分からない。

ただ、諦めていることだけは確かだ。

「何か勘違いなさっていませんか、ツェツィーリア嬢」

「ええ、まったく酷(ひど)い勘違いです」

この後彼女が言おうとしていることくらい、物語に馴染(なじ)んでいなくても分かる。

私が投降するので、それで二人は捕まらずに済むでしょうあたりか。

だが、甘く見てはいけない。相手は犯罪組織で、この帝都で活動しているだけあって臨時働き(パートタイマー)をやる田舎荘(しょう)の野盗とは違う。悪党の地獄とも言える帝都で生き抜いてきた以上、情報が漏れることを一番に嫌うはずで、その時点で私達の命なんてないも同然だ。

商売のやり口を欠片(かけら)でも知られた相手を生かして帰すはずがなかろうよ。

それが嫌だったから逃げて終わらせようとしたのだ。一度逃げてしまえば、アグリッピナ氏や――今は連絡がとれないが、魔導院までは手が出せまい――ミカの師匠の力があれば幾らでも処理できる。

それが一番楽で後腐れがないから私達は逃げていた。

しかし、もう逃走は敵わない。最悪だ。

ただ、最悪と私達は言ったが、誰も絶望したなんて言ってないだろう？

「僕達は、ただこれ以上汗を掻きたくなかったんです」

「相手が望んだことです。存分にやってやろうじゃないですか」

望みはある。やりたくはなかったが、最終手段だ。

ああ、我々冒険者が持つ最終手段。筋力判定で交渉すれば、最終的には全て自分達の都合が良いように収まるのである。

「さて、一緒に戦ってくれるかい、ミカ」

「愚問だね。正直言って、アレは魔剣の迷宮で見た動死体より……全然怖くない」

「はは、同感だ」

ここは考えようによっては絶好の立地だ。進入路は一つ、入り口は狭い一本道であり長さもないため遠距離武器での釣瓶打ちも不可能。曲射で狙いを付けるには間合いも半端。ならば、懸念していたツェツィーリア嬢への流れ弾が着弾する危険性は薄く、敵が多くても入り口間際に陣取れば二対多数をする必要はない。足下が水浸しで動きにくいのは困るが、私と友人にとってこれくらいはないも同然である。

「お誂え向きってことだな」

戦士の嗜みとして袖に常時仕込んでいる妖精のナイフを抜き放つ。指を嵌め、感覚を確かめているとミカも杖を手にし、ブツブツと何事か呟いた後に壁に杖先をやって術式を起動した。

「さ、こちらに隠れていてください」

すると壁の一部が隆起し、一部が途切れた円を描く壁となる。即席の掩蔽壕だ。

「おお、ミカ、君前にここの煉瓦は扱いにくいとか言ってなかったか？」

「状態保全の魔法がかかっているから難しいけど、僕だって成長するよ。保全の仕事をするなら、他人がかけた術式を崩さず形を変えるのは当たり前の技術だしね」

「た、戦うのですか!? 無理です！　どうか、どうか自分の命を優先して……」

まぁまぁと二人で彼女の肩を押して掩蔽壕に押し込める。密封すると万一の時や酸素の心配があるため入り口が開いているが、それも彼女が横になってなんとか潜り込める大きさ。まかり間違っても攻撃が通ることはない。

「さぁて、やろうか……準備は？」

「いいよ。目に物を見せてやろう」

準備は整い意気軒昂。入り口に集結した彼等は少しの間私達を焦らし、そこから悠々と降伏勧告を投げつける心づもりでいるようだが、うん、待たせちゃ悪いな。

「じゃ、行ってくる」

「うん、背後は任せておくれ」

これ以上ない心強い援護を背負い、私は前に出た。足下に絡みついて酷く重い水を蹴り、二歩目は大きく水面から飛び出して踏みしめる。

しとどに濡れた長靴の底が踏みしめたのは水面、ではなく足場として展開した〈見えざる手〉。連続して二つの手を繰り出し続ければ、そこには私だけが踏むことができる乾いた足場が現れるのだ。

水の頸木から解き放たれた体を躍動させ、一息で通路を駆け抜け、出口に屯していた連中の中に飛び込んだ。

思ったより数が多いが、装備は大したものじゃないな。何よりも逆に打って出てくることなど想定していなかったのか、油断しきっていて鴨撃ちじゃないか。

私は逆手に握った形の妖精のナイフを振り上げ、一番手近な男の顔を切りつけた。ナイフは複雑な軌跡を描き、男の顎から入って鼻を跨ぎ額から抜けて行く。

一瞬、ナイフの軌跡に沿って白い線が顔を走り、僅かに遅れて大量の血が噴き出した。

まず一人。動くことはできるが、激痛と止めどなく溢れる血で視界が完全に潰れて使い物になるまいよ。骨を削るくらい深く行ったから、瞬間接着剤でも塞がらんぞこれは。

「ぎゃぁぁぁ!?」

「よぉ、今晩は」

挨拶は大事。アンブッシュが一度許されているとはいえ、終わった後はきちんとやらねば。着地とアンブッシュの後に次に手近な男の足を下段蹴りで払って転ばせ、立ち上がる勢いでカチ上げる軌道の肘打ちでもう一人。

肘は敵の呼気さえ嗅げる至近の組み討ちでよく使う部位なので、拳よりもかなり使い慣れている。ただ、現代格闘技においては禁じ手となるくらい殺傷力の高い部位なので、使い勝手は宜しくないが。殴られた衝撃で後ろに倒れ、壁で頭まで強く打ち付けた彼は暫く物を食うことができなくなったかな？

「テメェっ！」

「このガキっ、殺してやる！」

「やりやがったな!?」

　事態の把握に数秒、私にとっては砂金に等しいお小遣いをくれた彼等は三人も倒されてようやく気付いたのか、手に持った得物を掲げて殺到してくる。ふむ、最初の三人もあまり反応が良くなかったが、武闘派の犯罪組織という訳ではないのか。

　反応は鈍く、家の自警団でやったらブチ切れたランベルト氏から不眠不休での再教育祭りとなりそうな醜態が続く。持っていてもギリギリ衛兵からしょっ引かれないような棍棒もどきや石を詰めた袋を振りかざして突っ込んでくるが、通路の広さを忘れていたのか私が背後に跳びのいたら対処仕切れず相打ちしているではないか。

　動きは素人さんより少しマシ、暴力を躊躇なく振るうことができる程度。その上で私が水場とは思えぬ速度で動いたからこその友軍相撃かな。

　いいぞ、もっとやれ。こちらの労力なく数が減ってくれる分には大歓迎だ。

　一本道で再度迎撃する準備をしているも、中々次が来ない。ああ、私にやられた奴らが邪魔で上手く押し寄せられないのか。この通路も大人が二人並べばパンパンの広さだし、その向こうの配管も少し広い程度の物。集めた数がお荷物になる典型例じゃないか。

ここが私達の炎門だと覚悟を決めたが、そんなに悲惨な物じゃなさそうだな。賢く動くことが上手くいきすぎて、暴力に乏しくなるとは。法の裁きが及ばぬ場所では、最終的に物理的な暴力が一番強いというのに残念な連中だ。

「エーリヒ、頭はそのままで！」

ミカからの声に「おう？」と思いながら着地の状態で屈んだ体勢を維持すれば、次の瞬間、やっとこ混雑が解消したのか顔を出した敵が仰向けに吹っ飛んだ。

「……強すぎたかな、死んでない？」

下手人は一人しかいない。通路の出口で術式を練り、煉瓦の欠片を凄まじい速度で弾き出したミカだ。石礫を高速で投げつけるのは、造成魔導師らしいと同時に炎や雷と並んで実に分かりやすい攻撃魔術であった。

掌大の砲弾は壁材を魔術で切りだしたようで、〈雷光反射〉の流れが緩やかになった世界でさえ霞んで見える速度が出ていた。

あの安定性、きっと弾も円錐形にするなどして工夫が施されているな。ミカも支援以外に戦う術を身に付けたから、あんなに自信満々だったのか。

「ぐぁ……げぶっ……ごへっ……」

これはきっと、実用する機会が来ないか待っていたまであるな、うん。

「うぁぁ、ひでぇ！　しっかりしろ！　おい！」

「ああ、よかったなミカ、死んでないぞ！」

「ああ、何よりだ。仮標的で試してたけど不安でね。自分から砕けて衝撃を逃す構造だけど、生身の人間にぶつけたことはなかったから」

　通路の向こうで水から引き上げられた男の汚い声と、それを見て悲鳴を上げる敵の声。膝まで水に浸かるせいで倒れたままだと溺死するが、敵が後送してくれるから気が楽だね。

「ざけんなクソガキ共！　出てこい！　じゃねぇとテメェの親兄弟、親戚縁者まとめて探し出して殺すぞ！」

「何が良かっただ！　テメェらの腸、全部下水に撒いて糞粘液の餌にしてやるからなぁ！！！」

　おうおう、まだ吠える元気があるか。しかし、私達の故郷は遥か遠くで、こっちにいる縁者をどうこうするのは物理的に不可能だぞ。アグリッピナ氏を破落戸如きでどうにかできるというなら、是非とも一度やってみせてもらいたい。

　ただなぁ、その軽口を私に言うのは、アレだ、最大の悪手だと思うぞ。

「ウルスラ」

「はぁい」

　ミカに届かぬよう、手前の口の中でさえかき消えるほどの小声で呼んでも彼女は答えてくれた。

夜闇の妖精（スヴァルトアールヴ）は陽導神が役目を終えた夜にこそ力を増す。そして、闇夜に沈むのは地上だけではない。暗渠（あんきょ）にもたらされぬ月明かりさえ届かぬ闇もまた、彼女の領域の内側なのだ。

「光の有り難さを教えてやってくれないかい。遠慮してやる理由がない」

「あらあら、恐ろしいことを仰（おつしや）るのね、愛（いと）しの君。でもいいわ、他ならぬ貴方（あなた）のお願いですもの」

耳の後ろに現れた小さな姿の妖精（アールヴ）は、身を翻して姿を消す。燐光（りんこう）が視界の端を掠（かす）めるのが早いか、通路の向こうからは悲鳴の輪唱が響き渡る。

世にも恐ろしい夜闇の妖精（スヴァルトアールヴ）が全員を盲目にしてしまったのだ。

あの糞野郎共、殺す殺すとできもしないことを喚（わめ）く分には構わんが、言ってはならないことも口にした。

親戚縁者……つまり我が故郷の家族達（たち）、そしてエリザに害を及ぼすと抜かしやがったのだ。

遠慮する理由が益々（ますます）なくなった。綺麗（きれい）な体で帰ることができると思うなよ。

「ミカ！　前に出る！　援護!!」

「うぇ!?　ちょっと!?　なんで安全地帯からでるのさ!?」

こうなれば怯（おび）える理由がなくなったのだ。数がいようが目が見えていなければ大したものでもなく、妖精（アールヴ）の惑わしに抵抗するほど精神が強い者もいない。これで日和（ひよ）って持久していては、いつまで経（た）っても風呂に入れん。

勝算なしに突撃するのは無謀か蛮勇だが、怯んだ敵中に機を見て斬り込むのは勇気だ。通路を飛び出し、左右を見れば左側の方に敵が多く群れている。よし、ならば左だと〝手〟の足場を蹴って敵に躍りかかり、手当たり次第に斬り倒して行く。

顔を斬りつけて視界を奪い、指を跳ねて得物を弾き、良い所に浮かんでいた棍棒を拾い上げて顎を殴りつけ意識を刈り取る。中にはウルスラの盲目への誘いに抵抗したのか反撃を試みる者も居たが、味方が邪魔なのと視界に悪影響が避けられなかったのか狙いが雑過ぎて話にならなかった。

「無茶するなぁ！　もう！」

右側の通路で鈍い音が連続した。妖精のナイフを斬り上げる動作の余勢で背後を見てみれば、なんと通路の壁の所々が隆起して凄まじい勢いで敵をたたき伏せているではないか。

壁から生えた柱は細いため一撃で昏倒とはならず、防具を揃えるか頑丈な種族なら何発でも耐えてきそうであるが、軽装の破落戸共はヒト種やそれ以外問わずに気絶できないが故の苦痛に悶えている。歯が飛び散り、潰れた鼻から零れる血で水面が赤黒く染まっている様は私が暴れるよりも痛そうだ。

「っと、あぶねぇ!!」

残心をきちんと取っていたので反応できたが、鈍く重い殺気に気付くのが遅れていたら〝水の中から〟突き出された手槍に脇腹を抉られていた。身を捻って避け、序でに脇に柄を挟んで捕まえて余剰の〈見えざる手〉を動員して引き上げれば、水面から出てきたのは何とも形容しがたいヒトと魚類を合わせたのっぺりした顔。

水棲人だ。鰓と肺の両方を持ち、種類の異なる気管を筋肉の収縮によって切り替えることで陸上でも水上でも活動できる亜人種。ナマズのような顔をした彼等は、泥混じりの湖沼でも生きていけるだけあって、下水でも平気で泳げるのか。

凄い才能だが、こうやって犯罪に使われると鬱陶しいものだ。

互いに槍を握ったまま重心移動による攻防を繰り返す。寸間のやりとりなれど、得物を軽々に手放すまいとする彼が相当の手練れであることが、幾十の時を同じくするよりもはっきりと分かった。

得物に固執して機を逃すのは悪手も悪手であるが、この場合であれば得物を挟んだ攻防によって私を倒すことも出来るため、決して悪い手段とは言えない。

水棲人の膂力は子供の私では簡単に崩せぬほど強く、同時に槍の使い手として武器を摑まれた時の心得もあるようで軽々に奪わせてはくれなかった。むしろこちらの重心を崩し、水没させようとする動きは十分に心得た戦士の物だ。

間違いなく今日戦った中で一番の猛者である。一体どうして犯罪組織なんぞに身を窶しているのか理解に苦しむ。ここまで練り上げた腕があるならば、日の当たる場所でも十分にやっていけるだろうに。

ナマズめいた顔、ヒト種の私では表情を読めぬ顔の口が薄く開き、ぞっとした感覚が背筋を襲う。

咄嗟に首を傾けた所、目には見えぬ何かが数秒前まで目があった場所を駆け抜けていった。

含み針だ。戦場ではお目にかかれぬ武器なれど、外物――不意打ち用、或いは戦場で使うには不向きな武器――としては実に悪辣で有効な手段である。特に今のような鍔迫り合いや摑み合いで拮抗した時、相手に決定的な隙を生ませるためには下手な魔法より効果的だ。

こういった搦め手も世には存在する、と教えてくれたランベルト氏に感謝だな。知識として知っていなければ、嫌な予感は予感で終わって行動に移せなかった。きっと今頃、無様に目を押さえながら水に沈められていたことだろう。

いつまでも彼と取っ組み合っている訳にも行かぬので、私も尋常の武人が振るわぬ方法で解決を図る。今日はこればかりで芸がないと言われそうだが、多重展開した〝手〟を総動員して槍を摑み上げた。

私自身よりも強い〈見えざる手〉が六本だ。たとえ体格に秀でようが、どっしりとした体型であろうが抗うことはできない。力尽くで体を持ち上げ、渾身の力で以て壁に叩きつける。

意図に気付いたのか槍を手放そうとするが、もう遅い。私の〝手〟は逃がさないように槍諸共に彼の手を包み込み、脇にも一本回してある。手練れであれば見えずとも摑まれたことは分かるだろうから、逃げようとすることなど想定済みよ。

ぐしゃりと嫌な音がして、水棲人は壁からずり落ちるように水底へ没していった。

地形も時には立派な殴打武器となるのだ。顔が大きくひしゃげ、鼻から赤い血を——そうか、魚類も血は赤いのだったか——心配になる勢いで噴出させていたため、暫くは復帰できまい。鰓呼吸のおかげで水没しても溺死するまいから、放っておいてよかろうな。

一番の強者は片付けた。それに欲しかった得物、狭隘な地形で強力な槍も手に入って一挙両得である。

奪った手槍の石突きを敵に向けて刺突を繰り返し、揃って短い得物の外側から突いて一方的に撃破する。戦果はいよいよ拡大し、そろそろ夢の二〇台が見えてきた頃……それは唐突に訪れた。

何十人もが入り乱れて動くため絶えず鳴り響く水の音。それに交じって遠くから地鳴りを想起させる重低音がやってくる。

「うわぁぁぁぁ!?」

そして、配管の向こうから悲鳴が聞こえてきた。

「粘液体だ！　ヤベぇ！」

「クソォ！　血を流しすぎたんだ！」

「逃げろ！　まだ時間はある！　走れぇぇぇ!!」

戦いも忘れ、手近な負傷者を拾って逃げようとする破落戸達。え、待って、今なんて？

重い液体が壁をこそぎながら進む音は次第に大きくなり、恥も外聞も捨てて全力で逃げる彼等の背を見て私もやっと分かった。

来るのだ。あの善も悪も何もかもを一切合切溶かして呑み込む浄化の尖兵が。

「いい、いかん！　ミカ、逃げるぞ！」

「に、逃げるったって何処に!?」

「まずはツェツィーリア嬢だ！」

アレは駄目だ、アレは絶対にどうにもならない。超高温だろうが圧倒的質量で押し流してくる規格外の怪物に抗う術なんてありはしない。仮に私が装備も万全、触媒も山ほど持っていたところで全体の一厘も焼き滅ぼせずに圧力に負けて呑み込まれる。

言うなれば戦うことを前提として用意されていない演出的な存在。戦いを挑もうとすればGMが説得を試み、それでも悪乗りで向かっていけば溜息を添えてマスタースクリーンが畳まれるような代物。

私達にできることなんて、泡を食って逃げ出すことだけだ。

二人で〝手〟の足場を死に物狂いで走り、玄室に戻る頃には逃走の音が静かになって不安を感じたらしいツェツィーリア嬢が掩蔽壕から顔を出していた。危ないからと怒るべきではあるものの、この状況ではむしろ良くやったと褒めてやりたい。

「出てきて下さい！　逃げますよ！」

「あ、あの！　何が!?　何が起こったのでしょうか!?」

「せせ、説明している余裕がなくて！　とにかく急いで……」

彼女の手を取って壕から引っ張り出した瞬間、奥で凄まじい重量物が壁にぶつかる音が轟いた。

あ、やばい、もう来てる、直ぐそこまで。

「あ、ああ、ま、拙い！　ど、どうするエーリヒ!?　ご、壕を作って耐えるかい!?　ここの煉瓦なら彼等も食い破れない！」

「アレが去るまで空気が保つか分からんぞ！　それより入り口を防げないか!?」

「無理だ！　あんな幅一気に埋められないし、薄い壁じゃぶち抜いてくる！」

やばい、時間がない、見える、砂時計をひっくり返して嫌な笑いを見せてるＧＭの姿が。待って、いや、これどうすんだ、詰んだ？　いやまだ何か、〈見えざる手〉を伸ばしてその上で引くまで待つ……まだ壕の方がマシ。

ウルスラはこの状態でできることはないし、ロロットに風の障壁で守って貰おうにも、ここには外の風が吹き込まないから呼ぶことができない。外から呼んで連れてきたら話は別だが、空気が澱む場所では名前を呼んでも大気に乗って届かないのだ。

えっと、あーと……。

「あの！」

二人でわたわた持ち得る手札を並べて焦っていると、鼓膜に突き刺さるような大きな声が。

ツェツィーリア嬢が初めて発した大きな音に驚いてみれば、彼女は天を指していた。光源が届かないほど暗い暗い闇の向こうを。

「あそこ！　あそこに横穴があります！」

「え？　横穴なんて見えない……」

「いや、いやあるよ！　あったよエーリヒ！」

ミカが操る魔法の光源が上昇すると、確かに横穴が見えた。ここより高い所から雨水を流し込むための配水管！

「あああ！　最高！　ツェツィーリア嬢、貴女は天女だ！　正しく神の御遣い！」

「よ、よし！　あそこまでなら階段が伸ばせる！　間に合う！」

ミカが術式を起動し、あらん限りの魔力を絞って床に杖を叩き付ければ一本の柱が伸びていき、柱に絡むようにして足場が続く。立て板がないためスカスカで不安定ながら、しっかりと天まで伸びる螺旋階段だ。

「うぉぉぉ！　でかしたミカ！　愛してる！」

「あっ、愛!?　あ、ああ、う、嬉しいけどエーリヒ！　急ごう！」

たっ、確かに言ってる場合じゃないな。一番にツェツィーリア嬢に昇って貰い――こういうのは足が遅い順から昇ると混乱せず済む――ミカに先を行かせ私が続く。光が届かぬほどの高みに手摺りもない階段で昇るのは不安極まるが、いざとなれば私の〝手〟で捕まえることもできる。

「う、うわ、水が上ってきた！」

「えっ!? あっ、はっ、走りますね!?」

「ゆっくりで! ゆっくりで大丈夫ですから!」

水よりずっと比重が重い粘液体(スライム)が配管を押し流しているため水も必然押し出され、未(いま)だ粘液体(スライム)が届かぬこの玄室に一気に流れ込んできたか。慌てるツェツィーリア嬢を落ち着かせてゆっくり昇るよう促した。

大丈夫だ、水はある程度までの高さまで上ってくるが、よく見れば壁の色んな所に更に下へ流すための配管があるのか格子付きの穴が空いている。きっと今みたいに粘液体(スライム)が流れ込んできた時に行き場をなくした水を逃すための構造なのだ。

「あっ……ここにも格子が」

危なかったが頂上にまで到着したツェツィーリア嬢が、横穴にも格子が付いていると気付いたらしい。水位が上がり、下の方に粘液体(スライム)が達したのか色が暗くなっているが焦ることはない。ミカなら固定具を外せるから直ぐに安全地点へ……。

「はっ、外しますね! んぅ……あ!」

金属がねじ曲がる破滅的な音、そして僅かに遅れて重量物が水面を叩き付ける大きな音が続く。

え? 待って? 今何したの?

「ね……ねじ切った……!?」

「さぁ、早く! ここまでは上がってこないのでしょうか!?」

「え、えぇ……地上に逆流しないよう、一定以上は上らないと思いますし……」

思わずミカと顔を見合わせた。目で、あれって女の子の細腕で何とかなるものかと問うてみれば、全力で首を横に振られる。

いや、だろうな。地上で大雨が降ったら数トン規模の水が降り注ぐんだし、そもそも人間の膂力で外せるような頑丈さでも重さでもないよな？　並の人より強力な〈見えざる手〉を六本操れる私だって、軋ませることができたら大健闘だろうに。

「おあっ!?」

ツェツィーリア嬢に続いてミカが横穴に入ろうとした瞬間、彼の姿勢が大きく乱れた。

片足を残していた階段の最終段が崩れ落ちたのだ。

保全の魔法が掛かった石畳は魔力が通り難いと言っていた通り、仕上がりが些か甘かったのか、二人目の体重に耐えかねたと見える。いや、それよりも鋼をねじ切るという無茶な行為を受け止めたがため、薄い石板の足場が耐えきれなかったのか。

私も運に細い男だが、ミカも中々どうして運が悪い。

「おっと!?」

どうあれ、落ちようとする友人を放っておくこともできない。また、不安定な姿勢で無理にミカを助けようとするツェツィーリア嬢も。

各々に三本ずつ〈見えざる手〉を伸ばして転倒を防いだ。ミカの足場を作るのに一本、体を支えるのに二本。それと無理と分かっても体を伸ばし、前のめりに倒れようとしているツェツィーリア嬢は肩と腹に添えてやんわりと押し返す。

これで一安心……。

緊張の一瞬が過ぎ去った瞬間、私ははっきりいって油断していた。

水音に紛れて濡れた足音がしたことに気付くのが遅れた。

直ぐに〈常在戦場〉と私本来の警戒心が再起動して振り返るが、それでも致命的な後れが大幅な後れに変わった程度。

視界いっぱいに広がるナマズ面……瞼のない目を見開き、憎悪を隠しもせず摑みかかる水棲人が水面から飛び出して奇襲を仕掛けていたのだ。

野郎!? なんでここに!?

「がっ!?」

「エーリヒ!?」

反応が遅れ、不安定な足場、横穴に移ろうと片足を上げていて乱れた重心。そのどれもが悪く働いて抵抗はできなかった。摑みかかるヤツごと水中に引きずり込まれる。

せめてもの救いは、落下を悟り大きく息を吸い込むことができたことか。

「ぐっ……」

また最後の最後で抜かるか、出目が腐っていやがる。にしてもコイツ、なんでここに？もしかして水没してたせいで逃げる仲間から取り残されたのか？ そして手遅れになった段階で覚醒し、水の流れに従ってここに来たと？ なんて展開だクソォ！ 私の運が悪いのか、GMの趣味が悪いのかどっちだよ！

　摑みかかる手を振り払おうにも水棲人の体表面には乾燥から身を守る粘液があり滑って摑めない。手首の構造もヒトと違うからか、どこを摑めば強い痛みを与えられるか分からん！　その上、首を摑み返そうにも体型が太すぎて手が回らない。

　ぐっ、集中ができず術式も練れない。酸素が足りないと脳がぼやけて、本物の手足のような〈見えざる手〉さえままならないとは……いや、一本は気合いで練ってみせる！

　ヤツを何とかしないと、このままだと粘液体に捕まって骨まで溶かされる。それより先に酸欠で死ぬだろうが、そんな死に様は御免被る。しかも野郎、その方が絞め落とすより簡単だと思ったのか、私を下に押し込もうと、粘液体に漬けるつもりか!? させるか！　最も敵に打撃を与えられる場所……ここか。

　僅かな集中、そして魔力を捻出し練った〈見えざる手〉は水を掻き分けて奔り、水棲人の体に深々と潜り込む。喉元の〝鰓〟を掻き分け、その構造物を握りつぶして。

　力が弱まった。これを逃して好機はもうないぞと必死に体を動かし、首を押さえて藻掻き苦しむ水棲人を撥ね除けた。足下に触れかねないほど嵩を増した粘液体から逃れ、水面から顔を出す。

　空気が美味い。魔剣の迷宮を踏破し、最初に飲んだ水と同じくらいの美味しさだ。

「エーリヒ！　早く！」

「急いで下さい！　もう限界まで迫っています！」

空気の美味さと有り難さを実感する間もなく泳ぎ、階段に取り付いて酸欠で酷(ひど)く重い体を持ち上げる。濡れた髪の毛が顔に張り付いて邪魔で仕方がない。

ああ、水の水位がある程度で打ち止めでよかった。階段を上るのは億劫(おっくう)だが、これから更に慌てて配管を上れと言われれば辛(つら)いところだからな。

最後の数段を上ろうとした所、再び水音。今度は意識を張っていたからか反応ができた。

横合いから腹を狩るようにして飛び魚もかくやに飛び出してくる水棲人。

その目は血走り、鰓(えら)を潰されて繋(つな)がった口からは血が零(こぼ)れている。何故(なぜ)、どうしてこうも殺意を萎えさせず殺しに来る！　私達(たち)が上がるのを待ち、粘液体(スライム)が届く前に横穴に上がれば死なずに済むのに！

ミカが魔法で壁を操ろうとするのと、私が〝手〟で彼を迎撃しようとするのはほぼ同時だった。

しかし、それよりも早く動く者が居た。

「だめぇ!!」

ツェツィーリア嬢だ。彼女は横穴から身を投げ出すと、私に飛びかからんとする水棲人へ逆に組み付いてしまった。

「なっ!?」

「そんなっ!?」

絡み合い、空中で姿勢を崩して落水する二人。水の中で藻掻く二つの影は解けることなく重力に引かれ、やがて水とは異なる深い色彩の中へ消えていく。

最後に一つ、大きな水の泡が浮かび、上がってくることはなかった。

「なんで……」

力の入らぬ体、自分が階段を踏めているかさえ分からない。鈍い足を動かし、配管の縁に腰を下ろして振り返るもツェツィーリア嬢は居ない。

何かの間違いかと思いたかった、目の錯覚だと思いたかった。

私達で何とかできたのだ、できる筈だったのだ。

いや、確かに私は酸欠が続いて魔法を練るのに不安は大きかったし、ミカが壁から生やす拳も全力で飛ぶ水棲人に追いつけなかった可能性は高い。

しかし、それでも、それでもこんなこと……。

ミカが膝から崩れ落ち、地面に手を突いて瞳孔の開いた目で水面を見つめている。瞬きもせず、開いたままの口から涎が一筋垂れることも止められない彼も私と同様に信じられないのだ。

今日出会い、訳もなく助け、理由も聞かずに一緒に逃げた彼女が助からないことを。

茫然自失という他ない。頭を抱え、何故を繰り返す。最後の最後、詰めの詰めで、どうして、どうして、何故……。

その時、水音がした。ぱしゃりと足が階段を踏む音が。

まさか、いや有り得ない、気のせいだと思って顔を上げなかった。

それでも二つ、三つと足音が続けば気のせいと思うことはできなかった。

ゆっくりと顔を上げれば、まずは足が目に付いた。焼け焦げて骨が露出し、痛々しいばかりの足が。視線を上げれば焼けて穴だらけとなった襤褸切れが辛うじて局所を隠してるのみで、腹膜越しに臓器が覗けるほどに肉が解けた胴部はあまりに痛々しい。

そして、美しかった栗色の髪、赤に近いほど濃い褐色の目は、見るも無惨に溶かされて首筋に残る夜陰神の聖印がなければ彼女だとは分からなかっただろう。

「ツェ……ツィーリ……ア……？」

悲惨という言葉さえ生やさしい有様に、捻り出せたのは彼女の名前だけ。ミカは息を飲み、膝からも力が抜けて尻餅をついている。

「あ、あぁ……酷い、す、すぐに、直ぐに医者へ……」

立ち上がろうと膝に手を添えたが、水で滑ったのか、体が言うことを聞かないのか掌がずれて地面を打ち据えてしまった。再度起き上がろうとするものの、脳が現実を受け止めきれていないのか正しく動いてくれない。

「え……り……ひ」

千切れそうなほど肉がそげ落ちた首から零れる音の断片は、私の声か。助けを呼んでいるのだ、治してくれと、死にたくないと。

ああ、どうすれば、アグリッピナ氏、アグリッピナ氏は何処だろう。彼女なら、もしかしたら、きっと……。

「だ……じょ……ぶ……です、よ」

真面に動けないでいる内に彼女は私の前に辿り着いていた。そして蕩けた肉が張り付くだけの骨格ばかりとなった指が持ち上がり、頬を撫でる。

「わだ……し……は、だいじょ……うぶです」

普通なら生きている筈がない損傷。だが、これは私の願望が生んだ錯覚であろうか。彼女の乱れていた滑舌が甦り、再びちゃんとした言葉になりつつあることは。頬に触れていた血でぬめる骨が盛り上がり、熱を感じるのは。

やがて、それは勘違いでなかったと知る。見る間に彼女の体から解けた肉が剥がれ落ち、血が滲む傷口から肉色の泡が盛り上がって肉体を再生し、瑞々しい肌を張り巡らせる。

日に一度も当たったことがないのではと思っていた肌はより白く、生気を感じぬほど薄い蒼白さを纏って回帰し、煮崩れた瞳が眼窩にて新たに生み出された目に押し出されて落ちれば、鮮烈な鳩血色の瞳が私を覗き返す。

綺麗な丸みを帯びた頭部に肌が戻ってきたかと思えば、栗色ではなく、きっと地上で天を仰げば広がっているのだろう夜空と似た色彩の髪が一息に広がる。その艶は栗色をしていた時よりも尚艶やかで、魔法の光源を反射する光沢で星空のよう。

その美貌を差し置いて一際目を惹くのは、こればかりは変わらず紅も差していないのに鮮烈な緋色の唇。

そして、その合間より大きく伸びる真珠色をした二本の犬歯。

「エーリヒ、私は大丈夫です。貴方が無事でよかった」

死の淵から甦った尼僧は、私の頬を抱え、親指で涙を拭いながら微笑んだ………。

【Tips】奇跡と呪いは紙一重。それはどちらも神が与えるものなれば。

ヘンダーソンスケール2.0

Ver0.1

ヘンダーソンスケール2.0
【Henderson Scale 2.0】
メインシナリオの崩壊。キャンペーンの終了。

うか。

蠟人形にされた被害者が毎夜毎夜泣き叫ぶ館、という詩は前世で聞いたものだっただろうか。

だとしたら、その管理人みたいな立場にされた私は、若い乙女を誘いかける妖しい老翁といった所だな。

窓から入って来た風に本の頁が捲られて、転た寝していることに気が付いた。俯いていた顔を上げれば攫われた頁の数は多く、何もたった今寝てしまったのではないようだ。

いかんな、年を取るとどうにも睡魔に弱くなる。

眠気覚ましがてら、少し仕事場を見て回るかと思い本を置いて立ち上がる。そして顔を上げれば、視界に飛び込んでくるのは数多の芸術作品。

壁面を飾る無数の絵画の中では幼い少年少女達が煌びやかな衣装を纏って切り取られた永遠の中で微笑み、彫像や銅像は押し固められた永劫を以て無垢な子供達の愛らしさを保存する。

全て一流の画家や彫刻家によって作られた物だ。絵画の一枚、像の一つとっても粗末なものはなく、ここが帝立中央美術資料室の保管庫であると言われても納得する品揃え。中には伝説となった画家が若き頃に描き上げた一品もあり、今上帝の立像を彫った彫刻家の作った作品もあるため、実質的な価値で先の喩えに劣ることはあるまい。

しかし、ここは一個人の趣味のために作られた部屋に過ぎなかった。

それも、かなり特殊な趣味を持った一個人の。

よくよく見れば、部屋の主の趣味を簡単に察することができるだろう。なにせ部屋の中を飾る全ての芸術作品にて共通される主題は、見目麗しい子供達ばかりなのだから。

様々な表情を投げかける子供達は産着に包まれて眠る赤子から成人祝いの装束を纏った年若い子まで様々だが、どれだけ高く見積もっても一五を超える子はいない。時折大人びて成人と変わらぬような見た目の子もいるが、未成熟な子供の内面を上手く描いているため子供であると分かる。

この部屋の主は子供が大好きなのだ。多義的な意味で。

可愛らしい子供を愛でるのが大好きで、自分の趣味の装束で飾らせるのが大好きで、そして気に入った子供達同士を遊ばせるのが大好きだった。

それだけ言えば単なる子供好きの慈善家の如く感じられるが、収蔵された作品の悉くに美少年と美少女が踊っていることからして、単なる子供好きではないと直ぐに知れる。

本当に倒錯した、美しい子供だけを愛する奇人が部屋の持ち主なのだ。

全く心の底から度しがたいとしか言い様がない趣味は、見る者が見れば眉を顰めることであろう。

まぁ、それでも本当に行きすぎた者も世にいるので、それと比べれば幾分かマシと言える。少なくとも彼女が偏愛の象徴とする者達に手を出したこともまた、多義的にはないのだから。

「……ああ、懐かしいな」

埃を払い日光による褪色を防ぐ魔法の術式に綻びがないかを確認して回っていると、ふと懐かしい絵が目に留まった。部屋の奥に向かうにつれて新しい物が並ぶ部屋の中で、最新より二世代は前あたりの区画にその絵画は飾られていた。

二抱えもありそうな大きな油絵の中で、一組の兄妹が微笑んでいる。真ん中に置かれた椅子へ楚々と腰掛けている一〇にもならない少女は真っ白なフリルがこれでもかと盛られた可愛らしい衣装を纏い、彼女の肩に手を添えて傍らに立っている少年は対照的に黒い飾り気のない高貴な服装に身を包む。

少年の方はどうでもいいが、少女は本当に可愛らしかった。今にも動き出しそうな油彩の髪は、しかし本物が持つ神々しいまでの金色には大きく劣る。形の良い琥珀色の瞳もまた、大粒の虎目石でさえ恥じ入る本物の前には陰りを感じざるを得ない。

ああ、彼女こそが間違いなく、この場で最も愛らしい少女だと断言できよう。私は昔からずっと主張していたし、これだけは絵が描かれてから五〇年が過ぎようとも変わることはない。

私は変わってしまった。妹が綺麗だと褒めてくれた自慢の髪は白く色褪せ、鍛えた肉が詰まっていた体は萎んで皺が寄り枯れ枝が集まったかのよう。結局真面に髭が生えることはなく、終ぞ貧相なままだった顎は皮膚が垂れて見窄らしいばかり。

ふと溜息を溢して目線を外せば、作品を収めた硝子箱に日の光の加減によって反射した私の顔があった。

白い手袋で覆った手で触れるそこに映り込むのは、痩せて衰えた老翁の顔。長く伸ばした髪を後ろで束ね、視力を補うため東方渡りの眼鏡を引っ掛けた男が私だ。

かつてケーニヒスシュトゥール荘のエーリヒであり、魔導院払暁派ライゼニッツを率いるライゼニッツ卿の〝客員聴講生〟であり、また〝月明かりの君〟という恥ずかしい二つ名を持った魔導師だった男。

硝子箱に映るのは、今や齢七〇となりかつての面影を失った残骸だ。

別に余生とも呼べる穏やかな時を過ごしている自分を悲観している訳ではない。若い頃のような一時間おきに厄介事が飛び込んでくるような生活はもうしんどいし、流石に心も落ち着いてきて冒険という熱も冷めてくる。

決して冒険者への憧れが失せた訳ではない。ただ、冷静になると年寄りの冷や水という言葉が浮かんできて、最早私の世界ではないなと思ってしまうだけのこと。

無理もないか。色々な特性を取って衰えには抗っているものの、色々あって〝老い〟に抵抗する気にはならない私の体は方々にガタが来てしまったから。

夜ごとに膝は痛むし、小用のために目が覚める回数は増え、なんと三日前には歯が一本抜けてしまった。六〇を過ぎるまでは一本も失ったことがなかった歯が、僅か一〇年で三本も抜けるとは、衰えを感じずにはいられまい。

かつては手足の如く扱えた送り狼も今や重く、久しく手入れと軽い運動以外で手にすることもなかった。振り返れば戦闘魔導師として最も脂が乗っていた三十路を僅かに過ぎた頃は、二日休まずに振るってもまだまだ元気であったのに。

年は取りたくないものだ。

本当に、若い頃の私が今の私を見たらどう思うだろう。特に冒険者に憧れ、世界を旅するのだと幼馴染みと誓い合っていた頃の私は。

思えば不思議な者である。雇用主から一〇年間の休養を出しにあっさりと売り払われ、更には妹の学費を支援する後援者になってくれるという飴を差し出され、私はやむなくこの部屋の主に身売りした。

それから先はめくるめく倒錯の日々だ。訳も分からず色々な服を着せられながらつきっきりで勉強を見られ、彼女のお気に入りとして囲われている他の学生に引き合わされて謎のシチュエーションを重ねて絵を描かれる。

正直、丁稚ではなく魔導師になるべく聴講生にされた驚きなど一瞬で霧散してしまった。なにせ弟子の丁稚を借りるのではなく、名実共に自分の弟子にしてしまった彼女は本当に遠慮をなくしたから。

彼女の工房にあった私の私室には華美な衣装が溢れかえり、日を追う毎に増えていくのだから恐ろしくて仕方がなかった。世界で一番可愛く、今では一番美しいエリザを着飾らせるのならまだしも、私なんかを飾ってどうするのかと当時は本当に理解が及ばなかったものだ。

そして、今になっても理解はできていない。

「エーリヒ、居ますか？」

几帳面に貴種らしく音もなく開かれるドア。本来ならば気楽にすり抜けてくることもできるであろうに、中の人間を驚かせぬようにする気遣いを伴って彼女は現れた。

「おや、我が師、ご機嫌麗しゅう。魂の洗濯に参られましたか？」

青いリボンを編み込んだぬばたまの長い黒髪。宝石の輝きを灯す母性的に垂れた大きな目と女性的に厚い唇。目尻と唇の脇を彩る悩ましげな黒子と起伏に富んだ肢体は、初めて出会って五〇年以上の年月を経ても何一つ変わることはない。

我が師、強引に私を見初め、何故か醜く老いさらばえて尚も手元に置く変わった生命礼賛主義者のマグダレーネ・フォン・ライゼニッツは、昔日の姿から衰えることも褪せることもなくあり続ける。死した時、強き念を残した年若き姿の死霊のままで。

「それもありますが、暇ならば工房を訪ねて欲しいと言ったではありませんか」

「はて……そうでしたかな？」

首を傾げて眼鏡を正してみれば、彼女は腕を組んで露骨なまでにむくれて見せた。貴種に相応しくない、外見相応の仕草を私の前で躊躇なく見せるようになったのはいつ頃からだろうか。

「もう、そうやって直ぐボケた振りをする……分かっていますよ、どうせまたお昼寝をしていたのでしょう」

「いやいや真逆、そんな。師の宝物庫にて午睡を貪るような不敬を働く訳がありますまい。今もこうして保全術式の点検に精を出しておりました」

一方で私は悪びれもなく、表情を歪ませもせず嘘を吐けるようになった。弟子として貴種の前に出る師に恥ずかしくないよう努力したのもあるが、私自身が貴族位を得て長いこともある。この業界、笑顔で嘘を吐き、親しげな言葉に毒を潜ませねば一官僚に過ぎない魔導師であっても生き抜くのは困難であるから。

「貴方という人は……折角衣装合わせがあるので、新しい服を作ろうと思いましたのに」

「またですか？　この老い先短い老骨には、今ある分で十分過ぎますよ」

「何かあれば老い先短いだの枯れた老いぼれだのと。心配ありませんよ、貴方はその調子ならあと一〇〇年は生きます」

「お忘れですかね、我が師。私は単なるヒト種ですよ、どれだけ生きても一〇〇かそこらが限度です」

非定命がそこら辺に居る世界では一〇〇年くらい誤差やもしれないし、事実ライゼニッツ卿もそろそろ齢三〇〇年に近く、生前の一〇倍以上も生きてくれれば感覚は曖昧になろう。かといって私にも同じ尺度を当てられては困る。

よくある老人に向けた元気さを揶揄するような冗談だと思うだろうが、この人は本当にそう思っている節があるのだ。

今となっては未練もない私が、何らかの手段で現世にしがみつくようなことは考えにくいが。

　エリザも一人前となり〝かおりたかきエリザ〟として誉れ高い押しも押されもせぬ一大教授として立派に身を立てた。それどころかライゼニッツ閥の子派閥とも言える自身の閥さえ主宰するほどの出世っぷりだ。お兄ちゃんとしては何時までも妹を見守ってやりたいが、今も兄にべったりで甥っ子や姪っ子を見せてくれない彼女には、そろそろ甘えを捨てて貰った方がいいとも思えるようになった。

　だから私は満足なのだ。いい年にもなり、見送った人間も多い。今でも変わらずあり続けるアグリッピナ氏やライゼニッツ卿の方が珍しいのであって、私の方が普通である。

　なんやかんやいって、私は老いを楽しんでいるのだ。

「永遠は私の魂には重すぎる。これくらいで丁度良いのです」

「むぅ……では、一体誰が私の宝物庫を管理するというのですか」

「ご安心を。師の下に奉公に出して何ら恥じぬ弟子を何人も育ててきましたよ。お忘れですかね、他ならぬ貴公でございますよ、この子達の面倒を見なさいと才能ある可愛らしい子達を押しつけたのは」

　これを言われると彼女としても弱いのか、ぐっと押し黙ってしまった。ややあってから、腕を組んでそっぽを向き、口を尖らせて言うのだ。

「あーあ！　できた弟子を持てて嬉しい限りですねー！」

「恐悦至極に存じます、我が師。さ、そろそろお戻り下さい、午前中の衣装合わせのために予定を調整したのですから。午後からのサロンにてヴェンダース伯爵夫人の御相手を」

「やっぱり覚えてるじゃないですか！　もうもうもう！　次は絶対に来て下さいね！　忘れませんからね！」

　ぷんすこ言いながら死霊（レイス）はくるりと一回転して姿を消した。人前では見せぬ、肉の体を持たぬが故の空間を飛び越えての移動法を使ったようだ。

　やれやれ、誠に数奇な運命を辿（たど）ったものだ………。


【Tips】ヒト種（メンシュ）がヒト種（メンシュ）のまま不老を保つことは、未（いま）だかつて成功していない。


　ライゼニッツ閥は魔導院五大閥に数えられる巨大な閥であるが、その実内部に幾つもの子派閥、孫派閥を抱えているため完全な一枚岩とは言えない。これはどの閥にも言えることだが、圧倒的な〝個〟を乗り越えることが難しいために好機を狙って臣従している者も決して少なくはなかった。

　それを象徴するような事件がたまに起こることもある。

　政治的な暗闘はまだ穏当な方で、時には弱みを握って脅迫する者も現れれば、ありはしない弱みを捏造（ねつぞう）して蹴落とそうとする卑劣漢も現れる。

　そして、最も過激な物として直接的な危害に及ぶことも多々あった。

　この危害には決闘を含まない。決闘はその是非を一旦置くとして、帝国の法律上は完全に合法な物であり、届け出さえ怠らず公明正大に行いさえすれば、むしろ誉れを高めることにも繋がるから。

　ここでいう過激な行為の危害とは、暗殺、および拉致だ。

　魔導院には馬鹿では入れないが阿呆まで存在しないとは言っていない。時に勉学ができたとしても、どうしようもない間抜けというのは生まれてくる物で、時に焦れて直接的な行動に手を染める者も居る。

　そんな者達にとって、ライゼニッツ卿が可愛がっている子というのは狙い目であろう。

　なにせライゼニッツ卿は見境なしの変た……もとい大変な篤志家でもあるため、閥を問わずにかわい、才能ある子を見出しては閥に引き入れるでもなく可愛がる。

　そして、そんな子は顔、いいや才能で選ばれるため必ずしも高名な貴族の子弟とも限らないのだ。

　直接の師匠がまだおらず、故郷からの支援で帝都に下宿している未熟な魔導師志願など大人が狙おうと思えば実に容易い標的であろう。

　故に十何年かに一度は現れる、頭は良いが先を考えることの下手な阿呆が。

「だ、ダールベルク卿！　助けて下さい、ダールベルク卿！」

　もう五〇年来となる住処――何度身分不相応だと言われても、引っ越す気にはなれなかった――のドアが乱打され、浅い眠りから引っ張り出された。

　その時私は、安楽椅子で新しい研究論文を読みながらついうとうととしてしまっていたようだ。膝の上にあった筈（はず）の論文はしおりを挟んで机上に移されており、暖かな毛布が立ち上がった覚えもないのに腰の裏までしっかりと巻いてある。

これほど衰えても私を見捨てることのない終（つい）の友人の一人、灰の乙女（グラウ・フラウ）の気遣いであろう。口の端から微（かす）かに零（こぼ）れた涎（よだれ）を拭い、私は乱打されるドアを開いた。

「よかった、ダールベルク卿！　助けて！　助けて下さい！」

「どうしたね、こんな夜半に。まぁ、まずは落ち着きなさい、ここで騒いでは人の迷惑になる」

私を訪ねてきたのはあと少しで成人といった年の頃の少年であった。ここまで全力で走ってきたのか息は荒れ、着衣は乱れている。

「そんな場合じゃないんです！　みんなが、みんなが！」

家に招き入れて落ち着かせようとしたが、混乱しすぎてそれどころではないと見える。私はやむなく軽い暗示を使うことにした。

「いいかい、落ち着きたまえ。落ち着いて順を追って説明してくれなければ、私も動くに動けない……さぁ、私が数えるのに合わせて深呼吸したまえ」

この術式は若い頃、弟子を落ち着けるために習得した物で今でも大いに役立っている。大人も子供も冷静さを失うと、本当は平静さを取り戻して理論だって説明する方が事態が早く解決することを忘れてしまうからだ。

術式を声に乗せて届け、一つ数える度に大きく息をさせると少年は漸（ようや）く冷静になれたのか、私の下を訪ねた理由を早口でまくし立てる。この急ぎ方は慌てているのではなく、早く私に動いて貰いたいがためであろう。

彼はライゼニッツ卿のお気に入りであり、卿のお気に入りの中では珍しく髪を短く切りそろえた闊達な少年であった。往事の私の如くミカの——そう、何時だったか酷く運が悪く、普通なら絶対に卿が居ない場所で鉢合わせした——立場にある彼の友人との雰囲気が尊いとかいって捕まった可哀想な子だ。

外見通りに彼は地下の出で、若い故に閥の繋がりなど殆ど気にせず他閥の聴講生であっても友人が多かった。卿のお気に入りも含めて友人が多く、貴賤問わず人付き合いができる彼は頻繁に彼等、彼女らを遊びに連れ出している。

そんな楽しい遊びの中、彼が水を買おうと少し離れた途端に友人達が拉致されたというのだ。それもライゼニッツ卿のお気に入りで、強い後ろ盾を持たない子達ばかりが。

また酷いヤツがいたものだ、こんなことをすればどうなるかなど、少し考えれば分かるだろうに。

さて、欲したのはなんであろうか。お気に入りの子からならば情報を引き出せると思ったか、それとも卿本人との交渉に使いたいのか。はたまた、卿に近い者を傷付けることで、アレの側に居たらこうなるぞと周りを脅したかったのか。

どうあれ度しがたい物だ。

しかし、考える能はあるらしい。未熟とは言え魔導を学ぶ聴講生に前兆も見せず、更には攫う所さえ察知させない腕前は大したもの。その上、ライゼニッツ卿が公務で帝都を離れている時を狙うとは。

あの方の予定は私がある程度管理しており、外に漏れることがないよう慎重に管理しているから本人が付けられたか、ないしは同じ予定で出た他閥の教授から情報が流されたとみるべきか。

まったく、要らぬ所にばかり知恵が回る。

「ダールベルク卿、おれ、おれ、おれはどうしたら……」

「心配は要らないとも、おじいさんが何とかしてあげるから」

年寄りに時間外労働をさせないで欲しいものだ…………。

【Tips】魔力もまた、筋肉のように加齢と共に衰えるが、鍛錬によって老いを払うことは肉体のそれよりもずっと簡単である。

敢えて語ることもないほど有り触れた倉庫にて、猿轡を噛まされ手足を縛られた子供達が転がされていた。服は脱がされて粗末な古着に替えられており、万が一にも魔法の焦点具を隠し持てぬようにするには、ある種の妄念すら滲んでみえる。

しかし、それを為した者達は焦っていた。

「足りない？　その場に居たのは全員連れて来たぞ!?」

「痴れ者が！　私は予め何度も言った！　五人居ると、五人全員一度に攫えと！　数えてみろ！　それとも貴様、数さえ数えられなくなったか！」

「何を!?」

言い争う通り、この場に攫われてきた子供達は四人しかいなかった。本来であれば一気に全員攫ってしまえば、下宿に戻らずとも騒ぎにならぬ面々であったからコトを実行に移したのだ。その上、何より恐ろしいライゼニッツ卿が帝都から遠く離れていることなどめったにない好機が重なる千載一遇の時でもあった。

これを雑な仕事でしくじられて怒れずにいるだろうか。

たとえライゼニッツ卿が不在であったとしても、ライゼニッツ閥には強力な魔導師が何人も居る。それこそ払暁派の面目躍如とばかりに現役の戦闘魔導師が両手の指を足しても足りぬほど在籍しているのだ。魔導院に駆け込まれれば厄介なことになる。

「くそ、ここまで来ることはそうそうできないだろうが、計画に変更が必要か……」

「……いっそ全員殺してしまうか？　それでもヤツに打撃を与えることはできる。今なら一切の証拠を残さぬことも十分できるだろう」

幸いにもこの物騒な会話を子供達が聞くことはなかった。彼等は皆、余計な情報を与えぬために魔法で深く眠らされていたからだ。

当初の予定であれば、男達はここから更に攫った子供達を秘匿性の高い場所へ連れ込みライゼニッツ卿を脅すための道具として使う予定であった。手紙を書かせ、魔導具に声を録音させるなどして揺さぶりをかける。

それでライゼニッツ閥をどうこうできると考えるほど彼等はおめでたくはなかったが、しかし効果があるのは事実だ。一人のカリスマ性によって立つ閥は、そのカリスマが精神的な衝撃に揺らげば同様にふらふらと頼りなく左右に傾き始める。

さすれば、隙を突いて更に大きな謀略を張り巡らせることも容易となる。この子供達は先のための小さな投資であったのだ。

ただ、そのために危険な橋を渡りすぎる訳にもいかない。この倉庫は前もって用意された足の付かない場所であり、何重にも欺瞞結界を張り巡らせているため簡単に探査魔法に引っかかることはないとはいえ、それでも聡い魔導師であれば何時か見つけ出す。

その見つけ出すまでの時間が早いか遅いかは、逃した一人が誰を頼るかによって変わってくる。

「……殺してしまうか」

「いいんだな？　取り返しはつかないぞ？」

「下手を踏むよりずっといい。今回は惜しかったと報告すれば……」

不意に止んだ言葉の続きを待っても答えが返ってこなかったため、どうしたのかと片割れが振りむいた。

「おい、どうした？」

「が……かふ……」

「おい!?」

明らかに様子のおかしい味方に慌てて駆け寄って肩を掴み強引に振り向かせてみれば、男が押さえる喉からは止めどなく血が溢れていた。魔法を練ろうにも重要な血管を纏めて断たれた首は脳に酸素を送ることができず、瞬間的に酸素が断たれた脳は思考を操ることもできず機能を落とす。

何の手立ても施すことができず、首を切られた男は仲間の腕の中で息絶えた。

「ばっ、馬鹿な……!」

有り得ないことに体が強ばり、亡骸が腕の中からこぼれ落ちる。しかし、実際に有り得ないことが起こったのだから無理もなかろう。

この拠点が誰かに知られているということはなかった。配下を使うどころか念には念を入れて自身で確保し、更には探査魔法を弾く結界に人払いの結界、外から覗き込んでも誰もいない部屋を映し出す虚像術式まで張り巡らせてあり、音も当然遮断するようにしていた。

子供を攫って四半刻と少しほどしか過ぎていないのに、誰かが来ることなど有り得ないはずだった。

まして、戦闘魔導師ではないものの自衛を欠かすことのない〝教授〟の位階にある人間が、何をどうすれば〝真っ正面〟から首を捌かれて抵抗もできずに死ぬというのか。

有り得ないことの連続に脳が沸騰しつつも、男は最適解を取ろうとした。愛用する触媒の詰まった袋をローブの裾より掌（てのひら）に滑り込ませ、短杖（ステッキ）に魔力を流して術式を起動する。

　それは彼が最も頼みとする必殺の術式。自身の魔力を浸透させた屑鉄（くずてつ）の触媒を細分化、微細な鉄粉と化した刃が嵐の如く吹き荒れ周囲一帯を削り取る無差別攻撃だ。姿を消していようが素早かろうが煌（きら）めく鉄粉は形なき鑢（やすり）として全ての存在を削り取り、仮に頑強性で耐えようとも一息吸い込むだけで呼吸器を徹底的に破壊する悪辣なる術式。

　一度発動したならば、有効半径、つまり倉庫全域を破壊することができる凶悪な魔法に彼は絶対の自信があった。

　事実、その魔法が発動したならば部屋に存在する生命体は抗（あらが）いようもなく命を落とす。積層化した高度な結界であっても貫けることは、飽きるほど繰り返した暗闘の中で実践済みであるから。

　とはいえ、発動できればの話であるが。

「かっ……あ……？」

　術式が起動する寸前、背に軽い衝撃が走った。酷く冷たい感覚の後、胸が焼けるように痛む。見下ろしてみれば、胸板より血を浴びて剣呑（けんのん）に輝く何かが生えている。

　彼が認識できたのはそこまでだ。包丁で割られる瓜（うり）のように剣で両断された心臓が働くことを止め、脳の血流がとまり機能を維持できなくなったからである。

　体が頽（くずお）れるのに合わせて抜ける刃。その先を辿（たど）れば、簡素で飾り気のない拵（こしら）えを握るのは年経て複雑に皺（しわ）を帯び、青白い血管を浮かばせた老翁の手。

黒一色に染め抜かれた開襟の上着と脚の線を浮かび上がらせる細身の脚絆。そして上着より僅かに淡い色合いの襯衣には複雑な紋様がエンボス加工にて施されている。伊達な格好なれど、なにも見栄えを気にして着込んでいるのでないことは、魔法を見ることができる者ならば一目で気がつけただろう。

幾重にも編み込まれた抗物理術式と様々な現象を撥ね除ける衣服を纏った老爺は、剣を振って血糊を払う。

「……鈍ったな」

愛剣を腰の鞘に収めながら、翁は自重し薄い笑みを作った。全盛であったなら胸を刺そうと首を刎ねようと刃に血糊と脂が付くことなどなかったし、被服に掛かった返り血を見て撥水術式が施してあってよかったと安心することもなかった。

いいや、そもそもこうやって敵を死の一歩前においやらねば無傷で人質を救出できない時点で、彼は何よりも老いを感じていた。今から首を刎ねて工房に持ち帰り、脳の機能を保全してやれば全ての情報を抜き出すことはできても、昔であれば生きたまま無力化してもっと簡単に情報を捻り出せた。

「やれやれ……年はとりたくないな」

彼は髪を搔き上げて、それだけは変わらない青い瞳で天を仰いで呟いた。

「あら、でも結構なお点前でしてよ？」

そんな彼の背を包む者があった。唐突に夜の闇からにじみ出すように現れたのは、銀色の髪を宙に靡かせた少女。オオミズアオと似た青白い翅を震わせる彼女は、老翁の首に両手を回して嬉しそうに囁きかける。

「君も世辞が下手だな。私の全盛を一番知るのは君だろうに」

「ええ、若くて強かった時期とは違いますわね。でも、貴方は今でこそ一番美しいと思いますわよ。ねぇ、そうでなくって？」

「ふわぁ……そうだねぇ、ウルスラちゃん……」

返答は老人の頭、正確には年を経て金色から色褪せ、月の光のような色となった髪の中からやってきた。動く際に邪魔にならぬよう編み上げられて纏まった髪を巣のようにして埋もれるのは、若草色の装束を纏った春の陽気が具現化したような妖精。

ウルスラとロロット、老人が老人でなかった頃から親交があり、彼が老いるにつれて興味を失っていった他の妖精と違ってずっと残り続けた者。彼女らは今宵老人よりの請願を受け、幼子を救うことに協力した。

空気を操る風の妖精は町中の空気を攫って彼が求める人間を探し出す。妖精は意志を持つ概念に近しく、特別な妖精避けの香や結界でも張らぬ限りその知覚を誤魔化すことはできない。

そして夜闇を飛ぶ妖精は、加護を与えた者を夜の闇に順応させ、望むままに夜を遊ぶ者を盲いさせる。彼女達の悪戯は物理結界さえすり抜けて、人類の多くが依存する視覚を閉ざす。

幼き日々より親交ある妖精(アールヴ)の助けによって子供達を助け出せた老人であるが、彼にとってはそれさえも衰えであった。未熟だった一〇代の中頃であったならまだしも、二〇を過ぎる頃には今日と同じことが全て独力でできたというのに。

嘆かわしいことだ。

しかし、不変を愛する妖精(アールヴ)から〝今が一番美しい〟と言われて、七〇年の人生を決して悔いていない老人は悪くないとも思えていた。

何より彼は間に合ったのだ。まだまだ若い時を生きる権利がある若人が、老骨が冷や水を浴びるだけで助かるなら安い物である………。

【Tips】脳は心臓が止まっても数分間は活動を続けている。

不在中にあった全ての出来事を聞き、師は頬に手を添えて深い溜息(ためいき)を吐(つ)かれた。

「何か不手際がございましたかな、我が師」

「……エーリヒ、貴方には全てを差配する権限を与えておりましたが、何も全て貴方がやることはないでしょうに。普段から自分で言っているでしょう、老体に無理をさせるなと」

「はて、これくらいは無理に当たらないと思いますが」

シレッと言い放ち素知らぬふりをしてみるが、まぁ実際は確かに骨が折れた。

阿呆二匹を持って帰って無理矢理血と酸素を供給して生かした脳に精神魔法を行使し、記憶と計画全てを抜き取って黒幕を探り出し、更には独自の伝手を使って彼等を根絶やしにするのは今年の秋で七一の誕生日を迎える身としては中々にしんどい。

それでもやり遂げた。若人を傷付け、この人の名と顔に泥を塗ろうとする慮外者を払うため。

私はこの人、マグダレーネ・フォン・ライゼニッツがどうしようもない変態であることを嫌と言うほど知っているが、この変態からは返しきれないほどの恩を受け取った。魔導師になれるだけの環境、精神魔法の秘奥、今も尚続く大勢の友人との掛け替えのない親交。

そして、何よりこの人は私を愛してくれた。奇特なことに一五を過ぎても手元に置かれ、今も飽きずに装束を寄越して若いお気に入りと共にいさせようとする意図は分かる。この人の趣味嗜好は間違いなく死霊になった反動で歪んでいるに違いないけれど、私達は皆例外なく愛されている。

私はきっと、彼女の琴線に触れたのではなく、彼女が私を「危うい」と思い手元に置いたのだろう。あの冒険に憧れ、授かった権能のおかげでやろうと思えばなんだってやれると思い上がっていた小僧は、二〇〇年の経験を持つ死霊からするとさぞや危なっかしく映ったことだろうとも。

その膨大な経験、私が一生掛かっても理解できぬであろう精神の深奥で彼女は悟ったのだ。私が好きに動き続けたら、何時か必ず耐えがたい試練にぶつかり、幾度となく生死を賭けた無茶をすると。

彼女はどうしようもなく優しい。だから放っておくことはできなくて、私に危険なことをさせぬため此処に留めたのだ。少なくとも未熟な小僧がちょっとした実力で調子に乗って酷い目に遭わぬよう、十分な実力を持ってから好き放題できるようにと。

結果私は此処にいる。私よりも才能があるのではと思っていた人間が色々な事由によってあっさり死んだり一線を退いていく中、七〇にもなって未だに教授位を返上せず、しかもお側に置いて貰えている。

これは望外の仕合わせだ。彼女は成長して衣装を与えなくなったかつてのお気に入りだって、ちゃんと手元から離れても愛し続けたが、これだけ長く側に居られたのは私だけ。

ああ、なんだかんだいって、私だっていい大人であって、老人になった。本当に嫌な所に長居する訳もなし。

そして、こんな拙い照れ隠しはとっくに露見してしまっているからこそ、彼女も黙って受け入れてくれるのだろう。

「はぁ……分かりました、無理はして欲しくありませんが、貴方の好意を無下にはしませんよ。大変ご苦労でしたエーリヒ」

「いいえ、我が師の気に入られた華を手折ろうとする不届き者を追い払っただけに過ぎません」

「追って褒美を差し上げましょう。何か欲しいものは？」

「真逆。お仕えさせていただくだけで十分過ぎる仕合わせかと」

自分でも臭いなぁ、と思う台詞に笑えてくるが、我が師が代わりに笑ってくれたから良しとしよう。

「結構、では代わりに私に黙って無茶をした罰を下します」

ファッ!?

「えっ、ちょっ、我が師、そんな無体な！」

「折角ご褒美を上げようとしたのに断る悪い子なので尚更でーす。頭の一つも撫でてあげて、膝枕してあげてもよかったのに」

「私はもう七〇のひ孫も居る爺ですよ!?　そんなのに何をしようというんですか!?」

「何歳になろうとどれだけ大きくなろうと、貴方は小さなエーリヒから何も変わりませんよ！　どれだけ言っても無茶しようとして、一人でできそうだからって危ないこともする！　そんな悪い子は七〇歳になろうが一〇〇歳になろうが小さい子と同じ扱いで十分！」

そんな無茶苦茶な論法がどうすれば通るのか。確かにどれだけ年を取ろうが貴女の年齢を上回ることたぁないでしょうけど、あまりにも無体ではないか。

「罰はそうですね、次の衣装合わせには絶対来ること！」

「ご勘弁下さいよ、お師匠！」

「駄目です！　もうエリザに日程を教えてしまったから、来なかったら酷いですよ！」

「そんな!?」

やっぱり変態だ、しかも度しがたい変態だ。私はどれだけ年を経ても変わらぬ師に、これからもきっと変わらぬ師に救われながらも悩まされるのだろう。最期の脈動の一つが胸を揺らすその時まで。

ただ、それまでは最大限抗わせて頂く。くそう、老人性の病気が上手(うま)いこと重なって欠席できないものだろうか……。

【Tips】既に死者である死霊(レイス)に寿命というのもおかしな話だが、寿命と呼べる限界の年数は今現在確認されていない。

Aims for the Strongest
Build Up Character
The TRPG Player Develop Himself
in Different World
Mr. Henderson
Preach the Gospel

CHARACTER

名前

エリザ

Eliza

種族

Changeling

分類

コネクション

特技

魔力貯蔵量■■■

技能

- ■■■
- 上流宮廷語
- 上流宮廷作法

特性

- ようせいのたましい
- ■■■のしゅくふく
- ■■■

Aims for the Strongest
Build Up Character
The TRPG Player Develop Himself
in Different World
Mr. Henderson
Preach the Gospel

CHARACTER

名前

ツェツィーリア

Cecilia

種族

Mensch?

分類

コネクション

特技

■■■

技能

- 夜陰神信仰
- ■■■
- ■■■

特性

- ■■■

あとがき

まず、長い間私を支えてくれた祖母にこの本を捧げます。一年とは早いもので、もう祖母が長期休暇に出てしまった後の生活にもすっかり慣れ、悲しいやら寂しいやらで心の整理がつきません。未だに捨てられない物ばかりで困ったものです。

そして、いつも私に感想という水をやり枯れぬよう適度に世話をしてくださる読者の皆様、毎度毎度遅い原稿に声を荒らげるでもなく根気よく付き合ってくださる担当様、拙作の世界を素敵なイラストで更に広げてくださるランサネ様に深い感謝を。

前回から半年近く間が空いてしまいましたが、手に取ってくださってこれ程に嬉しいことはございません。

いつもの謝辞はこの辺にしておき、なんと四巻に続くことができた上、更に上下巻構成です。しかも今までで最大の頁数。元々、この帝都お家騒動編（仮称）は三巻のエンディングを含めると――例によって三巻も頁数が多かったためエンディングを後回しに――長くなりすぎるということで、書籍化にあたって加筆・書き下ろしの枠を確保するべく上下巻にしたいと提案した所、担当様が上手いこと編集長をだまくら、ごほん、もとい〈いいくるめ〉で判定して納得させてくださったため実現いたしました。

まぁ、然もなくば最低でも文字数的に色々盛った結果で六〇〇頁を超えることを覚悟していただきたい、という私の〈説得〉が効いたのか、はたまた日本の製本技術の限界に挑むよりはマシと思っていただけたのか、とても贅沢な構成が実現した次第です。

事実、上巻だけで四〇〇頁近くなったため、本当に上下巻で収める気がおありで？　と据わった声で聞かれたので、私としてはランサネ様の挿絵が倍になったしやったぜ、以上の意味もあったといえばあったのですが。何より文庫本で一冊千円超えるのは拙いですし。

さて、毎度毎度私が好き勝手に加筆した結果「あれ、これ俺知らねぇな……」と読者諸氏が呟くことになる書籍版ですが、三巻の新展開が控えめであった反動か、これまた大変に設定を盛り、加筆してWeb版と大筋は同じなのに内容は全く違うものに仕上がりました。

具体的に言うとツェツィーリア嬢回りの設定ですが、実はこれWeb版連載時にやりたいと思ってはいたのですが、上手いこと調理できず――或いは私がプロットを読み忘れて――お蔵入りになった設定です。

なので頁数も余裕があるのだし、折角ならばと脳髄の墓場から掘り出して不死者の如く再び仕事をしていただきました。まぁ、あとがきから小説を読む変人もとい奇特な御仁はおられないと思いますが、ネタバレに配慮して詳細には触れないでおきます。

ただ以前に増してWeb版既読勢には「あれ？」と思う話の筋になったと思いますし、読み比べて楽しんで貰えたらと思います。

さて、更に上下巻ということもあり、Web版を書いていた頃の自分は「一ヒロイン一セッション」という具合に導入を書き、青年編で合流させて上手いこと纏めよう！　と思って構成を考えておりましたが、結果的に折角登場したヒロインが長く現れないという残念な状況を引き起こしておりました。

しかしながら、今になってそれは勿体ないよなと思い返してエリザとミカの出番も大増量となった次第でございます。どうしてもマルギットは立地的な問題で絡めないのですが、次巻では挿話的な感じで大量に書き下ろしを入れたいなと思っているため、マルギットがお好きな方にも満足していただけるよう頑張ります。

ええ、勿論ヒロインですからね、しかも耳飾りで繋がっていますから、エーリヒだけがヤバい目に遇うのは不平等でもありますし。

また下巻では今までちょくちょく語られながらも深く物語に関わってこなかった僧会や神々の話を掘り下げられればなと思っております。エーリヒがパワハラっぽいなと思ってタッチできなかった信仰関係の技能を習得したツェツィーリア嬢が現れたので、進行優先だったWeb版よりも濃い話を書きたい所存。

私は世界観を考えるにあたり、現実にない物、あっても大きく違う物を考える際に「この世界に生きている人々ならどう受け止めるだろう」と想像して設定と話を作っております。僧会に関しては異種族と並んでその最たる物であり、上位存在として紛れもなく実存している物を崇めて恩恵を受け取る人々の様式を考えるのは難しいと共に楽しくもありました。

私自身は日本人にありがちな無神論というよりも有神論寄りの無宗教というスタンスな

ので、熱心に信仰を捧げている人の思考は本を読んで理解した気持ちになるしかないのですが、それでも本当に熱心に祈りを捧げば手を伸ばしてくれる存在が実存する世界を想像するのは楽しいものです。

なにせ現実世界の宗教戦争が起きませんからね。第一回から三回まではさておき、第四回の十字軍めいたことが起これば神は普通にブチ切れます。なにせ自分を出しにして私欲を貪ろうとする者達が同じ宗教を信仰する者達に矛先を向けた訳ですから、そりゃあもうキレる所の話ではありません。その場で発案者に神罰が下り、尻馬に乗った諸侯には使徒が差し向けられてエラいことになり、後世まで真面目な信徒が語り継ぎ聖典に一章書き加えられる壮大な事件となるでしょう。

また聖典の扱いも変わってくるはずです。記載された文言一つ取って解釈を巡って殺し合うなんちゃら公会議めいたイベントも必要なくなりますし、それによって異端視された信徒が狩られることもなくなります。

また、聖職者が権益を守るため古い言葉で書かれた聖典の現代語訳に大反対するなんてことも許されないでしょう。彼等の多くは信徒が読めないのをいいことに、都合良く解釈して利得を貪ってきた歴史がありますから。少なくとも「ヘンダーソン氏の福音を」の世界の神々は人々が捧げる信仰によって身を立てているため、自己権益のためその発展を阻害するような動きを見せた瞬間に神直々に破門されかねません。

……おや、なんかこう書いていると一種のヤクザみたいな気がしてきましたね。神という親分がおり、聖職者という構成員が信徒の住むシマを纏め、国家が彼等の住処を影響されながら守っていると考えると実にそれっぽくて困る。

まぁ、あとがきでだらだら書くよりも、考察を交えて下巻で書けたらなと思います。転生物の妙は、私達のよく知る世界から同じ倫理観を持った登場人物が、余所の世界の文化を俯瞰して感想を出せる点にあると思いますので、そこら辺を面白く書きたいものですね。

しかし、このあとがきを書いている二〇二一年五月三一日現在、コロナによる自粛期間が大阪でも延長されるとなりまして、また外出が難しい時期に発売かと溜息を止めることができませんでした。

思えば一巻発売時から延々とコロナに悩まされている気がします。話に聞くところ、Web版から書籍が発売する、いわゆる「なろう小説」という括りに入る拙著は主にWeb版の既読者よりも書店で表紙を見て買う新規読者の方が多くなるそうです。

いや既存人気を狙って出版するのでは？　と思いましたが、どうやらそうでもないらしく、思っていたよりも書店での陳列というのは大事だそうで。

そう考えると本当に厳しい時期に当たってしまったなと思い、中々辛い所がありますね。

その辛さは私が愛するTRPGやボードゲーム、そしてTCGにも言えることであり、この一年多くのイベントが開催中止の憂き目を見て、折角出た新作も中々回せないという悲しみに襲われています。

元々古巣で耽溺し、小説まで書く切っ掛けとなったものですので遊べないストレスというものは中々辛く、同時に買ったはいいが遊べずに積まれているものを眺める時の虚無感は凄まじいです。

新しいオンラインセッションサービスができたとしても古い人間の性質なのか、やはりＴＲＰＧは対面して遊びたいなという気持ちが強く中々上手いこと踏ん切りがつきませんで。遊ぶ当てもないシナリオとエネミーデータ、そして「これ使われたら嫌だろうなぁ」と我ながら気持ち悪い笑みを浮かべて作ったキャラ紙を作る日々です。

早くこの閉じこもらねばならぬ期間が終わりを迎え、また大手を振って一所に集まり、あーだこーだと頭を捻りながらサイコロの出目に悪態を吐ける日々が戻ってきて欲しいと願ってやみません。

このような状況にもかかわらず拙作を手に取ってくださった皆様に改めて感謝を。下巻は四巻上ほど間を空けずにお届けできると思います。何分、続き物は早く出して熱が冷めない内に続けないと忘れてしまいますからね。

それと最後になりましたが、実は「ヘンダーソン氏の福音を」の海外展開が始まっており、既に台湾版が発売されたそうで、韓国版と北米版の出版も決まっているようです。なにやら他人事のような物言いですが、何分担当さんが関わる部署が違うのと、私自身がこれといって海外展開事情に関わっていないため全容が分からないのでなんとも。

それでもワールドワイドに物語が展開されていって、その内にアニメ化やコミカライズにも繋がったら嬉しいですね。とはいえ、私はエゴサ能力が弱いため、海外での評判などをあんまり拾えていないため海外読者の反応などが分からないのですが。

うーん、この長めなタイトルが悪いのか、はたまた私が下手なのか、実に難しい所ですがこれから先に繋がって欲しいと祈るばかりです。

それでは、下巻でも変わらず皆様と出会えることを祈ってあとがきをしめさせていただきたく存じます。


【Tips】作者はTwitter（ID：@schuld3157）にて〝ルルブの片隅〟や〝リプレイの外側〟と称して本編で書けなかった設定や小話を不定期に公開している。

しばらく
出番待ち……。
Lanane

TRPGプレイヤーが異世界で最強ビルドを目指す 4上
～ヘンダーソン氏の福音を～

発　　行　2021年6月25日　初版第一刷発行

著　　者　Schuld
発 行 者　永田勝治
発 行 所　株式会社オーバーラップ
〒141-0031　東京都品川区西五反田7-9-5
校正・DTP　株式会社鷗来堂
印刷・製本　大日本印刷株式会社

Printed in Japan　ISBN 978-4-86554-934-8 C0193

オーバーラップ　カスタマーサポート
電話：03-6219-0850／受付時間 10:00～18:00（土日祝日をのぞく）

作品のご感想、ファンレターをお待ちしています

あて先：〒141-0031　東京都品川区西五反田7-9-5 SGテラス5階　オーバーラップ文庫編集部
「Schuld」先生係／「ランサネ」先生係

PC、スマホからWEBアンケートに答えてゲット！
★この書籍で使用しているイラストの『無料壁紙』
★さらに図書カード（1000円分）を毎月10名に抽選でプレゼント！

▶https://over-lap.co.jp/865549348
二次元バーコードまたはURLより本書へのアンケートにご協力ください。
オーバーラップ文庫公式HPのトップページからもアクセスいただけます。
※スマートフォンとPCからのアクセスにのみ対応しております。
※サイトへのアクセスや登録時に発生する通信費等はご負担ください。
※中学生以下の方は保護者の方の了承を得てから回答してください。

オーバーラップ文庫公式HP▶https://over-lap.co.jp/lnv/

オーバーラップ文庫